關於我轉生變成史萊姆這檔事 8

Regarding Reincarnated to Slime

Kadokawa Fantastic Novels

目錄 一 領土治理篇

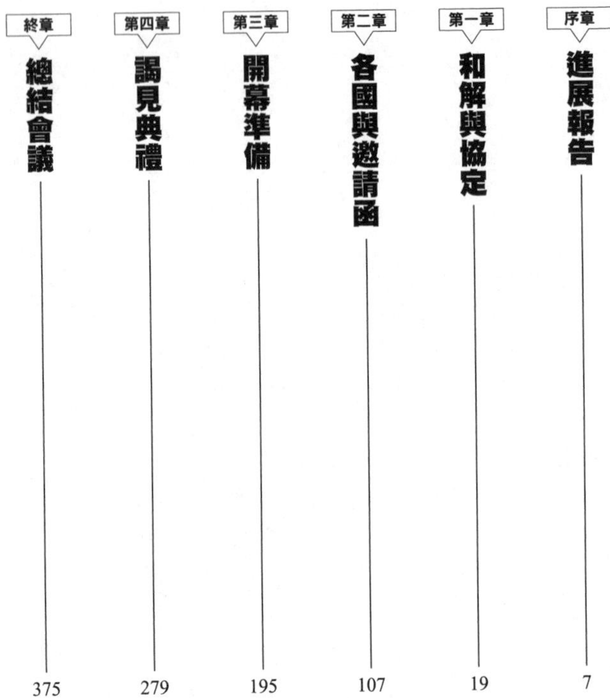

序章

進展報告

Regarding Reincarnated to Slime

「您也真是壞心眼呢，格蘭貝爾大老。差點把我害死。」

「愛說笑。還沒遭受波及，你就腳底抹油開溜了吧。」

「沒辦法嘛。手下不是有跟您報備嗎？」

「算是吧——」

「那隻惡魔是超乎我想像的怪物。派出帝國正規兵也沒用。就我所知，不派最強的帝國皇帝近衛騎士級出征便毫無勝算可言。話說——」

他們是達姆拉德和格蘭貝爾。

兩人面對面坐在椅子上，從容地互探虛實。

達姆拉德看出作戰計畫失敗，在風波平息之前打算跟羅素一族保持距離。

假如作戰成功，交涉起來更有利。但作戰失敗，對方可能會拿這個當藉口刁難他。所以他要認賠殺出，重新來過。

可是，情況變了。

達姆拉德去魔國聯邦(Tempest)的路上，突然有人透過「魔法通訊」向他報告。

『日向戰敗。但她好像跟魔王利姆路和解了。』

在眾多預料結果中，這是最糟的一個。

日向沒死，西方諸國仍受西方聖教會影響，去那裡做生意難上加難。而且她還跟魔王利姆路和解，要再次煽動利姆路讓他殺掉日向有難度。

達姆拉德和格蘭貝爾利害關係一致，才發動這項計畫，這下可以斷言計畫徹底失敗。

（——不過換個角度想，反倒有利。）

計算雖然失敗了，對達姆拉德而言卻不算損失慘重。

失去一個在西方諸國打下的地盤，可是要做生意還有其他管道。祕密結社「三巨頭（Cerberus）」是龐大的組織，他們有好幾個商會作掩護。

再說達姆拉德對日向的死活沒興趣。

因此對格蘭貝爾的失誤，他沒那麼火大。利用這件事實，讓今後的磋商有利於己方才是他的目的。

想到這兒，達姆拉德臨時改變預定計畫，回來跟格蘭貝爾打聲招呼。

「——格蘭貝爾大老才是說的比做的好聽。沒有順利收拾日向就算了，甚至讓她跟魔王利姆路鞏固關係……」

基於上述原因，達姆拉德把自己的錯推到一旁，指責格蘭貝爾那幫人的失誤。

只不過，格蘭貝爾早就料到對方會挑這個毛病吧。

「是啊，這點不容否認。事到如今，傾向一邊的天秤再也扳不回去。歷史悠久的大國法爾姆斯終將頹倒，新的國家崛起。這樣正好稱了魔王利姆路的意，表示你們的計畫告吹。」

格蘭貝爾一點也不歉疚，肯定達姆拉德的說詞。接著發表個人看法，點出現狀。

達姆拉德也如此認為，所以他的回應是保持沉默。

「接下來有何打算？」

「有何打算是指？」

「魔王利姆路的目的似乎是讓朱拉大森林成長為經濟重心。我們羅素一族可不允許這種事情發生。」

「唔嗯……」

格蘭貝爾一問，達姆拉德就工於心計地檢討那番話。

他也不打算跟羅素一族作對。為了讓今後的生意進展順利，這次的事雙方最好一筆勾銷。

格蘭貝爾似乎也這麼想。不僅如此，甚至看得比達姆拉德更遠，已經放眼未來了。

「我們在這起內鬨一點好處都沒有吧？如今靠武力難以對抗魔王利姆路或聖人日向，高調行動不合適。你們也這麼認為吧？」

就像是看穿了達姆拉德的心思，格蘭貝爾如此說道。

「呵呵呵。真是敗給您了，格蘭貝爾大老。的確，在這互踢皮球、爭論誰該為失敗負責一點意義也沒有。我們跟五大老的諸位一直以來都相處融洽，今後也不會改變。我是這麼認為的。雖然因為戰亂的關係未能獲利，但那是兩回事。人只要活著，有的是機會。」

「不愧是達姆拉德閣下，如此明事理真是太好了。那我們就攜手合作，以防那塊土地出現新的經濟圈！」

格蘭貝爾的目的用不著多做解釋，就是要死守在西方諸國握有的權益。

格蘭貝爾的王牌瑪莉安貝爾，她預見一個以朱拉大森林為重心的新經濟圈將會誕生。若放任其誕生，羅素一族的影響力必定下滑。

耗費一千數百年的時光才築起這套支配體制，格蘭貝爾怎能容許出現破綻。

所以格蘭貝爾打算妨礙魔王利姆路，粉碎這項構想。然而如今他不再是「七曜大師」，無法利用神

魯米納斯的名義。所以他無論如何都需要達姆拉德等人的組織——「三巨頭」協助。

格蘭貝爾的後代——另五名與他同路的五大老也支持該提案。

他們各自暗中影響著西方諸國評議會，讓法爾姆斯王國內亂的善後工作延長。

雖無法阻止新王於法爾姆斯即位，但他們還是盡可能拖延時間。

羅素一族還藏有其他的「殺手鐧」，可是現在攤牌仍過早。這樣一來，妥善利用「三巨頭」才是上策。

這是格蘭貝爾打的如意算盤。

然而——

「哎呀，且慢。」

達姆拉德不打算著格蘭貝爾的道。

羅素一族，還有統率他們的五大老——這些人確實是很棒的生意對象，說今後仍想繼續保持交集也是真心話。不過，認為達姆拉德會對他們言聽計從可就大錯特錯了。

達姆拉德可是商人。

這個人拿錢辦事，想法多變。

東與西各有經濟圈，「三巨頭」一手掌握這些貿易，因此攢得大筆財富。此乃事實，但對「三巨頭」來說交易對象多多益善。就算五大老在西方諸國的影響力降低，對達姆拉德等人而言亦無關緊要。

「——希望今後仍有良好互動是我的肺腑之言，但是，格蘭貝爾大老那番話依然讓我難以認同。畢竟我們沒道理跟魔王利姆路敵對。」

達姆拉德當著格蘭貝爾的面放話。

「臭小子……」

「呵呵呵，只是拿您的話回敬罷了。日向已經知道我有古怪，繼續在西方諸國活動不是那麼容易。我先回母國，再派頂替的人過來。」

若你按照約定除掉日向，我也不會綁手綁腳——暗中拿話損人，達姆拉德拒絕配合格蘭貝爾的要求。

「……」

「交易的部分照舊。這次事件就當沒發生過吧。」

留下這句話，達姆拉德從座位上起身。

如意算盤沒打準的格蘭貝爾，無法再拿話強硬反駁達姆拉德。「三巨頭」這個組織於東方帝國的黑社會執牛耳。要是惹毛其中一名首領達姆拉德，雙方將確定決裂，對現在的羅素一族來說損失太過龐大。

「……沒辦法。那件事就交給我們處理。你們只要別扯我方後腿就行了。」

「這是當然。有鑑於雙方至今的交情，大可信賴我方。」

達姆拉德含笑回應，有禮貌地一鞠躬後離開現場。

他的態度非常誠懇，乍看之下似乎是不會騙人的商人。

但假如日向已經被收拾掉，他早就去抱魔王利姆路的大腿了吧。然後把羅素一族跟魔王利姆路放在天秤上秤斤論兩，等著坐收漁翁之利。

竟然讓人對此毫無所察，「金」之達姆拉德果然不是浪得虛名。

然而格蘭貝爾也是見過不少世面的老奸巨猾狠角色。達姆拉德的企圖已經被他猜到一半。

確實如他所說，對方不會來扯後腿吧。

可是達姆拉德會不會跟魔王利姆路做買賣，這就無法斷言了。

他不說謊，以商人來說算很正派。

話雖如此，看在身為統治者的羅素之長格蘭貝爾眼裡，達姆拉德那種態度就是讓他無法接受。

「——真教人不悅。竟敢趁人之危坐大，等事情了結，接下來就收拾你們。」

達姆拉德離去後，格蘭貝爾的低喃在房裡隱隱作響。

眼裡染上屈辱之色，湧現的怒火逐漸令雙眸混濁……

*

「——就是這樣，我跟五大老說定了。」

達姆拉德朝一名悠哉坐在椅子上的少年稟報。

「是嗎？跟羅素一族的關係如你所想塵埃落定，真是太好了。這樣今後又能保有跟他們交涉的管道。」

達姆拉德跟羅素一族交涉時依舊態度高傲，在這名少年面前卻很謙卑。

那是當然的。

因為這名少年就是達姆拉德的主子，祕密結社「三巨頭」的總帥。

少年聽完達姆拉德的報告，從容地點了點頭。

「原來如此。話說回來，那些王八蛋，碰到那種怪物竟然不給情報，就想直接塞給我……」

「啊哈哈，運氣真背。不過能及時撤退算不幸中的大幸吧。」

「呵呵呵，確實。太幸運了。他叫迪亞布羅是吧？也許能跟在帝國作威作福的純白始祖（Blanc）匹敵，真是可怕的惡魔。這表示威脅不單只有魔王利姆路一個吧。」

「可以這麼說……跟我們重整旗鼓的速度相比，魔王利姆路變強的腳步應該更快……」

「的確。那個魔王的運氣不可思議地好。麾下似乎有強力的魔人聚集，甚至還馴服了那隻『暴風龍』——」

「老實說，與那股勢力硬碰硬是下下策。」

「贏不了——不至於如此斷言，但『三巨頭』會因戰瓦解吧。」

「總之，急也沒用。反正還有時間，我們慢慢想吧。」

「這樣應該較為妥當。混亂的情況會稍微持續一陣子，在這種情況下出手，我們可能會吃上苦頭。」

「說得對。本來想反過來給他一點顏色瞧瞧，才利用日向……這招也失敗了。再有更多動作反倒是我們會身陷危險，暫時先安分一陣子好了。」

少年不以為意地笑說，若有所思的達姆拉德表示同意。接著他突然想到什麼，開始抱怨起來。

「話說回來，五大老真會說大話。原本誇下海口說他們會確實除掉聖人日向，最後卻搞成那樣。魔王利姆路跟日向都平安生還，誤會似乎也解開了，西方聖教會跟魔國聯邦再也不會有代溝吧……」

達姆拉德這話說得很不是滋味。

對此，少年苦笑著回應：

「這些事也早在預料之中。魔王利姆路太天真，我想他不會殺日向。若事情進展順利，這份天真可能會毀了他，我本來還對此抱有期待呢……看樣子他沒有那麼天真。」

「五大老那邊打算壓制『暴風龍』，他們原本似乎計劃跟魔王利姆路聯手。」

「事情若能這麼順利，我們就不會陷入苦戰了。我就是料準他們會失敗，才要人持續小心監視。」

「原來如此，原來是這樣啊。不過話說回來，我因此得救。若您沒有聯繫我，我就會在聖人日向去找魔王利姆路之前撞見她。」

運氣好可能不會被對方識破底細，但對手是日向，不能想得太美。因此達姆拉德很感激事先知會他危機將至的少年。

追根究柢，都怪少年下令才害他遭遇危險。沒對日向放假消息，達姆拉德根本不可能穿幫。然而這種事對達姆拉德來說沒什麼大不了的。身為組織「三巨頭」的總帥，少年下的命令優於一切。畢竟率領祕密結社「三巨頭」的少年志在稱霸這個世界——他要征服世界。

達姆拉德與他的野心起共鳴，相當仰慕那名少年。換作平常會把這當夢話一笑置之，但達姆拉德有種預感，認為這名少年能使其成真。

所以他對少年的命令沒有絲毫疑問。

面對這樣的達姆拉德，少年坦率地搭話。

「要是連你都失去，我的計畫將亂到無可挽回的地步。」

「這個嘛，若是遇到攸關性命的危機，最起碼我還是會想辦法逃掉啦。」

看少年擔心自己的安危，達姆拉德換上倨傲的笑容，如此回應。

「三巨頭」的首領並非光靠金錢就能當上。必須有堅強的實力背書，才能讓黑社會的眾多強者信服。少年應該也明白這點，他回話時帶著嘲弄的笑容。

「啊哈哈。不過，可別玩真的啊。再怎麼說那都是最後手段。目前就先觀望一下，好好享受不靠蠻力的角力遊戲。」

玩真的——換句話說，若「三巨頭」拿出所有本事，就要把另外兩名首領叫來。如此一來，就不能再耍背地操盤這種溫吞手段，很可能會爆發波及西方諸國的大戰。

身為總帥的少年並不希望事情變成這樣吧。達姆拉德十分清楚這點，他二話不說應允。

「那我還是先回母國比較妥當吧。」

「也是，那樣更好。雖然你沒被人當面撞見，但對手可是日向。她大概已經盯上你了，要在檯面上活動更加困難，還是找人頂替比較好。話雖如此——」

達姆拉德知道少年想說什麼。

「別把威格叫過來。」

「三巨頭」裡還有另外兩個跟達姆拉德地位相當的頭頭，問題出在其中一個人身上。

因此，他能理解少年為何會這麼說。

「遵命。那麼，就找米夏頂替我。」

「不錯。就這麼辦。」

「金錢」、「女色」、「力量」——各頭目是男性的慾望象徵。

「女」之米夏的性格讓人不敢掉以輕心，但還能溝通。不過，「力」之威格就很棘手了。有如其象徵的「力」之體現，儼然是暴力的化身。

威格把達姆拉德的話當耳邊風，只聽少年親口下的命令。少年也心知肚明，因此他不打算勉強達姆拉德。

「那麼，就照您的意思辦。還有，關於我在這邊推行的奴隸買賣，依您看該如何收尾？」

「……都忘了還有這件事。辦起來太麻煩，交給你管理的『奴隸商會（Orthrus）』就讓它倒吧。反正我討厭奴隸制度。」

「嗯。我沒意見，一些稀有魔物預計流入米夏的『娼婦之館（Echidna）』，也要放掉嗎？還有——」

「不，特定機密商品照舊。都特地保留跟羅素一族的交流窗口了，不利用說不過去。」

「明白了。那麼，後續處置就交給我吧。」

語畢，達姆拉德自該處離去。

少年閉起眼睛，於腦內棋盤上樂在其中地下棋。

這時一陣喀喀喀的腳步聲傳入少年耳裡。

他嘴邊盪起一抹淡笑，朝走至背後、打扮像祕書的女子出聲。

「你都聽見了吧，卡札利姆？」

「聽見了，老大。話說你為什麼要搞垮『奴隸商會』？」

來人是卡札利姆。

是受少年信任的夥伴，也是他的諮詢對象。

「很簡單。想說這次先賣『他』一個人情。」

「理由只有這個？」

「用不著說也知道吧？朱拉大森林全域都受那隻史萊姆管轄。在那獵捕魔物，他肯定會來壞我們的好事。既然如此，還不如先收攤對我們更有幫助吧？」

「原來如此，確實是這樣沒錯。就跟蜥蜴斷尾是一樣的道理，保護重要的商品就行了。」

「對吧？這件事可以交給你辦嗎？」

「賣『他』人情……哦，在說那傢伙啊。老大的點子還是一樣有趣呢。我知道了，那件事就交給我吧。」

「拜託你了，卡札利姆。」

「沒問題。對了，還有一件事。希望你以後叫我『卡嘉麗』。」

聽對方說出這種話，少年睜大眼望著卡札利姆。

「哦……終於下定決心啦？」

「對。克雷曼死了，老子這才下定決心。魔王卡札利姆這個『名字』在我還沒對雷昂復仇前，都要封印起來。」

「知道了。那麼，卡嘉麗，事出突然，就拜託妳了。」

「包在我身上，老大。」

兩人互看一眼，咧嘴露出笑容。

此後，又有新的動亂即將揭開序幕——

第一章
和解與協定

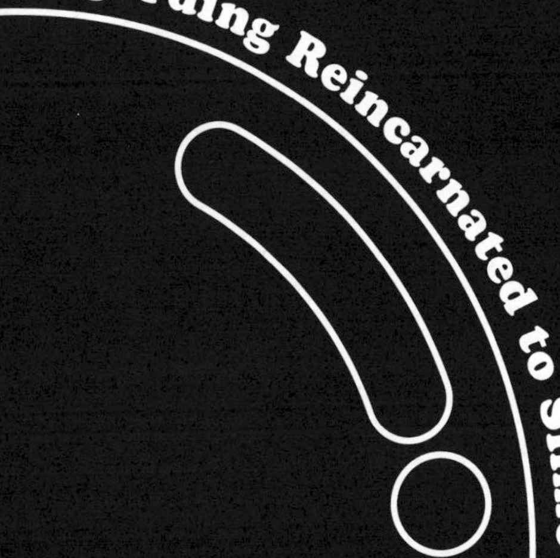
Regarding Reincarnated to Slime

事後我累個半死。

最後總算搞定了，比跟日向作戰還累人——這件事就當作祕密吧。

至於這中間發生什麼事——

…………………

…………

……

西方聖教會信奉的神魯米納斯，其真實身分就是魔王瓦倫泰。

本名好像叫魯米納斯．瓦倫泰。據說之前都讓心腹當替身，賜其眷屬名，要他自稱魔王瓦倫泰。

但維爾德拉在魔王盛宴上抖出魯米納斯的真實身分，害她再也裝不下去就是了……

而日向率領的聖騎士團就跟這樣的魔王瓦倫泰對立，因此獲得民眾的支持。

完全是自導自演，但日向好像從頭到尾都知情。按邏輯來講應該是那樣沒錯，可是這樣真的好嗎？

「這也是沒辦法的事。我想阻止，卻敗給魯米納斯大人。不過，魯米納斯大人似乎對民眾的支持一點興趣也沒有——」

大概發現我心中的疑慮，日向無奈地解釋。

她似乎也無法苟同，然而敗給魯米納斯除了順服別無選擇。

話雖如此，魯米納斯答應不傷害百姓。日向似乎決定了，只要魯米納斯還遵守那個約定，她就會遵從魯米納斯的旨意。

無論如何，這場自導自演並不是日向策劃的。

「說得對。策劃該計畫的人是我，弟弟羅伊也願意配合。事實上，這件事跟魯米納斯大人沒什麼關係，日向一開始就反對，甚至想打倒我們。若你對這件事有意見別找日向，找我吧。」

繼日向之後，跟魯米納斯一起過來的男人這麼說。

我記得他一直自稱法皇路易。

「那要叫你法皇路易……閣下、先生？哪個？」

我話一說完，路易面露苦笑。接著道：「直接叫我的名字也行，魔王利姆路。」要我隨自己的喜好稱呼他。

當著聖騎士的面，他對此似乎一點也不介意。是說我跟他的主子魔王魯米納斯同等，看來路易認為對我謙卑是理所當然的事。

接著路易讓在一旁偷聽的聖騎士們也能聽見，將事情原委大致說明一遍。

「這麼說，在魔王盛宴上碰到的魔王瓦倫泰是你親弟弟？」

「正是。說得更貼切點，是雙胞胎弟弟。只可惜那場盛宴過後，他被人給殺了。」

路易的語氣聽起來並沒有多遺憾。

「咦，你說他被殺了？」

路易看起來並不介意，但我有點吃驚。畢竟那個魔王瓦倫泰的實力高到不像替身。

「喔，這件事啊。因為羅伊對自己有點自信過頭，才會大意疏忽吧。跟西方聖教會敵對的勢力不少，還有某些國家嫌神聖法皇國魯貝利歐斯礙眼吧。我想他是一時不察才讓敵對勢力派出的刺客得逞……」

話雖如此還是死得很窩囊——路易補充道。

看起來並不悲傷，卻不表示路易心無所感。

這個叫路易的男人實力也不容小覷。感覺力量在羅伊之上，然而堪稱魔王級的實力派親弟弟遭人殺害，讓他無法樂觀以對吧。

「最近都用羅伊來訓練新兵，做實地演練。他曾粗心大意敗給薩雷，表示羅伊真的鬆懈了。不過，還是要對殺害羅伊的人保持警覺。總之，這件事跟你無關就是了。」

話說到這兒，日向做個總結。

的確，羅伊這個男人的事，確實與我方無關。

我已經釐清法皇路易、魔王瓦倫泰跟神魯米納斯之間的關聯性了。

不只是我，一同聽他們解釋的聖騎士團成員似乎也弄懂了。

大夥兒應該都是頭一遭聽到，每個人都驚訝得說不出話來。

看我弄明白，日向轉眼看向她的同袍。

「好了，你們都聽見了吧？我沒有欺騙你們的意思，但就結果來說還是騙了你們——」

「日、日向大人……」

單手制止有話要說的聖騎士，日向繼續把話說完。

「我之前無法告訴你們。畢竟知情計畫的人愈少愈好，若這件事外洩，我只能殺人滅口。」

日向冷著聲宣告。

原來如此，這人還真是笨拙。

「呵呵呵。本人阿爾諾是不會受騙上當的。您被神魯米納斯——不，被魔王魯米納斯威脅吧？」

名喚阿爾諾的聖騎士出聲插話，然而日向將他的話乾脆地否決掉。

「並沒有。剛才都說了吧，人民受魯米納斯大人保護。這是真的。所以我下定決心，只要魯米納斯大人沒跟人類敵對，我就聽命於她。也就是說，阿爾諾，我不許你講魯米納斯大人的壞話。」

日向利眼瞪視阿爾諾，朝他下通牒。

怪不得會遭人誤解。

靜小姐的擔憂其來有自。

「哎呀，別激動。日向妳也真是的，話可以再說得溫柔點嘛。這樣解釋根本不夠充裕吧？」

「這不干你的事吧？」

被瞪了。

就叫妳別這樣瞪人嘛。

「怎麼會不干我的事？要是你們在這起內鬨拆夥，我們也會很困擾。」

「多管閒事。基本上——」

對我的話有意見，日向還來不及把話說完——

「您無須擔憂。我們都相信日向大人！」

「沒錯，阿爾諾說得對。魔王利姆路，我們追隨的不是神魯米納斯，本騎士團只追隨日向大人一人。

所以你用不著擔心我們會起內鬨分裂。」

阿爾諾跟雷納德一個鼻孔出氣，都否認我的說詞。

或許心中還是有些芥蒂，但大家都相信日向，這種心情是一樣的。

能彼此信賴真是太好了。

「那就好。」

看我點頭，阿爾諾朝上一指，開口補充：

「再說，看到那種畫面……」

他話說得含糊，但我知道阿爾諾想說什麼。

那種畫面是吧。

就在我們頭頂上，魯米納斯跟維爾德拉正展開一場壯烈的大戰。

說真的讓人好頭痛，拜託快點住手。

為了避免地上遭受波及，我利用「誓約之王烏列爾」的「絕對防禦」架起防護網，但範圍實在太廣了，還是有可能出現傷亡。

而目睹魯米納斯如此淒絕的猛攻，不難想像阿爾諾支支吾吾的理由為何。

那就是——

「強成那樣，怪不得日向大人戰敗。」

「確實夠格自喻為神。假如她變成人類的敵人，我們可就束手無策了……」

對聖騎士團的成員來說，相較於那些話，這景象的說服力似乎更大。

這時路易對他們說了句話：

「放心吧。魯米納斯大人心胸寬大。大人沒凌虐受她庇護的人這種嗜好，只要不跟她敵對，和人類也能構築友好關係吧。只不過她不准別人說出她的真實身分就是了。」

別把神魯米納斯是魔王的事說出去，路易在此牢牢叮囑他們。

也是，都怪維爾德拉害魯米納斯的真實身分曝光，我自然該幫這個忙。

我願意幫忙，至於聖騎士們……

他們似乎也願意對這件事保密。

原因恐怕出自日向希望如此，看來他們對日向的仰慕超乎我預期。

這下就不需要操心了吧。

在我看來，日向待人冷淡又不愛把話說清楚講明白，性格上容易遭人誤解——

「我說你，是不是又在想很失禮的事？」

「咦！不、不是，我什麼都沒——」

莫非這傢伙有超能力之類的？

竟然確實看出我在想什麼……

《否。並未偵得這類干涉力。》

是、是這樣嗎？

那就是她的直覺好到嚇人。

在日向面前還是別胡思亂想好了。

我有所領悟。

這時有樣東西從空中高速墜落，在地面上撞出一個大凹洞。但那東西若無其事地起身，一看到我就跑過來。

用不著多說，就是維爾德拉。

他繞到我背後，拿我當擋箭牌盯著上空瞧。

視線前方有名銀髮美少女。對方正一臉憤怒地瞪視這邊，自空中緩緩飛落。

「利、利姆路，你快替我說服那個頑固的傢伙！心胸寬大的我都跟她道歉了，她卻當耳邊風！」

唉，好啦好啦。

說真的，拜託別把我捲進去。

這次都是維爾德拉不好。不對，仔細想想，維爾德拉有做過什麼好事？

他直到最近才復活，印象中卻給我添很多麻煩。

剛才我也看到了，維爾德拉的道歉方式反倒會激怒魯米納斯。

維爾德拉對正打算收手的魯米納斯隨口說：「嘎哈哈哈。當時我也不是故意的啦。年紀還輕總會犯點錯誤，妳就大人不計小人過原諒我吧！」

魯米納斯聽完超火大。

「把那隻蜥蜴交出來。」

她逼迫我的語氣令人寒毛直豎，狠瞪在我後方嚇到後仰的維爾德拉。

老實說，我不想為這種事跟魯米納斯敵對。

再說我能理解她的心情。

那樣根本不算道歉，我認為維爾德拉應該多少吃點苦頭反省一下。

所以我就——

「請用。」

我毫不猶豫地抓住維爾德拉的脖子，將他交給魯米納斯。

「咕欸！你竟然背叛我，利姆路！」

「不，談不上背叛，錯的人百分之百是你吧？」

這種事要分清楚。

為了不讓我跟魯米納斯之間留下任何仇恨，還是在這分清楚是非對錯吧。

我基於上述想法交出維爾德拉，魯米納斯驚訝地看我。但她馬上看向維爾德拉，露出殘酷的笑容。

「很好。看樣子你很識時務，魔王利姆路。跟那隻蜥蜴天差地別。」

「是不至於啦。可是這次都怪那傢伙給人添不少麻煩。妳可以一直教訓他直到氣消為止，然後拜託妳原諒他吧。」

「嗯，我考慮看看。」

魯米納斯扯開笑容頷首。

就這樣，我跟魯米納斯達成和解。

被人帶走的維爾德拉大叫「等等！也、也該聽聽我的意見吧！」，但我跟魯米納斯都當作沒聽到。

「那就讓妾身一解日積月累的心頭恨吧——生死擁抱（Embrace Drain）！」

「嘎吧吧吧吧——！」

看起來就像魯米納斯抱住維爾德拉，可是一點都不甜蜜。雙方雖有體格上的差異，但那還是算熊抱的一種。

光只有這樣應該傷不了維爾德拉……

《答。推估能從對方身上吸收精氣——意即吸收魔素，同時逆向注入「劇痛」與「不適」感。若沒

有斷絕這類信息傳導，將不受「痛覺無效」影響，推測會直接搗入「靈魂」。》

這個嘛，換句話說身為精神生命體的維爾德拉大哥也會因那項攻擊「吃痛」。從某方面來說，比讓維爾德拉消滅更狠。

維爾德拉的魔素量多到無邊無際，不管被魯米納斯吸多少精氣都死不了吧。可是，應該會感到疲勞、倦怠。再加上「劇痛」與「不適」，拿來當懲罰可說是無可挑剔。

之後魯米納斯的攻擊又持續一陣子。

維爾德拉又哭又叫，還用悲傷的眼神看我，但我換上鐵石心腸漠視。

這也是為了維爾德拉好——應該說，拿維爾德拉獻祭就能取悅魯米納斯算很便宜了。

這就是所謂的政治交易。

原諒我，維爾德拉。

「——罷了，魯米納斯大人看起來也很樂在其中。還能一掃近來心中那股悶氣，我也為她感到開心。」

路易面無表情地說道。

「也對。目前還不清楚是哪派人馬殺掉羅伊，不希望你們也與我方為敵。話說有件事令人在意，『他』該不會是——」

日向對路易的話表示贊同，她看向維爾德拉，困惑地支吾其詞。

對喔，說到這兒才想起還沒向大家介紹過。

「那是維爾德拉。不是龍型滿難分辨的，但確實是本人沒錯。現在他好像很忙，待會兒再慢慢跟你

們介紹吧。」

「等、等等，利姆路！現、現在就介紹──」

「哦？看樣子你還有餘力。」

「喔啵啵啵啵──！」

維爾德拉想逃，不料魯米納斯就此發動更猛烈的攻勢。

真可憐。

其實「不出聲就沒事」啊……

「──那就是魯米納斯大人在警惕的『暴風龍』？確實讓人感受到一股強大的力量……」

以上是日向錯愕的呢喃。

也是啦。畢竟現在的維爾德拉大哥樣子超滑稽。

威嚴蕩然無存，難以想像他是可怕得要命的天災級魔物。

其他聖騎士似乎也頗有同感，臉上都帶著困惑的表情。

「真、真是不敢相信……」

「就是那玩意兒？讓我們聞風喪膽的『暴風龍』──」

「騙人的吧……？感覺有點可憐？」

其中不乏幾名人士被維爾德拉的外表誆騙。

藉由我的「分身」──也就是拿年輕的靜小姐當基底，維爾德拉若把嘴閉上可是名美男子。看那樣的帥哥用悲哀眼神求救，某些女生會被他迷惑吧。

可是，大家別受騙上當。

那傢伙可是一寵就不知好歹的生物。

若不趁現在嚴加教育，往後困擾的可是我們——應該說是我。

《告。有爆發可能的「暴風龍」維爾德拉妖氣已降至安定值。》

——咦！

難道說，魯米納斯這串行動也在智慧之王拉斐爾大師的計算內？

不，怎麼可能……

應該不會吧。怎麼可能看那麼遠，未免太高估它了。

跟日向的戰鬥過程被智慧之王拉斐爾大師料得太準，害我不禁有那種想法。

我轉換心情，搖搖頭甩去這層想法。

接著我環顧四周開口：

「接下來，我們先換個地方吧。其中好像發生不少誤會，我們先安頓一下，再來針對今後的事促膝長談吧。」

就這樣，我決定領那些聖騎士進入我國城鎮。

…………

…………

……

利格魯德在城鎮入口處相迎。看來是我先派了蒼影過去知會，然後他就匆匆忙忙趕來。

時間上還很充裕，但利格魯德的個性就是這樣吧。這個男人很喜歡用跑的。

「感謝各位蒞臨。歡迎你們！」

利格魯德露出爽朗的笑容，招那些聖騎士入城。

八成是最近搞外交學會的，笑容不輸專業服務人員。就連面對不久前還在警戒的對象也不露半點敵意，真不是蓋的。

「我們會準備餐點，有哪些食材不能吃請知會。」

因為過敏或出自宗教上的理由等等是否不能吃某些食材，利格魯德並未疏於確認，他勤於學習，真教人甘拜下風。肯定在我看不到的地方跟冒險者或商人於各方面周旋，學習人類的文化或思考模式吧。

他原本是沒什麼力量的哥布林，這件事講出去恐怕沒人相信。

「啊，不。用不著如此費心——」

日向看起來很困擾，打算拒絕，但我們必須談談今後的關係。時間不知不覺來到傍晚，會談恐怕得挪到明日。

「哎呀，別客氣。詳細討論就留到明天吧，今天就先辦場宴會慶祝雙方和解，來熱鬧一下！」

他們難得來一趟，我想先展示一下我國城鎮。

「噢噢，宴會啊！這主意不錯。當然，會上酒吧？」

剛剛才被魯米納斯整治的維爾德拉開心地附和我的提議。

我本來就沒在擔心他，看來他果然平安無事。

「嗯。你說要辦宴會，想必會邀請妾身吧？」

唔喔！

魯米納斯神不知鬼不覺來到我身旁。

我當然有那個打算，是說維爾德拉的事已經網開一面了嗎？

「當然沒問題，我該稱妳魯米納斯……閣下？」

「聽起來真不舒服。叫我魯米納斯就好。」

才在煩惱該怎麼叫她，對方就准我直接叫她的名字。

我們同為八星魔王（Octagram），就順她的意不跟她客氣了。

「那魯米納斯，妳也叫我利姆路吧。還有維爾德拉的事——」

「妾身饒不了他。雖饒不了他，但妾身今日來是替部下擦屁股。利姆路，就看在你的面子上，改天再來制裁那隻蜥蜴。」

噢噢，魯米納斯叫我利姆路了。

還以為她會多擺些架子嫌東嫌西，看樣子個性意外率直。

這樣一來我們應該能友好相處，這時維爾德拉開始吵鬧。然後受他影響，連魯米納斯都……

「什麼！已經夠了吧！」

「少囉嗦，閉嘴！妾身這樣算讓步了。不然現在要來一決雌雄也行！」

「嘎哈哈哈！有趣。就讓妳見識我進化之後的力量——」

兩人開始對打。

該說他們水火不容嗎？

看來果真是不打不相識。

放他們兩人隨意胡來，這座城鎮可能會灰飛煙滅。

「笨蛋，快住手。禁止在這作亂。」

察覺此事的我強行使用公權力，出面勸架。

魯米納斯從維爾德拉身上奪取大量魔素，似乎挺滿足的。

眼下她好像打算收手，就別再刺激她了吧。

既然她要參加宴會，我就得盛情款待。

「話說我們的宴會，不像魔王盛宴會端出豪華套餐，這樣也行嗎？」

經我確認後，魯米納斯點頭說沒問題。

「上次是心頭有不祥的預感才沒參加，但光這點不構成拒絕參加的理由。妾身底下的廚師也常上那些菜色。基本上妾身不需要進食，其實早就膩了。只不過，這裡有罕見的酒吧？那邊那隻蜥蜴似乎滿期待的，所以妾身也抱持期待。」

魯米納斯出席宴會的意願似乎頗高。

「魯米納斯大人，您這樣不會太掉以輕心嗎？」

看魯米納斯這樣，隨侍在側的老管家出聲提點。

說他老也僅限於外表。背挺得老直、儀態端正，從他的氣息可知這人並非泛泛之輩。最起碼能跟立於該管家身旁的路易平起平坐。

魯米納斯不悅地瞥了這名男人一眼。

「哼，岡達。你老是這樣嘮嘮叨叨。所以妾身才不想帶你來。」

「那是我的職責……」

「算了，無妨。那個利姆路似乎也是明事非通情理的人。我沒有要在這個節骨眼上跟維爾德拉一決雌雄，沒什麼好擔心。」

「可是——」

「怎麼講不聽！別想命令身為遠古魔王的妾身！正是如此，你先回去吧。」

魯米納斯展露她激烈的本性說出這些話，接著名喚岡達的老管家就困擾地嘆了一口氣。但他還是無法違抗魯米納斯吧。猶豫一會兒後，他似乎決定聽令。

「——那麼，我先回去了。」

魯米納斯聽見這句話便露出笑容。

「嗯，辛苦你了，岡達。這裡有路易跟日向在，你太杞人憂天了。」

「擔心公主是人之常情吧。」

邊做此回應，岡達看向路易。

「那麼之後的事就拜託你了，路易。」

「知道了。」

路易也答得很困擾。

雖然他面無表情，但我就是有這種感覺。

這兩人搞不好一天到晚都被魯米納斯耍得團團轉……

看完剛才的互動，我不禁有此感觸。

聽完路易的回答，岡達突然自該處消失。

確定他離開，魯米納斯的心情似乎跟著好轉。

「好了，煩人的傢伙走了。這下就能盡情享受宴會！」

就這樣，大概敵不過魯米納斯的氣勢吧，以日向為首的聖騎士團也被迫與會。

沒人敢反對。

大家都不願惹魯米納斯不快。

畢竟維爾德拉跟魯米納斯的對決實在嚇死人。在他們本人看來也許只是稍微牽制一下，但遭受波及的人可頂不住。

雖說我在第一時間阻止他們才沒釀成災害，但放著不管肯定傷亡慘重。

某些人鐵青著臉，八成是清楚這點。

還有一些人好像搞不清楚狀況。

就算了吧。

對聖騎士來說發生太多事，他們會困惑是正常的。

再說我跟日向的對決也來到超人等級。

還有被當英雄的「七曜大師」遭到肅清，他們信奉的神其實是魔王魯米納斯……

之後又有那個魔王魯米納斯跟「暴風龍」維爾德拉戰起來。

已下定決心要相信日向的他們看似鎮定，但這些事都需要一點時間來消化。

總之，今天先讓他們放輕鬆歇息吧。

利格魯德罩子似乎放很亮，他拍拍手做出指示。

接獲指示，一直在待命的城鎮居民便快手快腳地行動。

有人負責牽馬安頓。

有人靠近那些聖騎士，要替他們保管武器和防具。
還有人發回復藥給受傷的聖騎士。
再來看看那些聖騎士，他們說要相信日向這句話似乎不假。
看日向二話不說接受，聖騎士們也毫不猶豫地交出武器。
有些人可能試過回復藥了吧，對藥的效果嘖嘖稱奇。
還以為會多點爭執，沒想到意外平靜。

＊

「那麼，到餐點準備完全還要一點時間，各位要不要先去澡堂，洗去身上的塵埃？當然，休息室都備妥了，各位也可去那兒自由休憩。」
聽人這麼說，聖騎士們都露出一頭霧水的表情。
英格拉西亞王國也有泡澡的習慣，他們不會不知道那個字眼代表什麼意思吧。日向他們好像要住街上的旅店，那邊也有澡堂。
這些人八成沒想到魔物會泡澡吧。
哼，儘管驚嚇吧！總之我很自豪就對了，本國澡堂可是比王都澡堂還要豪華。
已經超越澡堂，更像溫泉，從大浴場到引以為豪的露天浴池都有。
我們準備各式各樣的浴池，就像溫泉街那樣。
一方面能趁勢宣傳，一方面能讓他們悠悠閒閒洗去疲憊。

再來是替換用的衣物，他們的衣服因激烈戰鬥而髒汙破損。機會難得，就順便用來替我國宣傳吧。

讓人準備新開發的麻製輕便和服吧。女生那邊還有浴衣可穿，選擇性滿多的。

「請您放心交給我們處理。朱菜大人已經著手打點了。」

哈露娜說完微微一笑。

看來用不著我操心。

既然這樣，趕快進行下一步。

「那麼，就請各位盡情享受我國引以為傲的溫泉浴池。這是從源頭引來的溫泉，可以洗去疲勞。除此之外，護膚效果也一級棒。」

我不忘宣傳一下。

魯米納斯很感興趣。

「喔，你說溫泉？還有護膚效果，真教人感興趣。至於妾身要用的個人房，你會準備這個國家裡頭最高級的吧？」

嗯？個人房？

啊，這時我突然開竅。

在技術掛帥的大國矮人王國裡，他們也以個人用的三溫暖為主。沒有一次供多人使用的澡堂。

英格拉西亞王國有大眾澡堂，布爾蒙王國就沒有了。因為一般老百姓會用生活魔法淨化，不拿水洗澡也很乾淨。

花點小錢就能幫忙淨化的這些人遍及各大城鎮。

換句話說在這個世界裡，煮水泡澡並不常見。只限有不少「異界訪客」居住的大國，該處上流階層才有很奢侈的個人用浴池。

而我國連個人住家都常備浴池，害我不小心忘記這件事。魯米納斯似乎也想像成王公貴族在用的個人浴池，不巧我們沒那種東西。

如果領魯米納斯去用民宅裡的浴池，不曉得她會發多大的火，所以我決定破除誤會。

「哎呀，我們有大家一起泡的澡堂，但男女分開就是了。若妳希望也有混浴可泡，想用的話，我是不會阻止妳啦……」

我答這話是想導正魯米納斯先入為主的觀念，不料對此給出反應的另有其人。

「——唔！」

「你說什麼！」

「哦哦……」

阿爾諾等聖騎士男性成員轉眼看我，眼中不約而同閃過一道光芒。

呵呵呵，他們也很感興趣是吧。

「嗯。要是你們有興趣，就去那——」

我話說到一半就發現日向冷冷的目光射過來，聲音馬上沒了。

看來不行，想也知道。

「魯米納斯大人，我們去泡女用浴池吧。我也很久沒泡溫泉了，非常期待。」

「哦？既然日向都這麼說了，妾身也沒意見。」

我明白，這也是沒辦法的事。

難得有機會跟日向和魯米納斯一起泡澡——咦，等等？

現在放棄或許還太早。

阿爾諾等人看上去很懊惱，但邀日向她們去泡男女混浴是不可能的。

不過，若只有我一人……

抱歉啦，我用眼神暗示那幫男人，打算領日向她們過去。

「那麼，我帶妳們去女用浴池吧。」

話一說完，我若無其事地邁步。然而事情沒這麼順利。

日向出聲踩剎車。

「等一下。為什麼你要帶我們過去？」

「還問為什麼，妳們不是需要人家帶路嗎？」

可不能在這慌了陣腳。

我裝得若無其事，理所當然地應答。

「因為妳們又不知道路。再說浴池按各種效用分開，連三溫暖都有。在這種情況下，還是將使用方法鉅細靡遺說明清楚比較好。」

我還大力遊說表示其中兩名三獸士也對澡堂很感興趣，之前就曾領她們過去。

上次那樣頗受好評，這次也能辦得一樣好。

「基於這些原因，我才想好好跟妳們介紹一下，讓大家知道它的好。」

「利姆路大人，既然如此就讓我來吧！」

紫苑出面應聲，但那樣我會很困擾。

所以現在必須拒絕到底。

「不，只靠紫苑一人不夠可靠。」

「怎麼這樣！」

「哎呀，妳們用不著跟我客氣。機會難得，我也想一起泡。」

我這話答得極其自然。

這下我去女用澡堂也不奇怪了。

呵呵呵，完美。

好完美的計畫。

如此一來，我就能堂堂正正跟日向等人一起泡溫泉——

「不是要你稍安勿躁嗎？你原本是男人吧？為什麼一副理所當然的樣子，要跟我們一起泡澡？」

心臟重重跳了一下。

被識破了！

照理說我的背不會流冷汗，卻有一股涼意。

聽日向道出癥結，魯米納斯也「哦？」了一聲，瞇起眼睛看我。

「沒、沒啦。這個嘛……」

本人開始著急，這時突然有道意想不到的聲音幫腔。

「又沒關係！利姆路大人就是利姆路大人。」

有人掩護我，是一直以為靠不住的紫苑。

很好，加油！我在心裡默默替紫苑加油，只可惜紫苑就是紫苑。

「妳也能領我們去澡堂吧？」

「當然能！」

「那麼，我想拜託妳帶路可以嗎？」

「可是……」

「妳不覺得該趁此機會向主子展現實力，表示妳很靠得住？」

「原來如此！」

情況差不多是這樣，她三兩下就被日向說動。

「放心吧，紫苑小姐。我們也會跟去，若妳遇到麻煩有我們幫忙。」

「是啊。我們已經泡過好幾次了，對它瞭若指掌。」

兩名三獸士成員對紫苑這麼說，紫苑也因此下定決心。

「利姆路大人。這件事就交給我吧！」

「喔，好……加油喔。」

啊。機會難得，我本來還期待能觀賞日向美麗的裸體……

既然事情演變成這樣，只好放棄了。

失去千載難逢的好機會。

認輸之於，我含淚將這件事交給紫苑辦理。

接下來換個心情，我轉頭看向紅丸等人。

「嘖，沒辦法。只好去泡久違的男用溫泉。」

心情轉換迅速，這是我的優點。

「那麼，要不要我幫忙刷背？泡勝過深山祕泉的溫泉洗去一身汗水，能將疲勞一掃而空。」

「既然要刷背就由我——」

大家一起打造的溫泉也頗受紅丸等人喜愛。偶爾大夥兒一起泡個澡也不賴。

「嘎哈哈哈！那麼利姆路，你要不要替我刷背啊？」

「為什麼我非得替你刷背！」

維爾德拉擅自說些自我感覺良好的話，沒必要理他。

我充耳不聞，帶領大家邁開步伐前進。

聖騎士團的男性比例較高，將近百人。但我國的大澡堂沒問題。

光去其中一處會被他們塞滿，但我們有好幾間，所以就大家結伴一同前往。

他們好像有點雀躍，大夥兒應該都滿期待的。

一定要讓他們為澡堂的美好大吃一驚。

我邊想邊走，半路上碰到朱菜。

「替換用的衣物已經準備好了。話說利姆路大人，您怎麼跟諸位男性賓客同行呢？」

問話聲很溫柔，但那雙眼毫無笑意。

「喔，我想跟大家一起泡澡。」

儘管心底疑惑，我還是給出答案。

接著朱菜便露出可愛的微笑。

咦？她好像很生氣？

「這是怎麼一回事？」

朱菜邊說邊晃眼環視一圈。

然後她的目光定在紅丸跟蒼影身上，就此頓住。

「利姆路大人還有一點事情要辦，不能與各位同行。還有，哥哥跟蒼影，我等一下有話要跟你們說。」

「啊，不──」

「……」

紅丸與蒼影遭朱菜施壓不敢吭聲。不知道具體原因是什麼，但他們似乎認為眼下最好別忤逆惱怒的朱菜。

至於我，最後得去泡位在別館的自家澡堂。

搞不懂。

是哪點惹毛朱菜了？

抱著這個疑問，我在朱菜的催促下離開現場。

＊

速速洗完澡的我先去確認宴會準備得怎樣了。

地點來到宴會會場。

我們常舉辦宴會，之前想說要先準備起來的，是臨時要人製作、才剛蓋好的建築物。

外觀上是圓形巨蛋。

跟體育館差不多大。

一進到裡頭，那裡有著鋪了榻榻米的遼闊挑高空間。

遇到緊急狀況還能充當避難所，足以容納相當多的人數。

我們什麼沒有就是空間多，所以用來架構相對龐大又堅固的建築物的骨架結構雖由鐵製成，但我想經過一段時間就會變質成「魔鋼」。

從這點考量，本國非常有利。畢竟國內有許多魔素量豐富的魔人。

想著想著，餐點正好放在膳桌上送了過來。

上頭擺著高級料理店才會上的精緻餐碗。

我空閒的時候捏黏土燒成碗給他們看，孩子們就開始學。這件事成了契機，如今已有許多不錯的力作。

甚至有人為了著色塗上藥草汁液，或者拿某些奇怪的礦石混在黏土裡，最後作出色彩繽紛的漂亮成品。

至於各戶人家用的碗，都用孩子們的作品。

凡事都要試了才知道。

就連端來的膳桌都是一級品，上頭加了非常精緻的裝飾。

是利用加工木材剩餘的部分，由多爾德操刀製作。孩子們也跟著學，如今已經幫他們規劃一段時間做勞作，當成是遊戲的一環。

這樣一看，從溫泉到料理器皿，我的興趣反映在各式各樣的事物上。

想當初我還在吃草，如今生活舒適到出乎意料。

現在也能品嚐食物的滋味了。

果然，為了自己好，人才會努力向上。

今天的料理是天婦羅。

好棒。沒想到能做到這種地步，令我感動萬分。

賣相完美，味道也一級棒。

這些手藝都出自今天的大廚朱菜。

用不著說也知道，肯定不是紫苑煮的。

紫苑煮的菜光賣相就不行。即使她多了獨有技「廚師」這項技能，還是不能讓她負責大家的食物吧。

這些天婦羅也是讓朱菜看我的記憶，再由她一一開發數道菜裡的其中一道。

蜜莉姆也對日式炸肉、漢堡、牛排和可樂餅讚不絕口，還有炸蝦。

這個炸蝦跟天婦羅有何不同，不擅長做菜的我難以說明。

簡單來說就是「要當麵衣的東西拿去沾蝦子，再用油炸」。麵衣的不同將大大改變味道與口感。

還有炸的方式也不一樣，要靠我印象中那道菜的味道和外觀——靠模模糊糊的記憶重現，其實比預料中更困難。

她吃了不少苦頭。

這道料理多虧朱菜的努力才能重現到如此地步。

英格拉西亞王國也有許多美味料理，卻少了日式美食。

金準備的佳餚也走西洋風高級套餐路線，我猜日本料理應該很稀有。

理由之一是——

西方諸國中少有面海的國度，市面上海產不多。若要用魔法維持鮮度，那可是一筆不小的開銷。

即使有來自日本的「異界訪客」廚師，少了食材依然難為無米之炊。

這麼說來，吉田大叔也曾哀嘆過，說酒的種類太少，許多種類的蛋糕難以重現。我說會幫他準備，他就好興奮好開心。

這樣一想，大家就知道我有多幸福了吧。即使有相關知識，要在一朝一夕間重現料理仍是不可能的任務。

尤其是日本料理，蒐集素材就是一件苦差事。

話說為了製作類似柴魚的東西，我還去海邊抓一大堆魚。

利用技能做「空間轉移」，確立保持鮮度的搬運手段，就能調配各式各樣的食材。

不過之後我想確立不需仰賴技能的搬運手段，這成了今後的課題。

飲食乃文化的極致。

飲食文化不夠豐富，這種國家的文化對我而言一點意義也沒有。

因為我認為在食衣住行裡面，最重要的就是食啦。雖然每個人都有自己的看法。

基於上述原因，我們分外賣力，開發各式各樣的料理。

要弄到麥類比想像中還要簡單。

我還在英格拉西亞王都看過白麵包，對有錢人來說似乎是種日常飲食。因此透過學習製作方法，後來在我國就能用相對簡單的方式生產。

眼下的課題是白米。

目前還沒改良到吃起來可以接受的程度。

跟自古以來不惜耗費大把時間及人力改良的日本米相比，品質就是比較低落。

這是當然的吧。我不覺得事情會這麼順利。

我們用魔法培育，很快就能收成。話雖如此，在冬季開發還是不容易。

目前只在有專人控管的室內少量栽培稻米。

看來要拿出成果還得等好一陣子。

其實有辦法解決。

我問智慧之王拉斐爾大師有沒有什麼好方法，結果它三兩下就給出答案。

這個方法就是利用紫苑的「廚師」竄改結果。她能更改結果，品種改良不費吹灰之力就能成事吧。

然而這招可行嗎？

我不覺得大家能接受這種方法，根本是邪魔歪道吧……想歸想，現在說這個已經太遲了。

當初製作酒類的時候早就亂用一通，我沒什麼自我約束的意思。

比起良知，食慾排在前面。

但總不能每次都靠紫苑的力量收成，所以我們就繼續研究。只不過，還是有一小部分——主要是給我吃的——人們已準備相當於這些量的白米。

紫苑樂於幫忙，我將那些米交給朱菜，要她等到紀念日等特殊日子再端出來。

這次例外。

一方面是魔王魯米納斯在的關係，所以我們要卯起來弄。

為了讓我方與其他人今後保持友好關係，我要讓大家明白本國很派得上用場。
這是恩威並施。
被之前都沒什麼好印象的對象禮遇，到時印象提昇率將不是普通的多。
不良少年偶爾做點好事，好感度會暴增——類似這樣，搞不好他們也會想法一百八十度大轉變。
雖然我不覺得聖騎士有這麼膚淺，但這是很有效的經典手法。懷著如此卑鄙的盤算，這次的晚宴都用些山珍海味。
是說關於白米的事，曾經身為日本人的我有所堅持，但也許不合那些聖騎士的胃口也說不定。
不過，日向應該會很開心吧。
畢竟以前我睽違許久吃到白米當時非常高興。
而天婦羅，大家吃了都會覺得很美味吧。
冒險者跟商人們也都相當讚許，就連紅丸都超愛吃。在這個世界接受度也很高，我想應該沒問題。
當我在想這些事情的時候，餐點也上完了，接下來就等聖騎士們洗完澡過來。

＊

座位排成反過來的匚字型。
主位這邊有三席。我坐中間，左右分別坐著維爾德拉跟魯米納斯。
從該座位可以將所有人盡收眼底。
本鎮幹部和聖騎士則面對面坐著。部分用意是想讓大家透過宴會構築友好關係，所以我們刻意安排讓他們面對面。

接著，聖騎士們被人領進宴會會場。

他們都洗完澡了，身上穿著我們準備的浴衣或輕便和服。

照理說這些衣服他們穿不慣，然而體驗過穿起來的感覺，似乎就很中意。

這是當然，穿上這類衣物生活舒適愉快，不輸運動服。別說平常穿來活動了，拿來當睡衣才是上選。

聖騎士們戰戰兢兢地任人領他們來到座位上，沒看到桌子和椅子似乎令他們不知所措。先別說桌子椅子，赤腳走在榻榻米上好像也令他們困惑不已。

這是文化差異，會感到不知所措很正常。

負責帶路的女性們（哥布莉娜）一點也不緊張，動作很自然。手法熟練到讓人吃驚。都是培斯塔教導有方。

這件事看在那些聖騎士眼裡也令他們感到驚訝吧。看得出他們很尷尬。

走在最前面的人是魯米納斯。

她動作優雅，我在主位那兒等待，魯米納斯則在我身旁入座。

接著似乎輪到路易。跟負責扮魔王的羅伊長得一模一樣，很有法皇風範。

第三人是日向。

一坐到位子上，日向就下了什麼決心似的朝我看來。

「之前給你添了莫大的麻煩，真是對不住。上次也好，這次的事也罷，都是我一意孤行。並非魯米納斯大人下令，責任也不在那些部下身上。雖說就我一人扛起仍不足以換得你的原諒——」

「啊，ＳＴＯＰ！」

日向正想朝我低頭謝罪，我趕緊制止她。

上次姑且不論，但這次是誤會。幕後黑手是「七曜」，魯米納斯已經將他們處決了。

法爾姆斯王國那邊也有迪亞布羅出面收拾，我個人不打算繼續追究。

基於這些想法才阻止日向，不料卻讓我發現不得了的事。

竟有某種東西若隱若現。

——那是敞開的浴衣中的圓潤雙丘啊！

剛洗完澡泛著淡粉色，看起來好性感。

我不是刻意看那邊的，這時機可說是巧得可怕。

難道是智慧之王拉斐爾大師的神力？

《答。並不是。》

是我多心了嗎，回應的聲音好冷淡，但現在那種事根本不重要吧。

糟糕，渴望冒險的心情不停湧現。其實現在該是龜兒子出動的時候，只可惜已經沒了。

不過，這也不能怪我。

因為男人這種生物，總是常懷冒險精神！

像這種時候，我有不會流鼻血的身體真是太好了。

不過話說回來，穿浴衣啊。這真的好強大。破壞力驚人。

剛洗完澡的女性穿浴衣，這是最強組合吧。

而那名女性又是日向這樣的美女，將發揮可怕的加乘效果。
我輸了……輸了啊。輸得一塌糊塗。
要我原諒她，全都一筆勾銷也行──甚至讓我有這種心情。
不對，我早就原諒她了。
這時，朱菜對我說：「利姆路大人，您在看哪裡？」
她停止搬運料理，笑眯眯地望著我。
為什麼會這樣？聲音明明很溫柔，卻讓我感受到一股冷冰冰的寒意。
「沒什麼啦，我什麼都沒看。話說回來，日向……誤會解開就好。我寧可妳去制止他人因我們是魔物而產生偏見呢。」
我趕緊說些話蒙混過去。
日向瞬間露出猶豫的表情，但仍無言地頷首。
也對，說真的那滿難的吧。
一旦身為魔物，就跟拿著手槍的重刑犯沒什麼兩樣。隨隨便便相信人家的話，要是到時因此害到一般百姓，那可就本末倒置了。
我們可以跟人類溝通沒錯，能不能互相理解就不一定了……
可是在這座城鎮裡，有機會成真。
因為魔物們都相信我的話，想跟人類友好相處。
話雖如此，紫苑和紫克眾成員曾遭人類殺害。
「這個嘛，我明白要輕易給予信任並不容易。畢竟不知道對方在想什麼，某些魔物還很狡猾。人類

守護者可不能輕易被魔物騙去。」

「——說得對。對話是相互理解的第一步，卻也是危險的交易。可能會被人挑語病，靈魂甚至有遭束縛的危險。」

「的確。所以說，只要你們不覺得所有魔物都很壞，對我們來說這樣就夠了。若遇到有疑慮的魔物，就帶來我們這邊吧。就算在人類社會不被接受也無妨，來這座城鎮就沒問題。」

若要找到妥協點大概就這樣吧。

遇到有疑慮的魔物就由本鎮收容。

在這座城鎮裡，人們就算遇到一些突發狀況也不會大驚小怪。

但至少前提是我們跟那隻魔物可以溝通啦。

「我明白了。馬上改變想法不容易，但我會禁止大家視魔物為罪惡隨意處死他們。這樣可以嗎，魯米納斯大人？」

「不過是一點小事，愛怎麼處置都無所謂。不過，信奉妾身這事可不許任何人存疑。」

「遵命。這件事會擺在第一位，要大家遵守。」

魯米納斯似乎也接受了。

神聖法皇國魯貝利歐斯這個國家是構築在對神魯米納斯的信仰上，人們對此存疑將會動搖國本。

畢竟也是在西方諸國仍具備強大影響力的宗教，日向自然會慎重以對吧。

我反倒覺得魯米納斯本人小看自身影響力。嘴巴上說絕不容許，看起來卻一副無所謂的樣子。

搞不好魯米納斯只是被人當神拜，但她本人並不希望這樣。

可能是我想太多，但她似乎把統治權都下放給法皇路易，雜事則由日向做。

之前的事也一樣，單純只是「七曜」暗中用計罷了。

呃，應該不會吧。

那名遠古魔王長時間以退居幕後的霸主之姿君臨，其實性格上很怕麻煩——怎麼可能有這種事。

「國王我當，權利下放給人民」——看起來就像這個我定的目標，所以才不由得往那方面想。

又不能挑明問這種事情，剛才的感想就先藏在心底吧。

我在想些有的沒的，這時日向開始看我的部下們。

「我也要跟你們道歉。我答應你們，今後不會因為對方是魔物就敵視。」

話一說完，日向深深一鞠躬。

看日向採取行動，其他聖騎士也趕緊照做。

他們說「對不起！」，大夥兒一同低頭道歉。

「用不著放在心上。我們也一樣，若沒有利姆路大人下令，以前也把人類當成敵人看待。」

說這話的人是利格魯德。

他說因為我下令，這才撇除成見。

哥布林族光是為了活命就拚盡全力，大概把自己以外的種族全都當成敵人吧。

「就我個人而言，只要妳沒跟我們為敵就夠了。我看過妳跟利姆路大人作戰的過程，即使是現在的我也沒勝算。」

紅丸說完撇嘴扯出一抹笑容。

紅丸還是老樣子，滿腦子都是戰鬥的事。

不曉得蒼影是否同意紅丸的看法，他只輕輕地點了個頭。

魔物原本就有弱肉強食的傾向，就算被當成敵人殺害，錯還是要算在弱者頭上。蒼影似乎也這麼認為，對聖騎士們並未感到不滿。

再來看紫苑，可能為日向道歉一事動搖，行為舉止有些彆扭。

「還有妳，紫苑，就原諒她吧。我懂妳的痛、妳的怒。可是，並非所有人類都那麼邪惡。其中有壞人，也有好人。事情就是這樣。魔物也一樣，一定要仔細分辨。此外，人類是能克服差異的生物。不只人類，我們也一樣不是嗎？擁有什麼樣的靈魂，這才是最重要的吧？」

人與魔物——不該用這種方式區分，一個人的人生態度跟靈魂本質才是最重要的。

希望紫苑也能明白這點。

我基於這份心對她喊話，結果紫苑顯得更加迷惘。

對她而言，人類是邪惡的吧。

不過，希望她別把所有人都看成那樣。

目前紫苑仍遵從我的命令，卻不知她心裡的不滿會在何時爆發。

那樣不行。

我希望她不是受人命令才服從，而是自動自發思考，再採取行動。

原本是這麼想的，但好像是我杞人憂天。

轉眼間，紫苑就拋去躊躇。

她本來就不擅長思考，確實很像她的作風，說話時一臉豁達。

「我知道了！要分辨好人跟壞人，我會學利姆路大人，看對方的『靈魂』來做判斷！」

紫苑說完就朝我綻放燦爛的笑容。

她的表情豁然開朗，不再鑽牛角尖，也許紫苑也克服某種巨大的業障了。

雖然我看不見人的「靈魂」，但紫苑能想通就好。

紫克眾似乎也能接受。

看樣子對聖騎士們也心無芥蒂，打算像紫苑那樣自行思考，再來論人的善惡。

真是一群好傢伙。都是我自豪的夥伴。

接受他人的道歉，不計前嫌。

能原諒到什麼程度很難界定，不過，這次雙方順利和解。只要語言相通，就能接受彼此的想法。

就這樣，我們為此事達成和解。

*

好了，氣氛繼續凝重下去未免太無趣。

好好的佳餚要是跟著冷掉，也會失去其美味。

最重要的是，繼續讓這次沒出場機會的維爾德拉等下去，他又會心情不好，到時就麻煩了。

照理說他跟我一樣都不用進食，但不知道為什麼，他復活之後就開始會討東西吃。

熱愛蛋糕類食物是眾所皆知的事，而他對料理也很講究。

不曉得是裝懂還什麼的。

這次可以白吃大餐似乎讓他很期待，所以我想快點讓宴會揭幕。

就是這麼一回事，我們來乾杯。

「那麼接下來，為彼此都打出一場漂亮的仗乾杯！」

我隨便想句話當開場白，宴會就此開始。

剛洗完澡喝杯冷飲。真是最棒的瞬間。

當然，我早有準備。

連我國製作的祕藏酒類都毫不吝嗇盛大供應。

毫無破綻。真是太完美了。

即使在英格拉西亞王國，葡萄酒也是主流。

雖然還有麥酒，喝起來卻不怎樣。該說是發泡力道不夠，還是碳酸太少呢？

喝起來溫溫的，這也是難喝的主因吧。

來到我國，這些問題全都解決了。

可別小看我對吃的熱情。我日以繼夜鑽研，現在種類已經比以前去矮人王國那陣子還要多。

是說我一講想要什麼東西，馬上就會有人展開相關研究。

現在的生活環境對我來說理想到有點可怕。

果然是因為我當上魔王的關係？

不，好像原本就這樣……

算了，無所謂。

就是這樣，由於我那些親愛的魔物們如此賣力，飲食方面變得跟生前在日本生活差不多。

本國的食物真的好美味。

聖騎士們一定也能吃得滿意。

然後，果然被我料中了。

負責接待客人的女性成員四處跑，替大家斟酒。已經有過許多次開宴會的經驗，如今可說是熟能生巧。

聖騎士們喝下第一口便驚訝地睜大眼睛，而東西一吃進嘴巴，他們就僵在那兒。一左一右坐在彼此隔壁的人互看，互相窺探對方的神色。

看來在為餐點的美味感動。

我在心裡偷笑。看來他們接受了，我總算放心。

天婦羅是主菜，但我們還備有海產，連剛切好的生魚片都端上桌。

我弄到類似大豆的食材，成功仿製醬油。這是朱菜努力的成果之一。

多少還是跟真的醬油有點差異，不過，這只有知曉醬油真實滋味的人才能察覺。對第一次吃的人來說，這個假醬油等同真貨。醬油也分成好幾種，搞不好日本有那種口味的醬油。成品很棒讓人相當滿意。

生魚片是白老的拿手絕活。雖然目前白老不在這裡，但有好幾名廚師都繼承他的技術。

就是這樣，看來廚師的培育也很順遂。這些廚師大展身手烹煮出各式各樣的佳餚，隨著時間推進陸續端上桌。

雖是走日式口味，可是大多數人都吃得很開心。

尤其是日向，她似乎很感動，默默地吃著。

跟不習慣用筷子的聖騎士們不一樣，動作流暢地吃著那些餐點。

接著疑似發現我在看她，她轉眼望向我。

「我說你，做到這樣未免太過火了吧？」

「哪裡過火？」

還以為她會誇我，沒想到開始吐嘈。

我的火氣上來，朝日向出聲反駁。緊接著，日向就像在一吐堆積已久的不滿，將所有疑問一鼓作氣丟向我。

「來這裡的路上也是，有間店會上拉麵跟餃子。還在飲水區免費供水，窮鄉僻壤的卻有大澡堂。然後這次換成這個。為什麼處在這種廣大森林中，你們卻端出新鮮的生魚片啊！炸山菜天婦羅我已經努力接受了，但這個怎麼看都很奇怪吧！」

這股氣勢讓人感受不到平常那股冷靜，日向一口氣把話說完。

哎呀，好吧。

我沒想到她會問這個。

「因為我想吃嘛——」

「你說什麼？」

「沒啦，所以啊……因為我想吃，才努力重現。生魚片是那個啦。目前跟我們關係不錯的獸王國猶拉瑟尼亞正好面海，所以就從那邊稍微釣了點魚。但我們目前還沒開辦透過冷凍保鮮運送的物流網，才靠技能搞定。是說，偶爾會想奢侈一下嘛！」

「你說技能？」

我「嗯」了一聲，朝她點頭。

關於這點，是透過蓋德的獨有技「美食者」之「胃袋」，活用豬人族（高等半獸人）之間的流通管道。

傳送魔法無法搬運食材。不過，技能就沒那種限制。

話雖如此，我們只能準備夠這次宴會吃的量。高等半獸人為各地工程分身乏術，總不能隨我的任性起舞。這次多虧在鎮上放假的人自主相助。

這是靠個人技能搬運的弱點，我想將這當成今後的課題，多加改善。

日向傻眼地聽我說話，過程中不發一語。

「──這樣啊，技能可以在不變質的情況下搬運東西。然後在這個國家裡，許多人都能共用那項技能……你竟然理所當然地公器私用，真教人不敢置信。」

聽完我的解說，日向有些放棄地低喃。

感覺好失禮，不過算了，不跟她計較。

日向一臉謎底終於解開的表情，我卻不明白這之中有什麼問題。

能用的東西就用，這種事理所當然。

「其實這也無妨，日向。不管理由是什麼，這些東西好吃都是事實。最起碼，妾身挺中意的。」

我們的對話似乎都被魯米納斯聽到。

手裡舉著酒杯，看來她喝得醉醺醺。

對她來說八成很新奇，魯米納斯吃天婦羅吃得津津有味。還用手指捏著吃，但不知為何，魯米納斯看上去就是很優雅。

基本上所謂的正確用餐方式，只要不會讓對方反感就行了。不該強求連筷子都沒見過的人，而這部分其實也是難解的課題。

紅丸他們原本就會用筷子，我國魔物看過我們的用餐方式，就擅自把那一套學起來。可是從其他國家過來的商人或冒險者就不一樣了。除此之外，我還想將本國打造成觀光名勝吸引外國貴族，必須改變想法、就算看人無法使用筷子也不介意。

從該觀點出發，魯米納斯頗具參考價值。

用刀叉、筷子，不然就是手指。

吃燙的料理必須用筷子，但其他的用手吃也沒問題。

食材不同，吃法也不一樣。

讓賓客不快根本沒意義，不須拘泥於正確吃法。提醒他們還有哪種吃法，等他們慢慢習慣或許會更好。

懷著上述想法，我朝魯米納斯搭話：

「我們的料理還合妳胃口嗎？」

「嗯，妾身很中意。料理很好吃，但酒更棒。」

她這麼一說我才注意到，魯米納斯確實以驚人的速度喝著酒。

蜜莉姆食慾驚人，魯米納斯則是酒國豪傑。

拿天婦羅當下酒菜，將上桌的酒全都喝過一輪。

「那真是太好了。可是不多加節制會傷身喔！」

「笨蛋。連毒都對妾身沒用，怎麼可能輸給區區的酒。妾身反倒是為了喝醉，費盡心血降低『毒無效』的效果呢！」

我的忠告對魯米納斯似乎沒什麼意義可言。

是說她降低了「毒無效」的效果？

「那、那種事能辦到？」

「這還用得著說？在說什麼傻話——」

我拜託瞧不起人的魯米納斯，要她教我方法。

《……》

智慧之王拉斐爾大師好像有意見。

但我不在意，照魯米納斯教的做，降低自己的「抗性」。

一弄完就有醉醺醺的感覺。

來啦來啦——！

來了，這就是喝醉的感覺！

「嘎哈哈哈！利姆路，你連這點雕蟲小技都不會？我早就把這點程度的技倆練到爐火純青！」

維爾德拉大哥得意洋洋。

不曉得他是在哪裡練習的，現在已經完全變成一個醉漢。

「好，再多喝點酒吧！」

「嗯。我陪你。」

「真拿你們倆沒辦法。妾身也跟著奉陪吧。」

魯米納斯高高在上地搭便車附和，把宴會炒得更加火熱。

「利姆路大人真是的。」

說這話的朱菜有些錯愕，但她仍苦笑著替我斟酒。

如此這般我們開始不講禮節大喝特喝。

酒品種類豐富。

冰塊源源不絕地補充，還有好喝的水。

當然，為了不擅長喝酒的人，我們也備妥了果汁和茶。

維爾德拉有哈露娜小姐、魯米納斯有路易，兩人各自替他們斟酒。

至於紅丸、紫苑、蒼影這三人，還有兩名三獸士成員，以及阿爾諾等聖騎士菁英，現在好像開始拚起酒來。

聖騎士團成員一開始還很正經八百，當他們的隊長阿爾諾等人開始跟人拚酒，這些人便放下緊張的心情，似乎放鬆不少。某些人開始跟利格魯德他們開心聊天，甚至有人向負責送餐的女侍提出要求，說他們的料理要續盤。

其中更有人對魔物在吃的東西感興趣，說想吃吃看。

名字好像叫夫利茲吧？

印象中跟阿爾諾一樣都是聖騎士團的隊長，是十大聖人其中之一。

嗯嗯，看來他是比想像中更棒的好傢伙。

對別人吃的東西感興趣，這是理解對方的第一步，是很棒的事情。

可是，我記得那玩意兒會——

本人轉動醉醺醺的腦袋思考。

那是黑色的米。

先取禾本科植物，再用魔素水——封印洞窟裡的高濃度魔素水——栽培。我心血來潮順便做點實驗，結果就變成宛如混了烏賊墨汁的黑米。

在我的既定觀念裡，米就是白米，所以看起來不怎麼好吃。但味道不僅沒話說，還相當美味。營養價值還高得驚人，於是將那取名為「魔黑米」加入生產線。

如今甚至成了我國的主食，但我記得還有很重大的問題——

「呃，喂！那個對人類來說是毒藥啊！」

連酒都醒了，我趕緊大叫。

然而我那陣叫聲被夫利茲的驚呼蓋過。

「這、這個也能恢復魔力耶！」

我還來不及阻止，夫利茲就先拿一口試吃。然後開口第一句叫的就是這個。

「喂，先別管那個，你的身體還好嗎？有沒有覺得不舒服？」

弱者一旦攝取大量魔素，將會對身體產生影響。這種魔黑米的魔素含量相當高，對某種等級以下的人來說形同毒藥。

然而分量拿捏得當能當藥材，又能當主食。如果是這裡的在場人士吃應該都沒問題，可是人類吃了是否也能安然無恙，我還沒試過。

人體實驗可不能說做就做。

不過，看看剛才夫利茲的反應，跟我想得很不一樣。

原本以為對人類來說是毒藥，但對身懷一定量魔力的人而言也許會轉變成藥物？

《答。已確認對個體名「夫利茲」產生魔力恢復的效果。若對魔素有「抗性」，推估將轉換成能量。》

原來如此，是這麼一回事啊。

是說他盡全力戰鬥，魔力都快用乾，所以效果才特別顯著吧。

思緒轉到這邊，其他聖騎士也開始討魔黑米。喝醉還真是件可怕的事，大家看起來一點也不害怕。

沒辦法，我方只好準備他們所有人的份。

日向八成跟我有一樣的感覺，看到黑色就皺眉……

但她並沒有抱怨，開始啜起用魔黑米煮的茶泡飯。

至於光吃茶泡飯不夠飽的人，我們還準備飯糰供應。這些也頗受好評，轉眼間又端出追加的量。

難得特地準備專門給我吃的白米，真沒想到魔黑米更受歡迎。不過呢，外觀有問題純粹是我個人主觀看法，它的味道很棒。若是第一次看到，或許很容易接受也說不定。

由此可知魔黑米有意想不到的功效。

菜餚跟酒也令賓客盡歡，本國的宣傳效果應該滿值得期待。

重點是這場宴會成了契機，四處可見魔物與聖騎士談天說地。

紫苑還跟三名聖騎士比腕力。雖說紫苑好像獲得壓倒性勝利，但聖騎士們臉上也有笑意。

是不錯的傾向，好到超乎我的預期。

也許是拜酒之賜，但這樣的景象若能成自然，雙方也能早點打成一片吧。

吃美味的食物，開開心心過日子。

為了達成這個目標，要努力做好自己的工作。

今後也要繼續守護這片光景。那就是我的職責。

這瞬間我再次下定決心。

說時遲那時快——

「你在幹嘛啊，利姆路！來，我替你倒酒，咱們喝個痛快！」

「就是說啊！妾身都特地陪你們了。我們盡情喝，喝到爽快為止！」

「等、等等啦，維爾德拉，還有魯米納斯，妳不是吸血鬼族嗎？為什麼吃飯配酒還喝到醉醺醺——」

「哼，愚蠢的東西！一旦成為高階種，就能透過一般飲食補充能量。那不重要，快點把酒乾了！」

就說這跟那個是兩碼子事——呃，她根本把人家的話當耳邊風。被兩個酒鬼夾攻，我好不容易立下的決心跟著放水流。

「喂，你們兩個！」

還來不及阻止他們，魔黑米的釀造酒就灌滿杯子，被迫一口氣乾了。

日向則冷眼看我們幾個，嘴裡似乎在碎唸「胡鬧也該有個限度吧」。

可是她嘴邊泛著微微的笑靨，或許是喝醉看到的幻象。

日向笑起來也很可愛呢——這個想法還是就此保密好了。

*

就是這麼一回事，時間來到隔天。

我的頭好痛。

《答。當然。這是硬要降低「抗性」所引發的反作用。》

多謝你冷靜的吐嘈。

話說智慧之王拉斐爾大師的語氣，聽起來好像在生氣。

不，肯定是我多心了。竟然被自己的技能罵，怎麼可能有這種事。

如此這般，我把心情重新收拾好。

今天有重要的會談。

今後魔國聯邦跟神聖法皇國魯貝利歐斯的關係將何去何從，我們要談過再做決定。

地點換到常常在用的大會議室。

我在頭痛中苦撐，坐到位子上。

事實上，視情況而定，之前不只西方聖教會，我們可能還跟神聖法皇國魯貝利歐斯為敵。

法皇廳准許留在法爾姆斯王國的神殿騎士團出動是事實，一不小心甚至會害我國損失慘重。

有鑑於此，必須謹慎以對。

話雖這麼說，真正的謀劃者法爾姆斯王國已經遭到制裁。至於幫襯的神殿騎士團，更是生還者掛零。

但他們該負起管理責任，不能說完全無關……不過，我已經接受日向的道歉了。還有關於這次事件，幕後黑手也被處理掉了。

不同於法爾姆斯王國，我並不想攻打神聖法皇國魯貝利歐斯。

能構築友好關係就夠了，跟他們索賠沒什麼意義。

錢的部分有克雷曼的遺產、法爾姆斯王國出的賠償金頂替，若要沒收領土，地理位置上又離太遠。管理起來很困難，弄來一塊距離遙遠的土地也挺讓人頭大。

對方已經承認他們錯了。

那麼與其靠金錢解決，還不如彼此努力，讓兩國今後能築起良好的關係，老實說這才是我的本願。

我邊想邊等，這時魯米納斯等人進入屋內。

魔國聯邦這邊的參加者有我、紫苑、利格魯德跟紅丸，以及主掌司法、立法、行政的長官——魯格魯德、雷格魯德、羅格魯德三名長老。

是說維爾德拉也在，直接無視就好。他手裡拿著漫畫，反正我的話維爾德拉也聽不進去。

相對地，神聖法皇國魯貝利歐斯這邊的與會者有魯米納斯、路易跟日向。再來就是五名隊長。

我請他們稍微自我介紹一下。

人稱「光」之貴公子的副團長雷納德。

還有號稱僅次於日向的最強騎士，「空」之阿爾諾。

以及「地」巴卡斯、「水」莉緹絲、「風」夫利茲。

與會人都到齊了，大家面對面入座，展開會談。

首先要來弭平雙方的認知差異。

有鑑於此，開會前先條列雙方的狀況、對此有何認知，等會議展開再讓雙方交換看。

我們邊看那些，邊確認彼此的狀況如何進展。

事到如今再跟對方抱怨也沒意義，目的只是要確認事實。我認為若有認知差異出現，最好趁早修正，日向也認同我的看法。

雙方的說詞不出所料。

在我們看來用不著多做解釋，一切都從法爾姆斯王國的侵略行動開始。

我們仍維持一貫的立場，根據對方態度改變應對方案。

至於聖教會這邊的流程，日向說在法爾姆斯提出申請前，問題就發生了。

簡單來說，承認魔物王國存在等同違反魯米納斯教的教義。這件事至關重要，可能會讓信徒們產生不信任感。

放著不管將導致信徒背離，可能演變成害西方聖教會勢力衰退的因素。

所以必須滅掉魔物王國。

正因如此，他們需要討伐我國的正當理由——日向是這麼說的。

「在這種情況下，滯留在法爾姆斯王國的雷西姆大主教提出申請，尼可拉斯才做出許可。我個人也沒意見，最重要的是，當時的我無法原諒你——」

以上是日向的說法。

法爾姆斯王國為了保住該國利益才利慾薰心，他們則企圖利用這點將我們滅掉。在此同時，日向還想趁機報仇。

「是因為靜小姐的事？」

「對，就是那樣。現在回想起來，我疑似也被人利用。雖然不知道是誰在背地裡搞鬼，但東方商人

肯定脫不了干係。」

「商人……是嗎？果然沒錯。魔王克雷曼那邊似乎也有商人出入。像蓋德他們現在編入我麾下，以前豬頭族（半獸人）大軍亦全副武裝，我就想他們跟某個國家可能有掛勾。原來交易對象是東方商人。」

我也恍然大悟地頷首。

之前要朱菜調查帳本，其中留有大量的商品交易紀錄。其中大多是帝國那邊出產的東西，原本好像是矮人王國出品的。

帝國跟矮人王國有在做買賣，就這點而言並無可疑之處。問題在於中間人的名字，都沒有留下任何紀錄。

朱菜已經仔細調查了，卻沒查出交易對象的真實身分。我們還問過變成俘虜的人，但都無人知曉那號人物究竟是何方神聖。

魔王克雷曼異常謹慎，還要部下們做得徹底，別留下任何證據。特別是曾為克雷曼同夥的中庸小丑幫，完全找不到任何紀錄。

可是關於交易對象，只是預測還有辦法。

克雷曼的城堡裡留下眾多藝術品、稀有的魔法道具，這些都是從世界各地蒐集而來。然而武器防具大多由帝國所賜。

因為有傳送魔法，無論從哪裡購入都不需擔心搬運事宜。然而他們卻從帝國進貨，證明雙方有所牽扯。

雖然都只算是間接證據，但這可是決勝的關鍵之一。

除此之外，食材也同理。

豐富的水果和麵包、乳酸產品及偏好物——克雷曼的據點保存了大量食材。這些無法靠傳送魔法搬運，必須用運的。

克雷曼生前的領土是傀儡國吉斯塔夫，他好像讓奴隸務農耕作，卻不夠跟倉庫內所有的食材對照。

根據朱菜的調查，某幾樣食材必須從其他國家進口。

這麼說來，最有可能的就是鄰國東方帝國。因為蜜莉姆那邊都自給自足，根本沒想過與人貿易。最為根本的，是蜜莉姆跟前魔王卡利翁都沒用錢這種東西跟人做過買賣啦。

所以說，我也曾懷疑跟魔王克雷曼勾結的人就是來自東方帝國。

「沒錯。就是他們跟我說靜小姐被你殺害。還說你當時正好待在英格拉西亞王國。所以我那時才出動，想把你收拾掉。」

「的確。那個時間點糟透了。現在想起來還是很火大——」

我的話讓日向微微震了一下。

不只日向，阿爾諾等聖騎士也縮起身子。

「別威壓人。你這菜鳥，氣到連『魔王霸氣』都外漏了喔。」

哎唷，不行不行。

被魯米納斯指正才發現，我的妖氣好像有點外洩。最近學會完美控制了，但一生氣好像還是壓不住。

我趕緊道歉，把話繼續說下去。

「總之，實際上，那個什麼東方商人就是幕後黑手吧。對了，妳知道他叫什麼名字嗎？」

「那個人自稱達姆。但這肯定是假名吧。」

假名嗎？說得也是。

不過，名字不重要。重要的是東方商人是幕後黑手。

「魔王克雷曼跟東方商人掛勾。還有，煽動前法爾姆斯國王艾德馬利斯的恐怕也是那夥人。」

「確實如此。訊問雷西姆後，已釐清這件事。」

我點頭並「嗯」了一聲，替那些思緒做總整理。

「魔王克雷曼肯定暗中操控法爾姆斯王國。雙方並非互助關係，感覺更接近敵人暫時合作。」

「負責牽線的人就是那群東方商人嗎？」

聽我這麼說，紅丸這才恍然大悟地開口。

還有日向，她唸唸有詞「我也因為該作戰計畫遭人利用呢——」，身上飄出一股危險氣息。

接下來，要找出策畫人是誰，不過……

「所有的環節都跟東方商人有關，就這點考量，讓人不覺得事情是因利害關係偶然一致使然。克雷曼一直想覺醒成真魔王。法爾姆斯王國的野心落在領土上，才想奪取我國。此外，還有在背後操縱這一切的『那位大人』——」

「『那位大人』是吧。應該就是克雷曼提過的那個傢伙。」

我跟魯米納斯朝彼此點點頭。

「這話什麼意思？」

紅丸他們知曉這件事，但日向他們還是頭一遭聽到。

思及此，我稍微做點說明。

「其實啊，魔王克雷曼疑似一直依某人的意思行動。」

「以小角色克雷曼來說算很了不起，直到最後一刻都沒抖出對方的真實身分。」

「是嗎……」

「難道說，那個人的真實身分就是『七曜』？」

彷彿蒙神天啟，我靈光乍現。原本只是隨口說說，沒想到意外有真實感。

「你說什麼？臭小子，言下之意是『七曜』瞞著妾身擅自行動？」

魯米納斯不悅地看我。

雖說七曜由她親手肅清，但曾是部下的人遭到懷疑，想必很不是滋味吧。我懂她的心情，正想跟她道歉——

「原來如此，確實有這種可能。」

——說這話的是魯米納斯的心腹路易，沒想到他竟然同意我的看法。

「路易，連你都學他口出戲言——」

魯米納斯不再威逼我，改對路易施壓。

然而路易一點都不怕，理直氣壯地表述自身看法。

「魯米納斯大人，請您聽我一言。七曜那幫人希望得魯米納斯大人寵幸。此乃理所當然，您應該有自覺吧？」

「這話怎麼說？」

「寵幸——意即愛之吻（Love energy）。上次魯米納斯大人對他們施行該儀式，已是一百年前的事了。剛開始每個星期都會施一次儀式，間隔卻愈拉愈長。莫非您都沒發現？」

遭路易指正，魯米納斯露出極度不悅的表情。

「原來是這樣啊。我們不老不死確實容易忘記這件事，不記得他們原本是人類。倘若妾身沒給予精氣，雖然他們不會死，卻必定老化。」

「正是如此。所以他們才會拚了老命阻止，不希望魯米納斯大人再看上其他『中意對象』──」

路易淡淡地續言，繼續說明下去。

看來「七曜」曾是魯米納斯特別中意的人類。人類當然有壽命上限，將其覆寫的好像就是那個儀式──魯米納斯給的愛之吻。

「──所以那幫人才想再一次討魯米納斯大人歡心吧。若他們跟東方商人聯手，暗中攏絡魔王克雷曼，其實一點也不奇怪。說起那夥人，尤其是『日曜師』格蘭，不過是克雷曼，其身手可不會輸。」

話說到這邊，路易的解說到此結束。

會說那句話只是臨時想到，沒想到竟然說得通，連我都感到驚奇。

可怕。我身上多到快滿出來的智慧好嚇人。

《……》

智慧之王拉斐爾大師好像有話要說，一定是我多心了。

搞不好它在嫉妒我的才華。

因為我沒向它提問，它覺得自己沒機會表現吧。

「莫非『七曜』是為了那種理由，才嫌我礙事？」

問這句話的日向也一臉錯愕。

「大概吧。他們想助克雷曼覺醒，讓他跟妳對戰吧。至少光靠他們幾個，無法戰勝妳就是了。因此不擇手段的可能性很高。」

唔——無法斷言可能性是零吧。

先讓克雷曼打倒日向。之後看是要除掉克雷曼，或是直接把他當傀儡操縱吧。不清楚他們有何打算，但克雷曼的赤誠忠心如假包換。只要能打倒日向，接下來的事都隨「七曜」任意打點。

要讓法爾姆斯王國滅掉我們，藉此穩固魯米納斯教的教義。當然，獲得的利益應該也會適當分配。

由於一大強國出動，東方商人們就能將武器防具及糧食之類的商品高價出售。

而七曜他們也能讓魯米納斯重新寵幸自己。

妄下定論不太好，但這值得當其中一種可能性考量。

「難道那時也是為了除掉我，才讓我去招惹利姆路？一方面又能守住魯米納斯教的教義，可見他們打算來個一石二鳥。」

針對路易的推論，日向繼續說下去。

不過第一次碰到日向的時候，因為她太強，所以我就逃跑了啦。

說到這兒，有件事突然令我在意起來。

「打個岔，幕後黑手真的是『七曜』嗎？」

面對我的提問，坐在日向隔壁的雷納德出聲應答。

「肯定沒錯。將那群商人介紹給我們的不是別人，就是這些『七曜大師』。」

他這麼說。

這樣一想，「七曜」的嫌疑就更大了吧。

換句話說，因為是英雄們介紹的，所以不疑有他，這似乎就是大家隨陰謀起舞的原因。

說真的，第一次跟日向對戰的時候，我猜「七曜」應該沒想那麼遠。然而這次確實是想讓我殺掉日向。

心機這麼重真的很棘手，但他們已經遭人肅清，應該沒必要擔心——

「咦，等等？既然叫『七曜』就表示有七個人吧？還有最後一個殘黨嗎？」

看日向他們都很平靜，以至於我完全沒發現，仔細想想事情並未徹底了結。現正殘存的最後一人肯定也脫不了干係。

我想到這裡不禁一副慌亂樣，結果日向帶著冷笑回應。

「呵呵，這點用不著擔心。留在母國的尼可拉斯跟我聯繫，說最後一人也收拾乾淨了。還說你給了存有留言的水晶球，被他發現竄改痕跡。他似乎拿那個當證據，將對方處刑。」

話說到這兒，日向面露淡笑。

就算光在旁邊看，那副模樣還是很可怕。

看起來就像一個美人在算計些什麼，我想這是日向遭人誤解的其中一項原因。

那件事先擺一邊。

「先等一下。最後剩下的那個人是誰啊？」

雖然只是我的猜想，但他該不會是號稱比克雷曼還強的「日曜師」格蘭？

如果真是這樣，那個叫尼可拉斯的男人也不容小覷……

「應該是『七曜』之首的『日曜師』格蘭。那個男人很少主動出擊，最後留下的應該是格蘭沒錯。」

「哦？竟然打倒那個格蘭貝爾。話說尼可拉斯，就是對妳死心塌地的樞機吧。他使了什麼手段？」

「其實這件事沒什麼好誇的，他好像事先備妥『靈子壞滅（Disintegration）』。用那把對方殺個措手不及，這才將格

蘭料理掉。」

「原來是這麼一回事……格蘭貝爾也老了呢，竟然陷入這種圈套……」

魯米納斯語帶嘆息地輕喃，我可沒這種好興致。

我的願望淪為空響，這下又多出一個危險的男人。話雖如此，他疑似趁對方不備出奇制勝，所以用不著看得那麼危險。

不過，輕忽乃大忌。我另當別論，但對大多數人來說「靈子壞滅」很危險。

尼可拉斯樞機，這個名字先記下。

「對了，魯米納斯大人，您說的格蘭貝爾，指的是『日曜師』格蘭嗎？」

日向朝魯米納斯提問。

看樣子她聽說過格蘭貝爾這個名字。

「沒錯。那傢伙的本名叫格蘭貝爾。這男人從前是『光』之勇者，還跟妾身對戰過喔。」

以上是日向和魯米納斯的對談。

魯米納斯的語氣有時給人稚氣感。感覺好像硬要裝得高高在上，是我想太多嗎？

雖一直被那種沒來由的大人物氛圍蒙蔽，但該不會……

才想到這兒，我就被人狠瞪。

果然一定是我多心！

所以說，這份疑惑還是藏在我心底好了。

「這樣啊……真沒想到，不，可是——」

日向似乎想到些什麼，感覺她對某事很在意。然而她並不確定，最後還是沒說出口。

「以前他很強。強到足以跟我匹敵。」

「是啊。因為『成為勇者的人將受因果束縛』，因此，那個人內心深處也許滿懷對妾身的恨。」

魯米納斯一席話入耳，我總算懂了。

正如蜜莉姆曾經提到的，勇者與魔王都無法逃脫因果。

格蘭貝爾敗給魔王魯米納斯，才歸順於她。然而他內心或許五味雜陳。即使成了培育眾多英雄的傳奇人物，還是無法跳脫那些因果循環吧。

雖說事到如今，也只能猜測就是了。

「不過話又說回來，這下總算能放心了。魔王克雷曼、法爾姆斯王國、七曜大師們，來找我們麻煩的人全都滅了。」

看我下此結論，以紅丸為首，我的部下們紛紛點頭。

「這下又解決一件事。」

利格魯德說完便開心地笑了。

發現氣氛緩和下來，我也笑著開口：

「哎呀，真的耶。雖然難纏的對手不少，但這樣形同問題大致解決。不過，有人背地裡搞鬼就麻煩了。若沒發現有偷偷動手腳的商人存在，我還懷疑幕後黑手是優樹呢。」

老實說，優樹非常可疑。

知道我去英格拉西亞王國，又跟日向有所聯繫，最大的嫌疑人就是優樹。因此我雖然過意不去，卻還是對優樹存疑。

「優樹？是自由公會總帥神樂坂優樹嗎？」

通。

既然雷納德都問了，我便點頭應了聲「對啊」。

其實冷靜想想就能知道。

只是按情況推論最可疑，但優樹沒道理讓我跟日向對戰。既然沒動機，把優樹當成幕後黑手就說不通。

《……》

反過來說，也可以解釋成優樹遭人陷害。或許是用巧妙的圈套讓我懷疑優樹。

那些東方商人有這個能耐，他們還跟不同地點同時進行的作戰有關。若「七曜」就是幕後黑手，那幫人為何這麼做就說得通了。

然而——

「優樹是幕後黑手啊。肯定不是他——這我無法斷言。」

我好不容易才放心，結果日向又說出這種話。

「喂喂喂，妳是在懷疑同鄉嗎？」

「哎呀，我只是把所有的可能性都考量進去。還有，認為幕後黑手已消滅亦言之過早。畢竟打倒羅伊的人不知是何底細，連目的都不清楚，而最關鍵的東方商人們，目前仍在西方諸國紮根。」

被人指出盲點，彷彿有盆冷水當頭澆下。

沒錯，現在放心還言之過早。

「這樣啊，說得也是。一切還未徹底了結，不能太過樂觀。」

我收拾起有些鬆散的心情，如此說道。

「有道理，也跟大家知會一聲吧。」

紅丸跟著點頭，對面那些聖騎士也都露出頗有同感的神情。

「正如日向所說，幕後黑手殘存的可能性很高。說『七曜』可能是幕後黑手的人是我，但那些話頂多只是我的猜測罷了。並未出現關鍵證據，不該妄下斷言。關於這件事，我們今後也要多加留意。」

當我做出結論，大夥兒便不約而同頷首。

是啊，先入為主設想並不妥。

雖然對這次的推論很有自信，智慧之王拉斐爾大師卻沒有同意。

但它也沒否認，也就是說有那個可能性吧，然而自由心證得來的證據有跟沒有一樣。

所以我該相信智慧之王拉斐爾大師。

聖騎士們也認同，這樣就好。

＊

好了，我們已經弭平認知差距。

真正的幕後黑手是否另有其人——自然得釐清，但那是之後的事情。眼前該談的，是為了不讓我們之間留下仇恨，要討論今後該如何相處。

碰巧就在這時，朱菜端來咖啡跟點心。今天的餐點是司康餅配炸薯條。

不愧是朱菜，時機算得剛剛好。

我們理所當然、聖騎士們則有些困惑地——速速對餐點下手。

「哦，是點心嗎？我要大盤的。」

明明就沒加入剛才的討論，維爾德拉這種時候手腳倒是很快。

「好，我知道了。」

朱菜也應得很習慣。

「哎呀，這個也好好吃。」

看日向出手，聖騎士們似乎也不再猶豫。現場突然搖身一變成了小憩時間。

我吃完點心喘口氣。

接著轉換心情，緩緩開口：

「接下來，要來談談今後的關係——」

「在那之前，有件事得先講清楚。」

但我的話被人打斷，日向出聲了。

「關於這次的事，你已經接受我們的道歉了吧？」

「對。我國希望今後能構築友好關係，不打算繼續追究。」

我針對日向的問題做出回應。

這不僅是我的意思，也是跟紅丸等幹部商量後決定的。

沒必要繼續爭鬥下去，既然誤會已經解開，雙方就和解吧。

那是根據上述判斷給的答案，卻有人不能接受，就是魯米納斯。

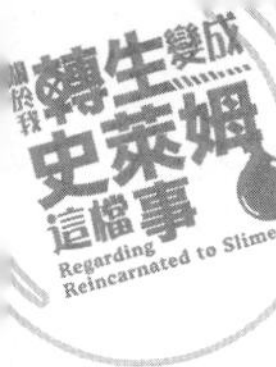

「不行。妾身不喜歡欠人情債。這次明顯是我們的錯。因此，要透過某種形式賠償。和解的事之後再說。」

魯米納斯話說到這裡，不悅地瞪維爾德拉一眼。

簡單來說，就是不想以任何形式欠維爾德拉人情就對了。

「魯米納斯大人都這麼說了，對我而言給人添麻煩又丟著不管實在內疚。還望有機會讓我們展現最大的誠意。」

追隨魯米納斯的腳步，日向跟著提議。

話雖這麼說，但要賠償……

就如剛才說的，我們並不想靠金錢解決。

魯米納斯他們——該說是神聖法皇國魯貝利歐斯，若是他們願意認可我們……

除此之外再來個宣言，說他們不跟我方敵對，這樣就沒話說了。

「嗯——既然這樣，能不能正式承認我國，跟我們締結邦交？」

當我提及此事，魯米納斯一下子就答應了。

「無妨。但妾身不打算跟你們走太近，總有一天要制裁那隻蜥蜴。」

魯米納斯大半怒火似乎都燒向維爾德拉，大不了做最壞的打算將這傢伙當犧牲品交出去。如果這麼做能換來百年太平，我會毫不猶豫做出選擇。

「先等等，利姆路。你剛才是不是在想很過分的事情？」

「是你想太多啦，維爾德拉老弟。若你安分點當個聰明人，就沒什麼好擔心的。」

「給我等等，每次你叫人加個『老弟』的這種時候，通常都在想惡毒的事吧！」

嘖，維爾德拉也變敏銳了。

但是，他還太嫩。

「哎呀，別這樣。我的司康餅也送你，要跟魯米納斯好好相處喔。」

「什麼？既然這樣，我就好好處理一下。這個嘛，只要我認真起來，讓魯米納斯認同是小事一樁啦！

嘎——哈哈哈！」

看吧？維爾德拉很單純。

連魯米納斯都傻眼。

不過，她似乎沒有出爾反爾的意思。

「別得意忘形了！那好，就開特例暫時休兵吧。從今往後百年，跟你們締結邦交也行。就拿這印證

妾身確實有意跟你們賠不是。」

魯米納斯拋出這句話，三兩下就應允休戰，乾脆到令人吃驚的地步。

咦，可以嗎？我好吃驚。

紅丸也一樣。就連利格魯德等長老群都對魯米納斯的決定感到吃驚。

還有日向他們亦如此，似乎沒料到事情會朝這個方向發展。

「互不干涉還說得過去，您確定要跟他們樹立邦交嗎？」

日向提問。

對於這樣的日向，魯米納斯似乎沒打算理她。

「真煩。妾身已經決定了！」

她只丟出這句話，就像在說「之後的事都交給別人」，伸手再拿一顆司康餅。

日向似乎很想表達心中的困擾，但她看來不打算忤逆魯米納斯。

「既然這樣，只能從命了。」

她對路易這句話點頭示意，開始想要如何替這件事做總結。

只不過，免不了有人無法接受……

「要締結邦交嗎？可是那麼做——」

雷納德開口了。

或許是不確定該不該指出事情的問題點，他轉眼偷看日向。

「其實也不錯啊。如果利姆路閣下他們真的很邪惡，我們早就不在世上了。」

「也對。利姆路閣下他們值得信賴。應該捨去他們是魔物的偏見。」

「我也贊成。像蒼影大人就很有紳士風範。」

夫利茲說得輕浮，阿爾諾跟莉緹絲出聲表示認同。

就連看似寡言，名叫巴卡斯的男人也不例外，點頭表示同意。

即使聽到夥伴們這麼說，雷納德還是很慎重。不愧是聖騎士團的副團長，不輕易給出承諾。這狀況似乎反倒讓他有所覺悟，雷納德懷著決心發言。

「不過，還是有問題存在。我們的教義該怎麼辦？受其影響，西方聖教會將淪為眾矢之的。再怎樣也不許這種事情發生。」

教義——絕不允許魔物生存，是那個嗎？

的確，一旦認可我們，至今那些教義又算什麼。問題好不容易有解決的趨勢，事情卻沒那麼簡單。

才這麼想，當事人魯米納斯就說出不得了的話。

「無聊。那些教義又不是妾身定的，就算沒有遵守，妾身也不認為這是種背叛。基本上那是給迷惘民眾看的指標，只是當時一些主事者絞盡腦汁想出來的規矩罷了。」

聽了魯米納斯的爆炸性發言，不只聖騎士，似乎連日向都感到吃驚，嘴裡輕喃「咦！我還是第一次聽到……」。

對於這樣的日向，路易面無表情地告知。

「是嗎，就算不知道也沒什麼好奇怪的。記有教義的基礎文獻雖能自由閱覽，該是其出處的原稿卻早已丟失。看完那樣東西，應該就會知道教義是怎麼來的。」

以上是路易的說法。

據說教義的由來，是為了保護信奉魯米納斯的子民。

魯米納斯或路易這類高階種另當別論，低階吸血鬼族要靠人類的生血維生。不僅如此，聽說洋溢幸福感的人類之生血，味道特別棒。

當時世界上魔物橫行霸道，人們為了活下去拚盡全力。那樣一來當然只能吸到劣質生血，對吸血鬼族來說也成了生死攸關的問題。

因此魯米納斯就以搬遷為契機，訂立用於保護人類的方針。

她搬遷的原因好像就出在維爾德拉大哥身上……但我壓下想問的衝動。畢竟下場肯定是沒事自找麻煩。

「因為我們守護無辜的子民，他們才過得幸福。另外加點料，假裝有魔王構成威脅，人們會為受人保護一事感到心安，細細品味自身幸福。魯貝利歐斯的人民都以神之名受到庇護。」

用這個比喻不太好，但他們就像「牲畜」。

雖說要吸生血，也只需本人不會察覺的少量鮮血就夠了。畢竟相較於吸血鬼族的人數，民眾數量壓倒性多，這就能讓人理解了。

代價是獻出血液，就能過上受人保護、遠離威脅的安穩生活。

簡直可以說是一種雙贏關係。

「也就是說聖典——在魯米納斯教的教義裡，為了避免因魔物出現多餘的傷亡，許多條目都是另外加寫進去的？」

「沒錯，就是那樣。」

「對妾身來說，重要的是信仰之心。你們因為信奉妾身，才能使用『神聖魔法』吧？這是一種契約、一種鐵律。守護子民是妾身眷屬該履行的義務，妾身對此並不看重。」

換句話說，結論如下。

不容許魔物生存——這教義只是為了掌握人心的便宜行事產物。

這麼說來，確實沒必要恪守。

硬是扭曲教義會讓西方聖教會陷入混亂，其實不需要做到那種地步。簡單來講，只需找個認可我們的理由，這樣就能說服人民。

我猜這樣就能解決，但雷納德似乎依然無法接受。眉宇間皺起，面色凝重。

「我們的教義並非出自神魯米納斯大人的聖意，這點我能明白。但有個很現實的問題，我們一直以來都遵循該教義而生。要我們輕易捨去，還是會衍生問題……」

的確，要人徹底無視先前那些方針，教團的信眾和現有組織會大幅反彈吧。

就算魯米納斯現身在眾人面前，也不確定大家是否會相信她就是神明本尊。更重要的是，魯米納斯打死也不會做這種事吧……

這樣一來，可能會跟恪守教義的人意見對立，導致內部分裂。

雷納德相當煩惱，這時日向朝他嚴肅地開口：

「即使如此，我們還是得做。我原本是想保持沉默靜待問題沉靜下來，但你們那邊出動達百名兵力，風聲八成已經傳到各國去了。還有『三武仙』戰敗，西方諸國的記者們都看到了吧？」

說到這邊，日向不再看雷納德，視線落到我身上。

日向說得沒錯，迪亞布羅說他打倒一個叫「三武仙」薩雷的男人。現場好像還有另一個人，但那傢伙腳底抹油開溜。記者團目睹這一切，日向他們人類守護者的地位恐怕將一落千丈。

再加上聖騎士敗北的消息擴散，可能會衍生不必要的混亂。

雖然照迪亞布羅的話聽來，還能向記者團施壓……

哎唷，好麻煩。

「既然這樣，當我跟日向打成平手不就結了。然後我們發現『七曜』的邪惡計畫，才訂立休戰協議。本人真面目是史萊姆的事已經傳開，假如加碼廣播說我是『異界訪客』轉生者，應該能在某種程度上受人接納吧？」

「對我們而言是很棒的提議。可是，這樣你無所謂嗎？魔王跟我打成平手，會動搖到你的威嚴吧？」

威嚴——我身上可沒這玩意兒。

總覺得最近老是被朱菜罵。

遇到麻煩事就丟給利格魯德，我做的事就只有跟哥布達結夥遊山玩水……

所以說，來個一兩次平手，對我的評價都不會產生影響才對。

「應該沒關係啦。要說我打輸也行。」

勝負這種事情隨便都好。我會回答那句話都出自這種想法，可是，這串發言聽在日向等人耳裡似乎令人震驚。

「我說啊，細數至今被人類打倒的魔王，真的只有一點點的實例喔。輕易說魔王輸給人類可會讓勢力均衡瓦解掉，引發嚴重的後果。」

「就、就是這麼一回事！您才剛當上魔王。要是因這種情形害其他勢力小看你，等同允許其他人對這塊土地做不必要的介入！」

日向對我苦苦相勸，雷納德也頗有同感地遊說。

他們是擔心我才這麼說的吧，可是啊……

「紅丸，你知道哪邊的勢力有可能侵犯這塊土地嗎？」

「目前沒有。就算出現那種愚蠢的傢伙，我也會把他擊潰給您看。」

嗯，真可靠。

至於西方諸國那邊，迪亞布羅正妥善安排。救了記者團的事被他拿去利用，眼下似乎在強硬推行計畫中。

據報告指出，尤姆遲早會被樹立為新王。連法爾姆斯的周邊小國都幫忙推波助瀾。

這樣看來，算得上一個國家又有足夠戰力跟我們對戰的，事到如今只剩英格拉西亞王國。眼下魯米納斯承諾給予百年緩衝期，西方諸國形同被我們攻下。

眾魔王那邊也是同理。

我當著他們的面打倒克雷曼，有相當程度的彰顯效果。只要我人還活得好好的，就算放消息說我戰敗，他們應該也不會輕易相信。

會懷疑是陷阱，反倒更慎重其事。

「真有自信。既然這樣，我就沒意見了。你的提議就恭敬不如從命，由我們善加利用。」

「既然有這個機會，就對外發表，說這個國家的居民『不是壞人』吧！」

「說得對。講實在話，這個城鎮的居民都很和善，讓人難以相信他們原本是小鬼族跟豬頭族呢。」

「亞人算不算魔物，至今仍在爭論。但那都是偏見造成的歧視，我是這麼想的。」

「對啊。跟人類敵對的亞人固然棘手，矮人等種族卻是如假包換的人類一分子。若連他們都被歸類為魔物，精靈也要被分入魔物的種屬裡。」

像是大鬼族跟蜥蜴人族，本來都被當成亞人看待。不過，由於他們跟人類敵對，就被列入魔物。

至於他們的高階種族妖鬼和龍人族，區分上並非魔物，而是土地神。

簡單一句話，差別在於是否與人類為敵，就只有這點。因此按教義的解釋，將魔物全列為敵人是不可能的。

「我們也跟矮人王國締結了邦交。所以說，就把蓋札王一起拖下水締結百年友誼，這樣就好啦。有人掛保證，說我們不會襲擊人類，人們多少會對我們滋生一點信賴吧？」

我這話一出，日向似乎已統整思緒，她點點頭。

「也對。能搏取信賴，會比較容易說服他們。此外，既然有這個機會，被『七曜』荼毒至深的人也一併肅清吧。」

看來西方聖教會並不團結。

這也難怪。所謂組織就是這樣的東西。

日向話說得冷然，再也沒人敢反駁。
她打算藉這個機會將所有的罪狀都推到「七曜」頭上吧。
雖然覺得手段骯髒，但那是魯貝利歐斯的事。
這問題不是我們能插嘴的，就任由他們去吧。
後來我們雙方開始討論細項。

為了今後的交流，阿爾諾跟巴卡斯決定暫時留在這裡。
但要準備一下，所以他們先回母國，好像還要帶一些文官過來。我們打算趁這段時間建設用來容納他們的魯米納斯教堂。
我想應該花不到兩星期。往後在本國也能看到魯米納斯教徒來來往往吧。
雖說要認同宗教自由令人不安，但船到橋頭自然直，總會有辦法。
老實說，魔物們根本不信神。基本上在這個世界裡，沒有普羅大眾都認可的單一神祇。跟生前世界的一般認知很不一樣。
是有宗教沒錯，不過，比較像是對大地之神致敬。在實際的意義上，他們信奉的是祈求就真的會獲得幫助的這類神明。
受祭祀龍之子民崇敬的蜜莉姆就是一個好例子。
而在這類宗教裡，魯米納斯教的勢力最龐大。充當魯米納斯手腳的聖騎士會救助弱者，因此贏得信眾。那我們可以換個角度看，想成本國也有弱者救濟組織西方聖教會分部駐紮就行了。
我想應該沒機會，但遇到困難可以互相幫忙。

若出現某種威脅，我們可以跟聖騎士一起攜手戰鬥。

那麼，我們沒道理拒絕。

監視他們自然免不了，可是能放他們在某種程度上享有自由。

如此這般，這件事總算暫時找到妥協點。

＊

艱澀話題結束。

我們也跟魯米納斯講好了，讓神聖法皇國魯貝利歐斯承認我們的事亦計畫周全。

有這些當賠償就夠了。接下來只要透過交流，讓雙方構築良好關係就行了。

為時百年，我希望善用這段有限的時間，讓彼此都能更加理解對方。

有鑑於此，我們也會跟聖騎士們定期交流。

因為所以，首先要展開技術交流。

這次戰鬥也令他們的武器傷痕累累，所以我提議幫他們整修武器。

表面上的目的是要展現我國技術水平有多高，真實用意則是檢查他們的武器性能。

先是那個少見的光之武裝，我們弄到一件。

智慧之王拉斐爾大師曰，那是將著裝者的魔力——也就是靈氣——獻給精靈，讓其轉換成物質顯現。

因為超越負荷已經損毀，我拿一套葛洛姆打造的防具跟他們交換。

聖騎士他們似乎覺得虧欠，一方面也想為這次的事道歉，便爽快地讓給我們。還以為日向會有意見，結果並沒有。

所以我順便送本人製作的劍給她。

話說日向用的劍，名稱好像叫「月光細劍(Moonlight)」。

聽說是魯米納斯給的，蘊含強大的力量。根本該說蘊含過頭了。

一問才知道它已超越我以為是最高等級的特質級，是傳說級武器。

據凱金和黑兵衛所說，「魔鋼」歷經漫長歲月將會進化。因此經過一段時間，一流的裝備也會進化。這時性能似乎會向上暴漲。

證據就是有人從古代遺跡挖出一些東西，據說他們從中發現以現代技術無法重現的超性能裝備。這些東西被冠上傳說級還封印起來，一般情況下無緣目睹。

黑兵衛跟葛洛姆似乎都以製作該類武器為目標。親眼目睹日向的月光細劍，兩人看得非常入迷。

希望他們一定要達成那個目標。

此外，正因這把劍如此了得，變得只能在關鍵時刻使用。若試圖在鎮上拔刀，以它的等級來說甚至會對四周產生莫大災害。

打個比方，就像防身不帶手槍而是帶機關槍。總不能平常就拿這類兵器揮來揮去吧。

我基於上述想法才送她劍當禮物，結果她比預料中更加高興。

日向的細劍壞掉，之前被我吃掉回收。我對它進行解析再改良，生出這樣作品。

性能上來到特質級，用起來應該沒什麼差別。畢竟連特殊能力「第七次攻擊將會置對手於死地」都重現了。

還有什麼破龍聖劍（Dragon Buster），那把壞掉的大劍也被我收下。性能出乎意料爛，怎麼可能靠這玩意兒打倒維爾德拉。

還有「聖靈武裝」之類的——但對方說這個不能讓我們觀看。是日向獨有，精靈武裝的原典聖衣，我實在很想解析看看——

《告。已於戰鬥中進行情報蒐集，完成「解析鑑定」。》

……咦！

辦、辦事毫無破綻呢，智慧之王拉斐爾大師。

還是該叫你大大師？

《……》

哎呀，看來您心情欠佳。

我就先老實道聲謝好了。

話說回來，竟然已經「解析鑑定」完「聖靈武裝」。

這可是一大收穫。

不過這麼說來，大師真是狠角色。拿劣化品精靈武裝的「解析鑑定」結果，配上跟日向作戰的情報，

似乎就能重現「聖靈武裝」。這原本是聖屬性的裝備，但好像能套用該原理，改造成魔屬性。

抱歉啦，日向。

「聖靈武裝」疑似是國家機密等級的兵裝，我們卻「解析鑑定」將其納為己有。感覺用起來不容易，看來得想想要給誰才行。

這下子，我國裝備變得愈來愈精良。

*

我們就此達成共識折衷交換，時間已經來到傍晚時分。

事情辦完了，我想聖騎士們也會早早回去，但還是客套地邀他們一同用餐。

「對了，日向，還有魯米納斯，今天已經很晚了，要不要明天再出發？」

隨便說說啦。

反正魯米納斯會用「空間轉移」回去，日向也用元素魔法「據點移動」將魯貝利歐斯的某個地方登錄了吧。

當然，聖騎士們也一樣。

他們都是A級以上的實力派，肯定不用擔心要怎麼回去。

反正他們會說「真不好意思，事情都辦完了就此失陪」之類的，快快走人吧。

然而——

「真不好意思——」

嗯嗯，果然沒錯——原本我這麼想，不料後續日向說的話跟本人想法有出入。

「——既然你都這麼說了，今晚也容我們叨擾一下。」

「是啊。妾身很喜歡那個溫泉。食物也很好吃，今晚也好令人期待。」

咦？怪了？

不只日向，連魯米納斯都沒打道回府的意思。

看她們兩人作此決定，就連原本要回去的聖騎士都轉念想住下。

臉上笑瞇瞇，同袍們為晚餐開開心心地聊天。

聖騎士團這樣沒問題嗎？

想歸想，事到如今卻不能把說出去的話收回。

既然他們都這麼期待了，今天也好好款待他們吧。

……………………

……………

……

「就是這樣，今天宴會吃壽喜燒！」

「「「唔喔喔喔喔！」」」

「……」

該怎麼說呢，這種心情。

直到昨天還跟我們敵對，如今我的部下跟聖騎士們相親相愛見肉心喜。

哎呀，確實挺讓人開心……但又有那麼一點點，覺得「這樣沒問題嗎」？

在這個世界裡，神職人員不能吃肉——似乎不存在這種戒律。人們糧食匱乏，所以沒挑食的餘地吧。

因此，我決定請他們吃最近開始培育的雞鴨與牛鹿。

還有剛摘下來的蔬菜。這樣煮成火鍋會比較合適，而朱菜在此下足功夫。

用雞鴨的骨頭熬成高湯製作湯品，肉則以生肉片的方式供應。

主菜則是牛鹿的霜降肉。要讓大夥兒拿去豪爽地煮壽喜燒。

再來就是替雞鴨的蛋排毒，每人各發一份，這樣就準備妥當。

肯定好吃。

「那麼，期許今後雙方能友誼常存，乾杯！」

「「「乾杯——————！」」」

今天宴會也在我的開場白之後揭幕。

先是昨天也頗受好評、剛煮好的米飯。

顏色黑黑的就別太計較。白米是專門弄來給我吃的，給這些不懂其價值的人享用太浪費。

唯獨日向羨慕地看著我的碗，所以我看在同鄉情誼的份上替她準備一些。

果然，吃米還是白米最好。雖說炊飯也很美味就是了。

我們曾請布爾蒙王國提供米來試吃，但那還有改良的餘地。跟這個白米完全是不一樣的東西。

「話說回來，還有白米啊……我說你，未免也過得太稱心如意了吧？」

日向似乎有所不滿，對我說出這麼一句話。

聲音也有點顫抖。

難道說，她覺得不甘心？

「有意見的話，白米還我也行──」

「我可沒這麼說。」

日向打斷我的話，死守著她的碗。

別為這種事情認真好嗎，真幼稚──想歸想，還是別說為妙。

「不過，能將那個世界的食物重現得如此完美，豈止是吃驚，簡直讓人傻眼。沒想到才短短兩年，你就打造出這麼舒適的環境……我們渴望卻辦不到的事，你簡簡單單就辦到了……」

「還好啊。妳可以再多誇點喔。」

「愛說笑。我有從優樹那聽說傳聞，當時覺得言過其實。不過連優樹他自己都只聽過諜報員的彙報就是了。不過這些沒親眼看見，確實教人難以置信……」

日向這話說得好無奈。

跟我說這種事也沒用。還有，目前仍未達成最終目標。

「不，這樣還不夠。物流太慢，資訊傳達也不成氣候。雖說有魔法，居住環境和糧食問題能有某種程度的改善。」

「某種程度……你啊，好像在嘲笑我們至今為止的努力，連這麼美味的東西都重現了，還敢說那種話！」

日向對我的話感到憤慨。

話雖如此，一旦感到滿足就不會有更多的發展。我是一國之君，慾望要深一點才好。

掛名國王，卻在當魔王……

「所以啦，糧食方面讓人相當滿意。最差的部分是文化。娛樂太少。像是維爾德拉在看的漫畫，我想打造能醞釀這類娛樂的環境。」

「還娛樂，你啊……在如此嚴苛的世界裡，多數人為了活下去可是拚盡全力啊！」

「對啊，沒錯。所以說，我們會負責剷除魔物等威脅。瞞也沒意思，我就明講了，我想立尤姆當王建立新王國，除了那還要在西方諸國創造影響力。」

「你到底在想什麼？我想聽個明白。」

既然妳想聽，我就說給妳聽。

「我有許多想法，首先啊——」

語畢，我邊吃壽喜燒邊談今後的構想。

現正進行的計畫，就是要讓人類社會認識我們。這部分已經成功一半，各國首腦都知道我們了。還有人向我稟報，說有疑似間諜的人在我國出沒，我們就不經意地將無害的一面展現給他們看。

消息應該也在商人跟冒險者那邊傳開，各國平民百姓將會開始了解到雙方能共存。不過呢，還要花一段時間才能讓這類想法紮根吧，總有一天會達成目標，不需要操之過急。

再來是街道整備。

這方面目前也在進行中，我們正在修建安全又讓人放心的貿易路線。

通到矮人王國跟布爾蒙王國的路線已開通，我們正針對魔導王朝薩里昂展開新的工程計畫。而通往獸王國猶拉瑟尼亞的路都沒鋪裝整治，我考慮之後要做整治。

與之同時並行的，是跟資訊傳達有關的事。

之前因為對無線傳輸沒概念只好放棄。是說問智慧之王拉斐爾大師應該能獲得解答，要讓大家明白其中奧妙卻不容易。

凱金跟矮人三兄弟應該能聽懂，但總不能事事都靠他們。

因此就當成今後的課題，我想寄託在孩子們身上。就是建學校，在那施行教育。

目前只到私塾等級，我們在那教孩子們讀書寫字算算數。往後想利用我之前當教師累積的人脈，一併聘僱人類教師。

回歸原本的話題，來談資訊傳達。

現下由聯絡用的通訊水晶組成通訊網，只有魔法師能用。此外，它好歹算是魔法道具，有遭人偷盜的風險。事實上，似乎曾出過幾次竊盜案。最重要的是，還得假定需要進行緊急聯絡時，現場可能沒有魔法師。

要找不用擔心遭竊、任何人都能利用的系統。這要求挺強人所難，沒想到還是有辦法解決。

我看上「黏鋼絲」跟「魔鋼」。

已經找蒼影試過了，我的「黏鋼絲」意念傳導率超級高。上頭含有魔素，溝通起來非常清晰。

還有「魔鋼」，它也含有大量魔素。所以我想，可能具備跟「黏鋼絲」相同的性質。

我做個實驗，結果不出所料。

就決定善加利用。

將「魔鋼」加工成直徑一公分左右的線狀物，透過「影瞬」的通道連結各大都市。光這樣變不出什麼把戲，但加裝培斯塔等人開發的裝置，預計能將思念波轉換成聲音、影像。

就算沒魔力也能運用這座裝置，我希望裝置一完成就順便設立。在那之前先準備用來當材料的「魔鋼」，做好前置作業。

因為是在魔物眾多的我國，保管於倉庫的鐵礦石會隨時間流逝變成魔礦。我們會將它加工成「魔鋼絲」，由「影瞬」能力者牽線。由於沒有任何障礙物，設置起來應該不費力。

若有餘力就不要只牽各大都市間的線，而是要一併構築連村莊都連接在內的網絡，這部分也在規劃中。

接下來就等收信器開發完成。

曾經在資訊化社會活過一輪，免不了看重資訊的傳遞速度。

「覺得怎樣，完成以後會很方便吧？」

我對日向來個自賣自誇。

待通訊網完成，接下來就是娛樂配送，還有文化的培育。

夢想愈畫愈大，要做的事還有好多好多。

然後，為了讓夢想成真，希望我們能提供安全又舒適的生活。

不知不覺間，宴會會場變得鴉雀無聲。看樣子聽我說話聽到太入迷，聖騎士們全都驚訝地僵住。

相反的，我的部下們全都雙眼發亮，眼裡透著一股熱切。聽完我的話，他們似乎變得更有幹勁。

看我們這樣，日向傻眼地嘟噥：

「我說啊……一般而言，這些資訊都算是國家機密吧？尤其是跟通訊有關的，可不能告訴其他國家的人。算了，這樣也好……」

被她這麼一說，我才驚覺失策。

我可能太過得意忘形，不小心說太多。都是酒害的。

——有這種想法又是一大失誤。

光顧著想這下或許大事不妙，結果智慧之王拉斐爾大師就擅自做主了。

《告。「狀態異常無效」重新啟動。此外，對該「抗性」的二度干涉於此期間內恕難受理。》

你、你說什麼！現在才在那哀也於事無補。

不僅如此，這項變更似乎不是要變幾次都隨我高興。無視我個人意志，酒（毒）被人擅自無效化。

都說酒不是毒藥了！我的吐嘈無法打動那項無情技能。

好吧，昨天也喝得醉醺醺，今天早上又因宿醉頭痛，都怪我鬆懈過頭喝太瘋。

假如我沒醉，也許就不會跟日向講這麼多。

這次事件就當自作自受，放棄掙扎吧。

另外，因酒誤事的似乎不只我一個。

我偷瞄日向。

「哎呀哎呀，這不是很好嗎，日向大人！這表示他夠信任我們！對了，先別管那個。若您不要這些肉，我就收下啦！」

位在我視線前方的人好像叫夫利茲吧，一名看上去很開朗的男子正從日向盤子裡搜刮優質肉品。

我記得他好像是其中一名隊長，動作快狠準。

連神都不怕的這種行為，正可說是喝醉了才敢做吧。

肉一進到夫利茲嘴裡，日向的太陽穴就浮現青筋。

會那麼明顯全因她皮膚白皙——當然不只這樣。

「夫利茲……你活得不耐煩了？」

「奇、奇怪？日向大人，眼神好認真……」

八成在那瞬間酒醒，夫利茲起身準備逃跑。

但他可逃不出日向的手掌心。他被用手刀劈下巴引發腦震盪，當場倒地。

我決定拿這個笨蛋當借鏡，以後喝酒找樂子記得有所節制。

時間來到隔天。

「關於昨天你說的事，若是你排場弄太大，小心被天使攻擊。」

日向要出發之前突然想起，給我一個忠告。

昨晚宴會上的氛圍不適合談這種事。但考量到今後將互通往來，她似乎決定知會我們。

就是艾拉多跟蓋札說過的天使大軍吧。

據日向所說，那些天使個個等級都來到B+，會組成百萬大軍攻過來。

規模超乎想像。

還說有些來到隊長或指揮官級，連指揮系統都建立了，聽說連將軍都有。據說回顧漫長的歷史，甚至會發現他們跟魔王戰鬥過。

戰鬥力是未知數，不過，既然能跟魔王匹敵，想必實力堅強。

天使會拿魔物、文明高度發展的都市當攻擊目標。

就連西方聖教會似乎都不把天使看作人類的朋友。

畢竟魯米納斯神的真面目是魔王魯米納斯，換個角度看會這樣也是理所當然。

「妾身也嫌那些飛天蟲煩人。很想親手料理他們，但這麼做會暴露真實身分……不過被那隻蜥蜴害到，聖騎士們已經知道我是誰了。」

連魯米納斯都這麼說。

至於這些聖騎士，他們似乎已經發誓要保密魯米納斯的真實身分了吧。有鑑於此，今後雙方應該會多些商量的空間。

「關於天使的事，我也聽人家說過，已經心裡有底。如果他們要對我國出手，我打算迎擊。」

我完全沒有跟他們客氣的意思。

那個什麼天上大軍愛怎麼想、要怎麼做都是他們家的事，但要把那些強加在我們身上，只好跟他們對抗了。

「呵呵，我就知道你會這麼說。到時候，也許會跟我們聯手作戰。」

「妾身也一樣，不希望妾身的『國都』再次遭人破壞。那些飛天蟲也好，那隻蜥蜴也罷。利姆路，若你不想跟妾身為敵，就要確實教育那隻蜥蜴。」

留下這句話，他們就此離去。

就進一步了解對方的點看來，這段時間算過得很有意義。不只日向他們，我們今後似乎也有望跟魯米納斯建立友好關係。

就這樣，跟西方聖教會、神聖法皇國魯貝利歐斯的一連串爭鬥，以令人滿意的形式劃下句點。

緊接著，在那之後——

神聖法皇國魯貝利歐斯至今只對矮人王國持默認態度，他們突然對外發表，承認對方是有望當朋友的人類。

還做出後續宣言，要跟魔物王國朱拉·坦派斯特聯邦建立邦交。雖然有期間限制，但他們表示已跟魔國聯邦締結互不侵犯條約。

除了亞人還包括魔物，都獲得認可，成為人類的一分子。

——這件事成了開端，人們將開始摸索人與魔的新關係。

Regarding Reincarnated to Slime

那個消息就算想瞞也瞞不住。

以傳聞形式傳進朱拉大森林周邊諸國的首腦耳中。

——聖人日向敗給魔王利姆路。

兵分多路，小心謹慎，只為了不傳回消息根源。

消息傳得繪聲繪影。

當然跟某人的陰謀脫不了干係。然而大家無從察覺，謠言眨眼間傳開。

無論進攻行動再怎麼隱密，依然無法騙過所有人的眼睛。魔國聯邦如今是受人注目的焦點，對於和他們有關係的國家來說，哪能怠於蒐集情報。

而聖騎士團出動一事儼然成了公開的祕密，助長謠言的可信度。

至於收到該消息的人，可以說是五花八門。

有的人懼怕魔王利姆路。

有人因聖人日向不中用感到憤慨。

或者認為那些都不是重點，為了自己國家安危該如何行動——有人對此審慎思考。

有別於外傳的謠言，某些資訊透過正式管道傳出。

聖人日向與魔王利姆路對戰，兩人打成平手。

結果就是——

神聖法皇國魯貝利歐斯與朱拉・坦派斯特聯邦國定下休戰協議，以及締結互不侵犯條約。

這些情報錯綜複雜，眼下又多出更讓人頭疼的問題。

就是身為傳聞當事人的魔王利姆路發出邀請函。

各國都沒有輕信西方聖教會發布的信息。

這已顛覆常理，整個世界還會隨之改變。

那是各國首腦的共通認知。

雖不清楚詳細內情，但聖騎士團似乎無人犧牲。這件事成了讓各國首腦做出決定的關鍵。

人們懷著各式各樣的心思，西方諸國出現大動盪。

●

地點來到矮人王國，武裝大國德瓦崗。

國家重鎮——各部會大臣集結開會。

「那傢伙又幹好事了——」

頗具威嚴的聲音在會議室內響起。

聲音的主人就是蓋札・德瓦崗。

矮人王國的英雄王。

近來數日，密探動作頻頻。

接二連三帶回情報，負責解析的情報部門總是熬夜加班。

他們分析影像紀錄，解讀出詳細訊息再用那些資訊作成資料。抄寫好幾份，發到各大臣手中。

情報量龐大，資料的張數必然跟著多起來。

怪不得他們得一直熬夜加班。

然而這跟幾個月前的情況相比，已經算好很多了。

相較於那隻史萊姆利姆路當上魔王的那一陣子……

但他們還來不及喘口氣，當上魔王的利姆路就跟魔王克雷曼決鬥。密探、情報部門、蓋札王以下的王國重鎮們也是，他們當時都睡眠不足，情況相當嚴峻。

一想到那時，就會覺得這次還算小意思。

「呵……呵呵呵。就算難以置信，也只能信了。你的師弟竟然打贏那個聖人……」

這話是潘說的，正經人天翔騎士團團長德魯夫出聲糾正。

「你這是大不敬，潘。這裡並非私人房間，是公用會議室。要公私分明！」

德魯夫用這句話叮囑潘。

潘則聳聳肩，隨便點個頭。接著發現大臣們投來譴責目光，這才發出一聲乾咳。

「別過度斥責他，德魯夫。就連朕都感到吃驚，潘若不打哈哈蒙混也挺不過去吧。」

蓋札王出面打圓場，潘的失言就當是默許了。

應該說，大家都對那些報告感到吃驚。所以他們沒餘力去管潘的失言。

話說他們手邊的資料，已記載這次事件的來龍去脈。

內容令人吃驚。

號稱人類最強戰士的聖騎士團百餘名暗中前往魔物王國發動突襲。

就連讓蓋札引以為傲、由安莉耶達率領的密探也在近幾天才掌握其動向。或該說，雙方爆發衝突對戰才讓他們察覺。

不過，既然密探都發現了，想必各國諜報部門也收到消息。因為魔國聯邦有不少間諜潛入。

魔王利姆路似乎發現有這批人，但可能是為了宣傳吧，他放著不管。因此，當高調的戰鬥開打，任憑諜報員再怎麼蠢都會察覺此事才對。

結果是聖騎士團吃了敗仗。

魔王利姆路的人馬沒出現任何死傷，贏得勝利。

雖然沒能直接監視戰場，但密探帶回的報告是這麼說的。

「吾王，屬下已親眼目睹──」

語畢，安莉耶達開始詳盡地彙報。

據她所述，最後聖人日向跟魔王利姆路似乎一對一單挑。只不過，途中戰場周圍的魔素紊亂，用魔法監視遭到妨礙。

「──還檢測到強大的妖氣，我猜是受其影響。」

「莫非颳起足以妨礙監視魔法的魔素風暴？」

「珍大人，我想不是魔素風暴，而是相斥的能量互相碰撞，產生的干擾波造成影響。」

「嗯。總而言之，妳並沒有親眼見證他們分出勝負的瞬間是吧？既然如此，何以斷言那個日向敗北？」

身為宮廷魔導師的老婆婆——珍如此提問。

聖騎士團長日向的強悍眾所皆知。且珍亦為親身體驗過那股強勁的其中一人，對日向戰敗一事難以置信。

「這只能說是種間接證據。不過，至今不願認可魔物的西方聖教會顛覆其教義，還說要跟我們矮人展開正式交流，來刺探我方意願。此外，關於魯貝利歐斯本國的動向，他們也在做調整，為了跟魔國聯邦建立邦交。還去通知各國，就等正式公布。像這樣方針一百八十度大轉彎，不就是聖人日向戰敗的證據嗎？」

「唔……有道理，他們都是些腦袋頑固的人類至上主義者，竟然態度大轉彎……這表示有某種原因促使他們非這麼做不可，可以朝這個方向想吧。但若真是如此，蓋札王——魔王利姆路變得比您更強的可能性就更高了。」

珍語帶苦澀地說著。

雖然不想承認，但聖人日向跟劍聖蓋札的實力不相上下。

倘若日向戰敗，表示魔王利姆路已經變得比英雄王蓋札更強。

「怎麼可能！」

「珍小姐，您這是在侮辱蓋札王嗎！」

即使大臣們此起彼落地嚷嚷，珍也不為所動。畢竟那是事實，由不得人——珍是這麼想的。

此外，蓋札也同意她的看法。

「才短短幾個月的時間，有辦法成長那麼多嗎？」

潘問這話缺乏危機意識，蓋札聽了嗤之以鼻。

（那已經不能稱作成長了！）

這是蓋札心裡最真實的聲音。

先前跟他碰面就有所察覺，當上魔王的利姆路散發詭譎氛圍。

並非感受到某種強大的力量，反倒風平浪靜，沒有任何感覺。

蓋札那連他人想法都能看穿的力量——就算發動獨有技「獨裁者」，還是無法看穿任何東西。

這表示利姆路已徹底駕馭自己的力量。

「正是。他進化成魔王，實力已經跟朕並駕齊驅。就算那傢伙戰勝日向也不奇怪。」

雖然真實情況尚未明瞭，但光是存活下來就值得嘉許。

蓋札一席話出自這層想法。

然而似乎還是無法讓人接受，就連眾多大臣都對蓋札激聲回應。

「可、可是！陛下貴為英雄，怎會跟才出生幾年的魔物相提並論……」

「正是如此。是不是哪兒弄錯了？」

「還有，假如那是真的，魔王利姆路不就過於危險了嗎？」

他們開始你一言我一語地傾訴。

蓋札在心裡暗自發出嘆息。

真要這麼說，構成威脅的就不只魔王利姆路一人。

他的目光落在資料上。

據密探的調查指出，利姆路旗下的幹部們曾和「十大聖人」交戰。

報告顯示利姆路麾下的魔物都沒吃敗仗。他們各自與人作戰，幹部們贏得很徹底。

其中還出現令人震驚的報告，說有人憑一己之力壓制數名聖騎士。

若採信密探的報告，就得判定魔國聯邦的總戰力超越武裝大國德瓦崗。

能記錄影像的魔法道具呈現上不夠精確，無法釐清狀況，令人懊惱。

那是堪稱矮人技術結晶的影像記錄裝置，不過，在魔素紊亂的地方無法正常運轉。

裡頭的紀錄只有畫面，並未一併收錄聲音。

靠這些資訊沒辦法解析拍攝物的能力，光是要解讀當下情況就耗盡心力。話雖如此，這些資料確實重要……

那些畫面也拍出令蓋札眼熟的魔物們。都是曾跟他們說過一次話、利姆路底下的魔人們。

（連那些人都變強了嗎？事到如今，就算我國傾全力也難以戰勝吧——）

某些大臣吵著說危險等等，另外還有一些大臣持反對意見。

恐怕兩邊說的都有道理。

不去管吵吵鬧鬧的大臣，蓋札開始思考。

他在想趁對方還未構成太大威脅，是否要先滅掉他們。

不——蓋札否認這種想法。

魔王利姆路是理性的魔物。

最重要的是，他希望跟人類國家友好相處。

證據就是蓋了城鎮，還幫助人類，試著跟其他國家攜手。

如果魔王利姆路是不懂人心的魔物，人類將遭遇前所未有的威脅吧。

（擔這種心是多餘的吧。咯咯咯。那個利姆路怎麼可能動念毀滅我們這些人類！）

蓋札王如此確信。

魔王克雷曼被消滅，日向卻平安無事，這是事實。就這點考量，他認為利姆路不會與人類為敵。所以蓋札就對大臣們的擔憂一笑置之。

「呵呵呵，別擔心！那個利姆路可是朕的師弟。還有。我們搶先其他國家成為魔國聯邦的後盾，可以說最得他信賴。莫非你們要朕捨棄到手的利益，改對利姆路存疑？」

說話時灌注王者霸氣，藉此威壓大臣。光靠這些就讓眾多大臣恢復冷靜。

「說、說得是。這麼一想，在此捨棄與該國的交易機會實在愚蠢——」

「嗯。自該國引進的物品都頗具魅力。光是一個回復藥，目前生產據點就已經移往該國了。」

「技術交流也是如此，不信任對方就無法成立。我們這是在慌些什麼……」

「的確。事到如今用不著操那種心。」

大臣們面面相覷，一臉尷尬樣，紛紛露出難為情的笑容。

看他們這樣，蓋札臉上也浮現笑意。

光明正大是矮人王國的宗旨，就算對方是魔王好了，都不構成歧視的理由。看來大家都想起這件事，蓋札也覺得很滿意。

利姆路確實獲得讓人為之驚奇的強大力量。然而看過他至今為止是如何待人處世，毋庸置疑，此人值得信賴。

他們現在跟這名利姆路之間的關係相當友好。既然這樣，今後勢必要繼續維持下去。

重點是利姆路說他原本「來自異世界」。

還有將另一個世界的知識透過那亂來的技能重現的行動力。想奢侈一下——這份任性成了原動力，讓他拚盡全力做各式各樣的開發，光想就覺得有趣。

此外，那些部下都很仰慕這樣的利姆路，不管遇到多麼強人所難的命令都樂於執行。

證據就是魔國聯邦跟這個矮人王國已經有街道相通。

翻山越嶺穿過山谷，任何人都能安心走那條路。

負責鋪這條路的就是利姆路底下那些魔物。

他的點子只消一聲命令就能實現。

就連因財力或勞動力不足，而讓其他「異界訪客」放棄去做的事，對那個魔王利姆路來說也不成問題。因為他有那個實力強行推動。

行動力強到讓許多魔物追隨他。

真教人羨慕──蓋札心想。

不管遇到多麼困難的問題，「大家想辦法加加油嘍！」──只要有利姆路這句不負責任的發言，底下那些魔物就會拚命努力。

大家都把那視為理所當然，不會去質疑。

那隻史萊姆真正的可怕之處，就是堪稱天才的收買人心才能。

姑且不論是好是壞，那個魔王很有趣。

（或許我也被那傢伙收買了。）

不過，這樣也好──蓋札在心裡暗道。

倘若利姆路試圖構築理想中的世界，究竟會衍生出什麼樣的結果？在蓋札看來，這點非常引人入勝。

他想見識一下。

勢必會引發「天魔大戰」。

利姆路明白這點，他恐怕有迎擊的打算。

魔國聯邦確實正在壯大，變成令人懼怕的軍事大國。或許有機會戰勝天上大軍。

既然如此，蓋札認為自己就該給予支持。

「那個魔王利姆路跟朕雖然沒有血緣關係，卻像親兄弟一樣。只要那傢伙沒失去人性，朕就要盡力相助。歡迎新時代、歡迎文明開化到來。誰有意見就說吧。」

矮人王蓋札・德瓦崗威嚴的聲音壓迫著整間會議室。

這是英雄王的決斷，他的宣示。

「我支持，蓋札王。因為你是我們的大頭目！」

軍部最高司令官潘笑著應和。

「吾王，我是您的影，自當服從您的判斷。」

密探之長安莉耶達毫不猶豫地告知。

「您就放手去做吧。我年紀大來日無多，最後一段時日若能過得盡興，將追隨蓋札王直到天涯海角，至死方休。」

從先王時代活到現在的老婆婆珍嘴上這麼說，其實她還生龍活虎。這句珍的宣言，表示無論如何都會支持蓋札王。

還有天翔騎士團團長德魯夫，他沒轍地嘆氣，接著開口發話：

「既然大家都這麼說了，我也只能替人擦屁股。需要一個人出面制止，避免他失控吧？」

這檔事每次都落到德魯夫頭上。

德魯夫並不討厭那樣的自己。

就這樣——

因這些英雄們的一席話，方針就此定案。

既然那些最高指導人都這麼決定了，大家就沒意見——這只是表面功夫，其實大臣們也另有想法。

拿英雄們的決定當掩護，大臣們亦大舉支持這項決定。

理由只有一個。

身為技術強國的居民，王所說的文明開化令他們興奮不已。

就算繼續一點一滴做研究，也無望更進一步發展。

然而那個魔王卻堂而皇之、無所畏懼地推動研究。

前同僚培斯塔侯爵捎來的報告也明白指出這點，有些人甚至開始對他立場上能隨心所欲感到羨慕。

「只有培斯塔閣下愛做什麼就做什麼，不可原諒！」

「就是啊！你們有聽說嗎？據說那邊的街道還布了用來防魔物的新型結界呢。」

「還有街燈。聽說還另行開發通訊設備。」

「光開發藥還不滿足，真教人羨——真是太不像話了！」

就這種感覺，大臣們那番對話隱約透露他們的真實想法。

蓋札聽了面露苦笑。

接著他乾咳一聲。

這成了一種暗示，會議場頓時變得鴉雀無聲。

大臣們的目光都集中在蓋札身上。

「已得出結論。我國要相信魔王利姆路，與他攜手共進！就當他們的接納者，擔起保存到手技術的職責。萬一他們敗給天上大軍，那些技術也不至於失傳！這就是朕、就是武裝大國德瓦崗的方針！」

打從一開始，大家就沒有抱怨的餘地。

因為蓋札王總是將自己的王國擺在第一位，為其設想。

大臣們不約而同低頭，表示他們認同這番話。

「咯咯咯，肥水不落外人田是吧？不說漂亮話，聽來反倒舒暢。」

潘那些低語正是在場眾人的心情寫照。

同時他們決定接受神聖法皇國魯貝利歐斯的提議，會議就此落幕。

之後再由優秀的文官執行各項手續。

不只魔國聯邦，還跟神聖法皇國魯貝利歐斯定立協議。

雖說那是以後的事情，但這兩個國家和西方諸國都會與他們聯手，一同應備「天魔大戰」吧。

這個判斷下得是對是錯，目前還看不出來。

不過，這樣就好——蓋札心想。

事情告一段落，這時其中一名大臣舉手。

「陛下，可否借點時間？」

蓋札王正要起身離開座位，被人叫住又重新坐到位子上。

他用目光催促對方，要他稟報。

「是這樣的，陛下，利格魯德閣下捎來邀請函。說利姆路閣下要舉辦魔王就任發表會昭告世人……

還請您務必與會──」

「要辦魔王就任發表會？那傢伙到底在想些什麼？」

聽完那些報告，蓋札看不出利姆路的意圖，不禁出聲反問。當然，被問的大臣答不出所以然。他睜大眼睛，不知該如何是好。

取而代之，其他大臣開始吵鬧起來。

「這是藉口吧。他的目的其實是把陛下找去，讓大家看看兩國關係有多好。」

「嗯──可是這種宴會，不是已經在我國辦過了嗎？」

「噢噢，原來是這件事！培斯塔侯爵也跟我提過。他們是想改變身為魔物王國的既定印象，才要舉行慶典。聽說由培斯塔侯爵當諮詢人提供意見，還精心策劃餘興節目。」

聽大臣們這麼說，潘也雙眼發亮，一副很感興趣的樣子。

「哦哦，聽起來似乎滿有趣的。那個國家的旅館還什麼的，簡直棒透了。可以泡溫泉享受愜意時光，餐點也很好吃，接待員的素質也很高。好像是培斯塔那傢伙教出來的，確實優秀。剛才說的餘興節目，應該也會辦得很有趣。」

潘說到這兒看向蓋札，透露強烈的赴會意願。

照潘這副模樣看來，若蓋札不參加，他會說自己要代替王出馬吧。

蓋札沉思一會兒。

（呵呵，那個臭小子。雖然不知道腦袋瓜在想些什麼，但他可不是乖乖牌……）

蓋札想他大概在做些努力，試著讓西方諸國接納他們，卻猜不透利姆路的心思。

就是要這樣才有趣。

為了按捺自心底湧現的發笑衝動，蓋札可是費盡心力。

在眾多大臣面前保住威嚴也是一件苦差事。

（那傢伙……竟敢設這樣的圈套令朕吃上苦頭……真是狠角色！）

蓋札王亂遷怒，利用這份情感抵銷想笑的衝動。

「不知您意下如何？『要請到蓋札陛下應該不容易，若他願意出席慶典，我們將為他準備最棒的位子，期盼他的到來』，利格魯德閣下這麼說呢。還有，他們好像連各國首腦都知會了，席次似乎有限。他還說『想必當日人潮眾多將導致場面混亂忙不過來，懇請盡早回覆』，特別提醒我們。」

面對沉默不語的蓋札，大臣戰戰兢兢地稟奏利格魯德要他帶的話。

即使他有禮貌地告知，對大國的王說這種話依然不妥。大臣如此認為，似乎很擔心蓋札被惹毛。

然而蓋札並未對這種事情惱怒。蓋札甚至有點錯愕，納悶他怎麼會產生這種誤解。

有蓋札的獨有技「獨裁者」，讀出大臣的心思不費吹灰之力。因此蓋札在心中暗自苦笑之餘，仍出言糾正臣子的誤會。

「我出席發表會吧。順便參觀一下。」

簡單扼要地告知後，連其他大臣都跟著開口抱怨。

「陛下！不管利姆路先生跟您有多親近，都不該那麼說。臣不知那個餘興節目辦到什麼程度，但只是準備一個位子，對他們來說應該易如反掌才對。」

「正是。再說，雖不清楚他們要找多少人過來，但不只我國，其他國家的王公貴族也沒那種閒工夫才是。臣以為他們不會簡簡單單應和對方的邀約。」

「不僅如此，陛下親自駕臨與會，會衍生一些問題！」

他們的意見諸如此類。

大臣們說的確實有道理。

然而蓋札將那些臣子的意見當耳邊風。

「沒這回事吧。反倒該說他就是有那麼大的自信。你們只知道那傢伙從前造訪我國是什麼樣子。自從當上魔王，那傢伙就跟當時的他判若兩人。那個利姆路辦這場慶典辦得很有自信，可見很有看頭。此外，魔國聯邦如今也是軍事大國，許多人都想刺探他們的內情吧。既然收到邀請函，就算有些人自認非得去看看不可，也沒什麼好奇怪的。正如潘所說，那個國家的旅館很棒，對方會想掌握來客數，八成是為了提供相應的精緻款待，朕是這麼想的。」

蓋札話一說完，潘也頗有同感地接話。

「確實是這樣沒錯。他當上魔王後，整個人散發強大的氣場。我想沒幾個人敢瞧不起現在的利姆路先生。再說，我對那些魔物會辦出什麼樣的慶典很感興趣，不是要代表國家，我個人也想參加。」

潘原本就有與會的打算，還想拜託培斯塔幫忙弄張邀請函，就算只請他也好。

不許別人偷跑——蓋札也不打算退讓。

他早就知道親自參加會遭眾多大臣反對。所以蓋札想說服那些大臣，讓他能順利參加。

「朕也不是以國王身分出席，身為他的師兄必須出面指導，以免那傢伙被其他國家的人看扁。必須讓周邊諸國知道，跟魔國聯邦最友好的國家就是我國德瓦崗。」

當蓋札話說到這兒，某些大臣開始體會到蓋札的真實用心。

「說、說得是！跟魔王利姆路關係最好的正是我等，必須對其他國家誇耀這點。」

「嗯。聽說薩里昂那幫人也對當上魔王的利姆路閣下獻媚？」

「這次就讓大家見識他與蓋札陛下走得有多親近，對其他國家來說也是一種牽制。」

蓋札暗自竊喜。

正當他要再補上一點話，試圖讓事情有個圓滿的結果——

「這些都不是重點。要是我們反對導致陛下又偷跑出去，我可吃不消。與其讓事情演變成那樣，倒不如舉國參加更安全。」

元老院的長老們很少置喙，給忙於舌戰的大臣們當頭棒喝。

上次王也找替身代打再溜出去，那名長老似乎對此耿耿於懷。

結果長老一席話讓蓋札等人參加的事定案。

（真受不了。不過這樣一來，我也有望參加慶典。）

最後的結論跟想像有出入，但還是能參加慶典，儘管蓋札有些悵然，依然乖乖接受這個結果。

對於魔國聯邦的邀約，他們決定舉國參加。

雖說對諸位大臣而言，結果跟預想相差十萬八千里，但這是正式決議。既然這樣那我也要參加——這些人一多，場面就跟著嘈雜起來。

後來——

一堆人都說他們想追隨吾王與會，讓蓋札很煩惱，不知該選誰才好。

地點來到魔導王朝薩里昂，皇帝的居城。

那裡有一大片美麗氣派的庭園，稀有的野生動物順應自然棲息於此。

用以維護該庭園的是皇帝私有財產，也就是皇帝的私房錢。

皇帝享有多項權利，由此衍生莫大的利益。

用來支付的金錢只占一小部分，這座優美的庭園就得以維持。

不僅如此——

維護這座遼闊王城的費用，並未花上分毫稅金。

由此可證，立於本國魔導王朝薩里昂頂點的皇帝財力之雄厚超乎想像。

在那座庭園裡，有兩名人士正在歇息。

其中一人是艾拉多公爵。

他是冒險者愛蓮的父親，乃該國重鎮，實力名列前三大。

另一號人物坐在他對面。

這個人在艾拉多公爵之上，是國內獨一無二的存在。

那個人就是皇帝——艾爾梅西亞·阿爾·隆·薩里昂。

據官方消息指出，此人性別不明。

皇帝生著媲美女性的花容月貌。

對外宣傳如上，但其實沒什麼，她是女人沒錯。

只不過，年齡不詳。

在長耳族中血統亦非常純正，不會老化。還是活生生的歷史見證人，問這樣的皇帝年齡可是大忌。

外表給人高貴的感覺，卻不失稚嫩。反倒因為她體格嬌小，甚至被人誤認為少女。

她有一對狹長的雙眸。

翠綠色眼眸似乎能看穿一切。

肌膚水嫩。

膚色白皙，有如剛下的雪。

長長的銀髮流淌，落在粉嫩的雙頰上。

別具特色、尾端尖銳的長耳自銀髮探出。

體現完美調和。

她是如假包換的長耳族——人稱「風精人（High Elf）」，是至高無上的存在。

艾拉多公爵差點被她的美貌迷倒，但老婆跟女兒的怒火更可怕，所以他很快恢復神智。

他先乾咳一聲，再面對皇帝。

皇帝艾爾梅西亞儀態端正，就坐在高格調的木頭椅子上。

艾拉多公爵則朝她開口：

「陛下，先前有跟您稟報魔物王國的事，此次他們發邀請函給在下。」

公爵從懷中取出信件，靜靜地遞出。

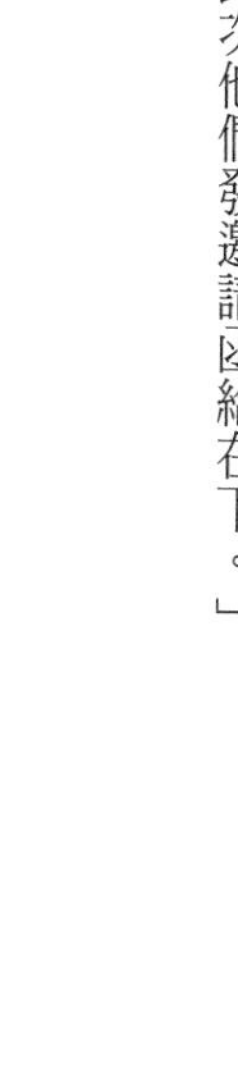

他做過確認，確定安全無虞。

也知道內容在寫些什麼，卻沒說出口。討厭別人在她還沒確認前就先把事情說破——艾拉多深知皇帝這項特性。

不過，他仍感到不安。

（沒想到那傢伙當真獲得認可，成了魔王。但這些先擺一邊……他辦慶典卻叫我去是什麼意思？）

事實上，剛才交給皇帝的信原本要發給艾拉多公爵，其實沒必要給皇帝看。然而信中寫道「如欲參加請記明人數，煩請回信告知」。

既然要人告知參加人數，即可擅自解釋成邀誰都行。

那麼，該邀誰好？

問題點在這兒。

帶護衛同行自然不在話下，但總不能只有公爵一人參加。一些貴族從公爵那聽說上次跟對方開會的事，不少人都說他們一定要去看看。

魔國聯邦成了新的交易對象國，在魔導王朝薩里昂的高階貴族間蔚為話題。

而且感興趣的不是只有貴族而已。

之前在稟報跟魔王利姆路開會的會談結果時，皇帝冷眼看他，還話中帶刺。

「——哦。就你一人去那麼有趣的地方？艾拉多還真是大牌。想必你玩得挺開心的吧。為什麼把我晾在一旁自己跑過去？還自稱是我派的使者，擅自跟他們建立邦交。既然事關重大，我倒想親自過去看看情況呢。」

情況如上……

但艾拉多也有話要說。

他以拯救女兒為名訪問魔國聯邦，但那裡可是如假包換的魔物王國。即使他附在人造人身上好了，還是不曉得去那裡會遇上什麼樣的狀況。

無法斷言完全沒有危險，怎麼可能邀皇帝艾爾梅西亞去那種地方。

然而皇帝艾爾梅西亞狠狠責罵艾拉多公爵。

她這麼說：

「既然有如此逗趣的生物（史萊姆）在，我倒想親眼見識一下。還能跟剛誕生的魔王見面，就連長生的我都沒遇過這種事。而你卻一人獨享？知道什麼叫偷跑嗎？親信竟然這樣對待我，看看我這個皇帝當得多可憐——」

抱怨攻勢接連不斷，緊咬不放——

「——讓我好羨……不對，未免太不像話了吧？都不曉得有多開心……不對，都不知道有多危險，竟然擅自行動。真是豈有此理！」

——差不多這種感覺，鬧好大的彆扭。

不像斥責，更像是牢騷。

在臣子面前面無表情活像座冰山，人們以為皇帝艾爾梅西亞殘酷無情。

要讓那樣的皇帝展現這一面，就只有在私生活上也與她有交集的艾拉多公爵跟另外一人。

所以可以說艾拉多的負擔格外沉重。

未免裝乖裝過頭了吧！——艾拉多總是在心裡吐嘈。

如今也因皇帝鬧彆扭被凍結預算，要跟魔國聯邦技術合作的計畫就此停擺。所以他想讓皇帝重拾好心情，重新做準備，好跟魔國技術合作。

倘若這次他沒跟皇帝知會這件事，就他一人跑去赴邀，肯定會惹毛皇帝。

到時可能就不是解除預算凍結那麼簡單，艾拉多怕的是這個。

信上寫說利姆路要辦就任發表會，其實是一種示威行為吧。目的是對周邊各國誇耀成為魔王的利姆路有多大能耐。似乎還要同時舉辦慶典，並精心準備餘興節目。不曉得是什麼樣的內容，但規模好像滿大的。

該活動看似熱鬧，日子過得太無聊的皇帝艾爾梅西亞怎麼可能錯過。可想而知肯定會追問事情始末，逼問未跟她報備的艾拉多。

那股怒火會有多旺，勢必超乎想像。

基於上述考量，艾拉多不打算隱瞞，讓她觀看那份信函。

艾拉多正想著這件事，看完信件的艾爾梅西亞便抬起頭來。

他趕緊端正姿勢。

艾爾梅西亞則盯著那樣的艾拉多瞧，接著開口道：

「那麼，你有何打算？」

「有何打算是指？」

艾拉多拿這句話蒙混，他知道艾爾梅西亞想說什麼。然而艾拉多不能主動點明。

身為皇帝的艾爾梅西亞若是要參加慶典，將會成為國家大事吧。知道此事事關重大，艾拉多才不敢置喙。

端看皇帝如何抉擇——艾拉多心裡是這麼想的。

「哦——你想蒙混過關？對了，艾拉多，說到我們一直從吉田先生店裡進貨的甜點，最近品質好像急遽上升呢。你知道原因出在哪裡？」

這時艾爾梅西亞突然改變話題，說出這麼一句話。

艾拉多被問得莫名其妙，不知該如何回答才好。

「你是知名的謀士，卻不解民間情形？真教人失望。」

「萬分抱歉，陛下。您說的吉田先生是店開在英格拉西亞王國境內，陛下很中意的點心師傅嗎？雖然他不具戰鬥能力，卻因身為『異界訪客』受到保護吧。您從那位吉田先生的店進甜點，這點在下還是第一次聽到，這跟利姆路閣下給的邀請函有何關聯？」

有不懂的事問就對了。

親信以外的人這樣回應皇帝免不了丟官，但艾拉多不受影響。他知道皇帝最真的一面，那份親近感讓艾拉多回問皇帝。

「什麼嘛，原來你真的不知道。愛倫幾年前買來送我當伴手禮，你沒收到吧。」

「您說什麼——！」

艾拉多不禁大叫。

女兒愛蓮沒送他伴手禮，他受的打擊超乎想像。

看艾拉多這樣似乎消氣了，艾爾梅西亞滿足地笑著，一面開口：

「既然有幸看到你露出那種表情，就不跟你計較了。那麼，就告訴你吧。後來吉田先生的材料疑似都是跟某人進的。因此商品種類大幅增加，品質似乎也跟著提昇。最重要的是，我出資金援助來跟他換購商品。」

如此這般，艾爾梅西亞開始做詳細說明。

艾拉多也知道吉田薰這號人物。光是他身為「異界訪客」就足以成為調查對象，自然要獲取相關情報。

據情報指出，吉田薰在英格拉西亞王國的王都內經營一間稱為咖啡廳的甜點店。號稱沒有任何能力，但不知是真是假。

不過，他製作甜點的技術堪稱一流，據說連自由公會總帥都賞光。還出現可疑的報告，說聖人日向偷偷在那裡出沒，看來生意鼎盛。

這些資訊連艾拉多都知道，但艾爾梅西亞的說明點出後續還有其他部分。

「我曾經力邀吉田先生。說起愛倫送的伴手禮，那個蛋糕真是相當美味。所以我希望他成為本國的專屬甜點師。可是，被他拒絕了。就算我花再多的錢，吉田先生也不願來本國——」

照皇帝艾爾梅西亞的話聽來，吉田這個男人似乎不為金錢所動。所以她逼不得已，只好命人買數量有限的伴手禮，用這種方式苦撐忍耐。

您這是在做什麼啊，陛下——！艾拉多在心底吐嘈。

而面對這樣的艾拉多，艾爾梅西亞接下來的話更具震撼力。

「最近，那位吉田先生好像說他要關店。不知是要開分店，還是要搬遷，目前還在調查……話雖如此，你不覺得店休期間無法吃甜點是一大問題嗎？」

「不覺得，問題在哪兒？」

「哦——這種話你說得出口？愛倫很喜歡那邊的甜點，若能開闢方便的購入管道，我想她會三不五時回來吧？」

「您、您說什麼！」

「事實上，我們定期舉辦茶會，她都有來參加喔。」

真是令人震驚的事實。

艾拉多原本以為，近年來女兒連靠近本國都不願意，對他而言，艾爾梅西亞一連串告白蘊含強大無比的破壞力。

負責護衛的那兩人不中用就算了，就連要人在暗處監視也沒收到報告。

那些傢伙，之後再教訓他們──艾拉多心想。

然而目前還是先聽艾爾梅西亞怎麼說，這點更重要。

「這下事關重大！」

「對吧？但我動用金錢和權勢，已掌握非常有力的情報。」

「願聞其詳。」

「結果教人吃驚，他選店相中的竟然就是你去過的魔國聯邦。你以前去那個國家都做些什麼了？」

被她這麼一說，艾拉多也想起一件事。該國端出的菜餚道道美味，女兒愛蓮看到其中一個甜點還相當感動。記得當時她興奮地說著「不愧是朱菜小姐，連那個新作都完美重現！」……

「啊！原來是那個意思嗎！」

艾拉多不禁大叫，艾爾梅西亞則傻眼地嘆了一口氣。

「你啊，真的有那麼聰明嗎？」

聽到這種話，連艾拉多本人的自信心都跟著降低。

「我真是太丟人了……」

他老實道歉。

皇帝老大不痛快的原因也釐清了。

她誤會了，以為艾拉多想獨占甜點。

雖說是為了女兒，但艾拉多再怎樣也不至於做到那種地步。

「天曉得你會不會那麼做。畢竟愛女心切嘛……」

由於艾拉多一問三不知，皇帝對他的懷疑就跟著打消。不料卻換成被人小瞧，因為他連重大事件都一無所知。

艾拉多甘願承受，接著他切換思緒，要談另一件事。

「對了，陛下。我們回歸正題，您要如何回應利姆路閣下？」

被艾拉多一問，艾爾梅西亞露出暗自竊喜的笑容。

「這個嘛……」

她賣關子，遲遲不肯給出答案。

艾拉多急歸急，卻沒蠢到在這個時候亂講話。正如剛才說的，皇帝一旦出遊，那可就變成國家大事。若由艾拉多發起，可以想見會出現反彈聲浪。還會有人出面阻擾，事情將變得很棘手。

魔導王朝薩里昂這個大國是由身為魔導帝的皇帝艾爾梅西亞振興。

在她底下有十三個王家，每個王家都有諸侯王。大家都對皇帝艾爾梅西亞宣誓效忠。

基本上，她准許各王家統治自己的領土。

皇家則靠這十三個王家納的稅支撐。

十三個王家不具備軍事能力，所有的武力都集中在皇家身上。皇帝是軍方的最高指導人，負責各國之間的調停。

艾拉多的老家也是王家之一，生母艾莉絲．格利姆瓦多一直穩坐十三王家首席寶座。其母艾莉絲就是皇帝艾爾梅西亞的祖母，是另一個讓艾拉多抬不起頭的人。

題外話，艾拉多的哥哥——艾爾梅西亞的生父與魔物作戰不幸戰死。這是魔導王朝薩里昂開國之前的事，當時艾拉多還沒出生，對他來說已是遠古時代的故事。

換句話說身為他姪女的艾爾梅西亞也一樣，存活的歲月比艾拉多長上許多。難怪艾拉多抬不起頭。

接下來，先撇除他的母親艾莉絲不談，來談談其他王家的人……

這又是一些狠角色。

有不擔一官半職縮在自家領地裡不肯出來的王，還有人利用其立場企圖恣意干涉國政。

甚至有人認為皇帝艾爾梅西亞不會干涉行政有機可乘，打算擴張他那個國家的權勢。

艾拉多身為公爵，監視他們也是職責之一。

正因為艾拉多處在這樣的位子上，這次事件才需慎重行事。

單純只是遊山玩水就算了，但要去的地方是魔物王國，某些人等著抓把柄，可能會讓這些人有機會找藉口扳倒艾拉多。

此外應該不至於發生這種事，但想暗殺皇帝的人不會出現，這點可不敢保證。為了避免這種事情發生，若要展開行動必須有萬全的準備。

「你太杞人憂天啦，艾拉多小弟弟。」

「陛、陛下？」

「不管那幫小子有何打算，都不至於危害朕——」

艾爾梅西亞身上的氣息變了。

散發支配者特有的氣場。

不曾縱容人們叛變，皇帝艾爾梅西亞讓人看到她身為霸主的一面。

看在活過漫長歲月的艾爾梅西亞眼中，包括那些奸詐的諸侯王跟艾拉多，他們都像囂張的小夥子吧。

艾拉多很緊張，吞下一口口水。

因為兩人有血緣關係才能說話口沒遮攔，但對方的身分跟他原本就有天壤之別。雖說艾拉多本身也是一名英雄人物，但艾爾梅西亞完全是不同「層次」的人。

要他別緊張簡直是天方夜譚。

「那個魔王叫利姆路吧。是不容小覷的對手。」

「——言下之意是？」

當然不容小覷。

個人的強自然不在話下，能讓底下的魔物們對他言聽計從，這種統率力也不簡單。

還有他的戰略，打算跟周邊諸國建立互助合作關係，絕對是至今不曾有過的魔王類型。

不過，這些都是理所當然的事，皇帝艾爾梅西亞不可能沒事特地提出。

因為這麼想，艾拉多才朝她提問。

「呵呵，那個叫利姆路的魔王，他二話不說就答應整治一條街道通往我國薩里昂吧？」

「是。對方要求一些權利，例如今後走這條路要繳通行稅等等，但他們願意包下所有的工程。」

「就是這個喔。這項權利將帶來莫大的財富。親愛的艾拉多，你看我就知道了吧？」

艾爾梅西亞又變回平常那個好親近的她，被她這麼一說，某個想法自艾拉多腦中閃過。

「這應該叫『特權』吧？」

當然艾拉多也注意到了，知道他相中的是「特權」。所以利姆路才慎重其事地判斷，讓對方願意與自己交涉。

然而艾爾梅西亞對這樣的艾拉多嗤之以鼻。

「你還太嫩。像我們這種長命種族，擬定計畫時都要以長期獲得利益為前提。你應該明白這個道理吧？」

「當然明白。走魔王利姆路修的街道要繳通行費，由我們建設街道得花多少費用，兩者都拿來比較衡量過才做出判斷。」

即使艾爾梅西亞那麼說，艾拉多依舊答得理直氣壯。

就算要支付通行費，相較之下還是便宜許多——艾拉多是這樣算的。

事實上，要在魔物眾多的朱拉大森林裡開闢道路，需耗費莫大的預算與漫長歲月。

跟朱拉大森林的交界處還有座哥夏山脈，山頂上有知名的好戰民族長鼻(天狗)族在虎視眈眈。可以想見跟他們交涉起來有多困難。就算這個問題解決了，大森林裡還是有不少魔獸跟魔物棲息。

會形成阻礙的不單只有魔物，那邊複雜的地形也是一大問題吧。

要打通山脈建隧道，溪谷上架橋。要辦這樣的難事，期間必須保護工作人員免受凶惡的魔物傷害。

大規模工程將成為國家的百年計畫。

以大國薩里昂的國力來說，並非辦不到。可是，他不認為花在這些工程上的費用可以順利回收。

魔王利姆路的提議可是讓艾拉多求之不得，條件優渥。

「太天真了。」

艾拉多的想法遭艾爾梅西亞無情否決。

「的確，開拓那個森林會是一大難事。直到現在都沒開闢是因為那麼做沒好處。」

話說到這兒，艾爾梅西亞開始對艾拉多進行開導式說明。

如同艾拉多所想，照現狀推算要回收資金是不可能的事情。

困難重重，就算開通道路也沒什麼意義。

然而，情況變了。

至今為止街道最終目的地都通往一個遙遠的都市，那就是矮人王國——武裝大國德瓦崗。可是如今朱拉大森林出現新興國家——路會通往朱拉・坦派斯特聯邦國。

再來談開闢街道的目的，當然是貿易。

藉著跟矮人們技術交流，國家有望讓技術向上發展。但不至於排除萬難也要付諸實行。

話雖如此，眼下出現一個魔國聯邦，情況有所改變。

「南方廣大的魔王領土已經變成魔王蜜莉姆支配領域，雙雄『獅子王（Beast Master）』卡利翁和『天空女王（Sky Queen）』芙蕾都追隨她。有壓倒性的武力撐腰，想必他們會變得相當繁榮。還有位在西北邊的西方諸國，以及北方的武裝大國德瓦崗。當這些國家中繼站的不是別人，就是新興國家魔國聯邦吧？」

「——是，如您所說。」

嘴上這麼答，艾拉多也聽出艾爾梅西亞想說什麼。即使如此，他仍不覺得自己的應對方式有誤。

情況可是瞬息萬變。

先前都沒有那個價值，然而就如艾爾梅西亞所指，如今那塊土地創造出無窮盡的價值。該國夾在多個相異勢力間正好處於要衝位置，也就是說會成為文化交流的中心地帶……肯定會有驚人的發展。

這才是魔王利姆路要的，正因為艾拉多發現這點，他才想確立雙方今後的邦交關係。

然而整治街道伴隨莫大的危險，須花上大筆預算——

「若要進行武力投注不可或缺的開發工作，只繳納通行費就能收益反倒更理想些，這是我的判斷。」

正因如此艾拉多有信心，認為自己的判斷很正確。

聽完艾拉多的回答，艾爾梅西亞依舊臉上帶笑。

「說得沒錯。確實不會造成損失，一般情況下算是處理得當。不過，對方可是長命種，還是魔王喔！要締結具備永久效力的條約，必須更進一步思考。所以說，給你八十分。」

「——！」

「我們也該協助施工。要選出一些人，派個團體去那邊承包工程。抵擋魔物的事就交給他們辦。假如我們多少幫點忙，有這份實績，針對通行費交涉也會比較輕鬆吧。」

「唔！」

今後街道衍生的權利將永遠劃歸魔王利姆路。

如果一開始沒跳進去幫忙，要翻轉可就難了。因為對手是魔王，訴諸武力是種愚蠢行徑。

經她這麼一說確實是那樣沒錯，只看見眼前利益的艾拉多失策了。

「都說你的腦筋太過死板，艾拉多。知道情況總會改變，到這邊還算不錯，但人不能一直被先入為主的觀念綁住。」

艾拉多對艾爾梅西亞的話不能再同意更多。

他一心認為施工起來過於危險，然而不將這點考量在內，花費的預算就沒那麼高。此外，若己方也派一些人員過去就能做技術交流，從中吸收對方擁有的知識。

（——唔，看我都幹些什麼……竟然沒把眼光放遠……）

他彷彿看見魔王利姆路在暗自竊笑。

但艾拉多現在才知道後悔已經太遲了。

「話說回來，還要回覆他們的邀約吧。」

換上認真的表情，艾爾梅西亞開口道。

艾拉多也正色頷首。

「甜點店的事也好、街道權利也罷，魔王利姆路熟知人類社會。原本是『異界訪客』這點毋庸置疑，但他獲得能將那些知識和經驗做最大限度運用的力量、權力。撇除他是魔王這點不談，這個人還是很不得了。英雄井澤靜江的弟子——自由公會總帥神樂坂優樹、聖騎士團長坂口日向都在西方諸國握有權力，卻不及魔王利姆路。為了跟這樣的對手從今往後友好相處，這次活動不參加不行。打從一開始，我就別無選擇。」

皇帝艾爾梅西亞做出抉擇了。

艾拉多也沒話說。

只不過，有件事令他在意。

「陛下，這點我同意。我會想辦法讓其他人閉嘴。可是，不保證該國絕對安全。關於要一同與會的人選——」

最近已知魔王利姆路跟聖騎士團有過紛爭。

那場戰鬥最後是由魔王利姆路贏得壓倒性勝利，跟法爾姆斯軍侵略那次大不相同，對方似乎沒多大的傷亡。

如此應對讓人知道他非常有自信，也因為這樣，人們開始外傳魔王利姆路太天真。知曉內情的人看來，那件事甚至令人失去動手的意願，但有不少蠢貨愛試身手。而那些強者不可能繼續保持沉默，該國爆發紛爭的次數恐怕會愈來愈多。

（魔王利姆路應該不至於出什麼狀況，但治安可能會惡化。光我們去就算了，可是，若要帶陛下去那種地方……）

艾拉多是這麼想的。

不過，既然皇帝都下決定了，艾拉多也只能做出覺悟。到時會很辛苦，但他們必做好萬全準備來應付。

「就派出隸屬皇家的調停者團隊吧。就由你隨意從魔法士團（Magus）選出幾個人選。」

艾爾梅西亞說得若無其事，艾拉多卻覺得冷汗直流。

話說這個魔法士團，他們是別名「高潔騎士」的高階武官集團。具備調停者資格，皇帝的全權代理人。成員都是經隔代遺傳流有先祖血脈的人，是魔導王朝薩里昂的最高戰力——

順帶一提，艾拉多也是其中一人。

這個集團的存在嚴禁外洩給其他國家知道，皇帝則大方下令要他們出動。對此，艾拉多慎重承接。

「——遵命。那麼就照您的意思安排。」

答完這句話，他離開現場。

皇帝外遊一事定案，這件事在國內大舉昭告。

艾拉多公爵就此展開一連串無眠之夜……

●

地點來到布爾蒙王國的商館，摩邁爾對不知何時才會輪到最後一人的會面對象感到煩躁。

他是一個大商人，一眼就能看出與之對應的人是何本性。

有些人是來要錢的，或者來談新買賣。有時會出現為錢所苦的落魄貴族，要來談可疑的買賣。

應付這些笨蛋很煩人，但某些時候會帶來確實能賺錢的生意。因此這項工作絕不能交給其他人處理。

腦裡想著這些，他應付完看起來像騙子的男人，要人把下一個客人叫來。

來人是一名穿著體面的男人。

只不過，這騙不過摩邁爾的法眼。衣服的質料不錯，造型卻很過時。這人買不起現正流行的衣物，只是穿舊衣服裝派頭罷了。

此外，這個男人也不會為摩邁爾帶來利益。

他是落魄貴族，拿著名為骨董的粗製濫造物來找摩邁爾高價收購，這件事仍讓他記憶猶新。

八成又在打歪腦筋，想來這騙點錢吧。

但對方好歹是個貴族。已經經過調查確定他真的是貴族，便不容看輕。

跟真正的貴族對應時漫不經心，摩邁爾可能會被冠上不敬的罪名，丟掉小命。

所以說，這次的工作可難辦了。

（唉，真麻煩。又要開始繃緊神經跟人諜對諜……）

懷著上述想法，摩邁爾決定聽聽對方怎麼說。

聽了覺得更煩。

內容果然不怎樣。

這個男人——卡札克子爵說他要用奴隸開新的店，想來跟摩邁爾融資借點錢。

說真的，看也知道不會成功。

說起來，一個事業要成功不是光進可愛的女奴隸就行。必須仔細做市場調查，分析客層，找個地方開店自然不在話下，還要付錢給那些女孩子們。

但針對這些點指正也只是「對牛彈琴」罷了。

「啊？地點該你找吧。要我付錢給那些女孩？混帳，天底下有哪個笨蛋會付奴隸薪水！」

就是這樣，摩邁爾的話，卡札克子爵根本聽不進去。

就算奴隸活該做白工，還是得讓他們吃飯。當然，還需要穿衣服，也要準備給他們住宿過夜的地方。

重點是一開始買奴隸肯定得砸下大筆資金。

想找能吸引眾人目光的美麗奴隸，只能從價格都夠買房的高級奴隸找起。與其用這些人開店，還不如請一般的打工者。好比摩邁爾在英格拉西亞王國出資開的店面等，都是很好的例子。

再漂亮的女人都會老，賺到的錢難以用來回收初期投資費用，這是摩邁爾的看法。

若是為了提高資金回收率打算開店提供性服務，不準備得周到些將造成疾病蔓延。假如事情演變成

這樣，不只卡札克子爵，連摩邁爾都與他同罪。

他可不想攪和進去幹這種危險勾當，摩邁爾在心中嘆息。

「哎呀，真是的，卡札克大人別具慧眼。小人摩邁爾深感佩服。不過，其中最重要的莫過於奴隸，現在不是難以購得嗎？這個國家也不准人們進行人口買賣，找罪犯奴隸應該也很難挑到素質不錯的吧？」

為了避免惹事生非，摩邁爾試著拒絕，卡札克子爵卻不買帳。

「噢，關於這件事。悄悄告訴你，我有門路。若你願意提供資金，告訴你也行。不過，你懂我的意思吧？這可是天大的機密……我只能透露，那些奴隸都是長耳族。」

卡札克子爵說得煞有其事。

摩邁爾則對卡札克子爵的話一陣反感，但他靠意志力按捺下來。

他可是大商人，討厭對方總不好寫在臉上。這麼做的商人連三流都稱不上，是菜鳥，勢必無法做成大買賣。

比起那個，摩邁爾更在意卡札克子爵說的長耳族奴隸。

倘若剛才那些話都屬實，可就不只是高級奴隸這麼簡單。

不，在那之前——

摩邁爾也是有頭有臉的地方角頭。

既是非法組織的頭頭，或多或少會跟一些壞事扯上關係。但他會在還能睜隻眼閉隻眼的範圍內住手。

並不是說這樣就能被原諒，但還是不能跨越那條極惡界線，他也跟手下這麼交代過。

正因摩邁爾有這種背景，他知道收長耳族奴隸伴隨多大的危險。

（他說長耳族？這玩意兒肯定跟大型犯罪組織扯上邊！）

長耳族是壽命很長的種族，多半生得美麗。又具高度智慧，大多數人還擅長魔法。

這樣的種族淪為奴隸，不太可能是罪犯奴隸。不可能抓享有市民權利的長耳族當奴隸，如此一來就是找森林裡的隱居者……

這時摩邁爾靈光一閃。

找魔物獵人——有錢人想養高級寵物，會僱用獵人從森林捕捉魔物。

但這次的對象是亞人，還是長耳族這種半妖精，多數國家不會漠視。

矮人王國也是亞人，至於魔導王朝薩里昂，皇帝本人就是長耳族。

穿幫肯定會引發大問題。

竊盜或詐欺——這可不是那種小家子氣的犯罪，甚至有可能發展成外交問題。

竟然面不改色幹這種勾當……

為了利益就算取人性命也在所不惜，背後有可怕的犯罪組織撐腰……摩邁爾嗅到這件事透著危險氣息。

他拚命絞盡腦汁。

在找合適的藉口，想辦法推掉卡札克子爵的要求。

然而就在他想不出好辦法，正不知該如何是好時——

「嗨——！最近過得好嗎？摩邁爾老弟！」

事情才談到一半，有人就推開門扉入內。

生著淡藍色銀髮配金色眼睛，是名天仙美少女——不對，該是少年吧？

「你是誰，竟敢介入重要商談，無禮的東西！」

卡札克子爵的聲音感覺離自己好遙遠，摩邁爾發現來人是誰便大吃一驚。

那張臉絕對忘不了，是救了摩邁爾的英雄——如假包換的魔王利姆路本尊。

他知道對方是魔物王國的盟主，以前聽利姆路說他要成為真正的魔王，當下很驚訝。

然而利姆路真的辦到了。

如今已是其他魔王也認可的「八星魔王(Octagram)」之一。

話雖如此，魔王利姆路卻挺中意摩邁爾，最近兩人走得很近。他們還聯手撈錢。

對方拜託他幫忙找通路販售回復藥，現在獲得的利益已經很穩定了。就在這個時候，對方又拜託他替拉麵這種異世界食物開拓市場。目前已在店裡提供，頗受好評。

後來還幫忙試吃某種叫漢堡的東西，利姆路提出計畫，想開連鎖店賣漢堡。

摩邁爾也很盡責地接手該計畫。因此目前在找店員、做員工教育，同時物色店面進行內部裝修，為了做各方面的準備忙得不可開交。

曾想對利姆路回報這些，但利姆路好像很忙，最近一個月都沒跟他聯絡。

「咦，這不是利姆路少爺嗎？您不是說目前是關鍵時期，沒閒情逸致遊玩嗎？」

由於太過吃驚，摩邁爾便不自覺問了這麼一句話。

因為這號人物——利姆路少爺，也就是魔王利姆路，目前正面臨跟聖騎士團之間的問題。畢竟他本人還說「這陣子情勢可能滿危險的，你最好少到這邊」。

還有布爾蒙王國的自由公會分會長費茲，因自身能力不足無法阻止聖人日向一事令他懊惱。

明明是這樣，那個當事人怎麼出現在這裡？

——這些念頭在腦內打轉，讓摩邁爾把剛才還在對應的卡札克子爵拋到腦後。

這時摩邁爾聽到下人慌慌張張地入內阻攔，嘴裡嚷著：「請、請留步！老爺目前在會見客人！」

看來還是有人不習慣。

還沒看慣那張美麗的臉龐，這些人會看到失神一會兒。

真是失態。

雖然嚴重失態，但從某個角度來說，這也是沒辦法的事。

就連摩邁爾都不例外，不振作點便很容易看痴。

看他跟人對話或者想到壞點子的臉就沒問題，可是利姆路普通時候彷彿另外一個人，看上去惹人憐愛。

讓摩邁爾沒辦法責備那個下人。

「你叫他利姆路少爺？」

這話是卡札克子爵問的，但摩邁爾當耳邊風。然而利姆路似乎發現了，一臉難為情的樣子。

「啊，抱歉。原來有客人在。那我去你的行館等你，待會兒見！」

摩邁爾原本還處在震驚之中，利姆路一席話讓他恢復神智。

看著剛才朝魔王大叫「無禮的東西！」的卡札克子爵，總覺得看起來有些悲哀。

（如果利姆路少爺為人沒那麼大而化之……如今這傢伙早就不在人世了吧……）

摩邁爾是這麼想的。

俗話說「無知也是種幸福」，摩邁爾還是很煩惱，不確定是否該告知對方。不知道摩邁爾在煩惱，卡札克子爵繼續粗吼。

「喂，小鬼。不對，應該是小姑娘吧？妳該不會是那個摩邁爾的情婦？擅自闖進來偷聽，還妨礙別人談正事，這個責任妳打算怎麼負啊？」

一看到利姆路的臉，卡札克子爵就開始說這種話。

話一入耳，摩邁爾便心生不滿。

（這傢伙！竟敢對利姆路少爺說那種話——）

眼見卡札克子爵用噁心的目光舔舐般地看著利姆路，摩邁爾提心吊膽。

「這還真是失禮了。哎呀，大家都攔不住我，真的很抱歉。」

利姆路則說了這些，低姿態道歉。

然而卡札克子爵擺起架子，不打算放過。

「哦，妳的臉蛋還不錯嘛。作人懂禮貌很重要，由我來教教妳也行喔。」

到頭來就是看上利姆路的美貌吧，甚至連這種話都說出口。這下子就連摩邁爾都動怒了，已經不是錯愕可以形容。

（我怎麼會被這種小角色看扁啊……？）

一想到這兒，摩邁爾就覺得自己很蠢。

他被看輕就算了，可是，說對摩邁爾有大恩的利姆路是情婦，他可不許子爵這樣侮辱人。卡札克子爵的言行舉止已經超出容忍極限。

倘若跟貴族起衝突，被冠上不敬的罪名，處於劣勢的人將會是摩邁爾。話雖如此，也沒必要任他予取予求。

他怕麻煩才裝得唯唯諾諾，假如對方要與他為敵，他就出面迎戰。

摩邁爾覺悟了。

「喂，卡札克，是你對我的恩人無禮才對。不過一個子爵，你打算惹毛我嗎？」

「什、什麼！」

「跟你之間的交易就到此結束。以後不要再來拜託我了！」

「混、混帳！區區一個商人敢忤逆貴族，摩邁爾，你瘋了不成！」

「哼！跟可能造成外交問題的犯罪組織聯手，這種人對我來說也是麻煩人物。到時連這座城鎮都被弄臭。像這樣的瘟神，還是麻煩你快點走人。」

「摩、摩邁爾，你這渾蛋！你這傢伙，竟然忘了之前我賞光的大恩……我絕對要讓你後悔莫及！」

經摩邁爾喝斥，卡札克子爵丟下這句話走人。他看見摩邁爾的手下們聽到嘈雜聲跑來，似乎認為情勢不利於己。

「哼，不過是個小角色還狗眼看人低。」

「那、那個，摩邁爾老弟？那個人好像被惹毛了，沒問題嗎？」

就像這樣，利姆路用悠哉的聲音朝盛怒的摩邁爾搭話。

（啊，這個人果然不簡單。聽說他當上魔王，當時也有這種感覺，但這個人真的都沒變呢——）

想到這裡，摩邁爾整個人放鬆下來。

事後，摩邁爾將在另一個房間等待會面的人全數拒絕，趕走他們。

世上某些事必須打鐵趁熱。真正重要的事是哪些，摩邁爾可沒笨到搞錯。

他是精明能幹的男人，認為從雜石中找出鑽石原石也很重要。只不過某些事非不惜捨棄一切去做，

也是不容否認的事實。總之，真正的理由是他不願讓利姆路繼續等下去。

並非是利姆路能為他帶來莫大利益。

最教人重視的莫過於就算自己有困難還是替交易對象著想。正因為利姆路是這樣的一個人，摩邁爾才覺得自己該遵守道義，絕對不能背叛對方。

他想不到有什麼工作能比陪伴利姆路更重要。

他又想到什麼壞點子了？思及此，摩邁爾開始感到興奮雀躍。動作比平時更快，把所有的案子都推給部下，藏起一湧而上的喜悅。

就在這天——

摩邁爾那令人厭煩的日子宣告終結，迎來新的轉機。

●

在摩邁爾的帶領下，我們來到他的行館。

摩邁爾的管家一看到我，趕緊出來迎接。我曾經造訪這裡好幾次，他已經認識我了吧。

用不著費心沒關係啦——雖然我每次都跟他這麼說就是了。

摩邁爾對此也不以為意，笑瞇瞇地對那些僕役下指示。就跟平常一樣，他要替我準備用來配茶的點心吧。

「哎呀，我好像妨礙到你的工作了，對不起喔。」

這話一出，摩邁爾就露出苦笑。

「不會不會，利姆路少爺。我早就想跟那個渾蛋做個了斷。仗著自己是貴族，每次都丟棘手案件給我……」

摩邁爾的臉色跟著難看起來，開始對我訴苦。

原來如此，剛才那個噁心的大叔是貴族嗎？

現在我能讓妖氣徹底消失，去人類城鎮遊玩的時候也直接露臉。因為我當上魔王那天又把面具弄壞，之後就沒修理一直收著。

所以那個大叔看到我的臉，才把我誤認成少女吧。

但是，我不會為這點小事生氣。跟維爾德拉和紫苑不同，我很識時務。

我看他態度這麼傲慢才多用點心，看樣子做對了。不過話又說回來，既然摩邁爾想跟他一刀兩斷，也許我用不著那麼刻意。

「不過你被貴族盯上，這下不就糟了嗎？」

「是沒錯，因為那個叫卡札克的男人很難纏。話說這次的案子，他說想用奴隸，還是長耳族……」

「長耳族？」

我驚訝地反問。

話說這個長耳族，矮人王國的夜晚的店家就有吧。聽說愛蓮也有長耳族血統，他們沒有被當成魔物，而是歸類為亞人。

照理說法律禁止人口買賣，這根本是犯罪行為吧？

「那不就——」

「是。這算犯罪。那個男人打算讓我染指犯罪。雖然我也有幹過一些壞事，但沒不知死活到抓長耳族當奴隸。」

「果然是犯罪行為。那穿幫會有什麼下場？」

「這就難說了。別看他那樣，卡札克好歹被賜子爵之位。我們布爾蒙是小國，因此貴族數量不多。就算是那種爛人，還是有相當程度的權力。」

沒想到剛才那個男人是子爵。

怪不得他一直罵我無禮。

這麼說來，他是比費茲友人貝葉特男爵位階還高的貴族，難怪摩邁爾說他難纏。

「這樣沒問題嗎？」

「小事而已，我好歹是黑街角頭。不需要利姆路少爺操心，能靠自己的力量擺平！」

我擔心地問話，結果摩邁爾笑著回應。

還什麼黑街角頭。

布爾蒙這哪來那種街啊。

我猜他說的大概是貧民窟，但那種地方跟尤姆長大的環境相比簡直是天堂。因為布爾蒙王國算是治安較好的國家。

不過呢，我還是先給點忠告吧。

「喂喂喂，你真的要小心喔。因為我想交派一件重要的工作給你。」

沒錯，我找摩邁爾諮詢過不少事。要是他遭奇怪的貴族記仇，發生什麼三長兩短，我會很困擾。

「哇哈哈！放心吧。本人摩邁爾對自己的好運氣很有自信。畢竟，連利姆路少爺都跟我交情這麼好！」

像要排解我的擔憂，摩邁爾哈哈大笑。

真是敗給他了。就是這點讓我喜歡。

要是他出什麼事，到時可就為時已晚。還是先派護衛保護摩邁爾，別被他發現好了。

看著哈哈笑的摩邁爾，我在心裡盤算。

「對了，利姆路少爺，今天來有什麼事嗎？」

被他一問，我才想起來這兒的理由。

…………

…………

……

我們預計找來朱拉大森林的魔物、人類國度的首腦們，舉辦大規模慶典。

命名為——「坦派斯特開國祭」。

活動日期已經正式定案。

跟日向他們也和解了，所有的疑慮煙消雲散。尤姆登基當王的日子也敲定，一方面是想替他助陣，我們要順便向周邊各國宣傳一下。

目前利格魯德他們正繃緊神經拚命，向各國首腦廣發邀請函。

此外，賣力工作的不只利格魯德等人。

我麾下那些魔物們知道接下來將全國總動員開辦慶典，大家都很興奮，各幹部也都想了些企畫案，之後發表。

先舉個例子，好比朱菜。

她準備了許多新菜色，用來招待客人。不僅如此，還努力製作色彩繽紛的蛋糕，試著在我國開辦咖啡廳。

還有在英格拉西亞王國受其照顧的咖啡廳老闆吉田先生，我也把他介紹給朱菜。

不管我怎麼邀他、請他來這開店，吉田先生就是不答應，沒想到一看到朱菜就變得坐立難安。

「我、我在這邊開店前，受許多人關照。我很願意幫你們，但是要離開這裡就……」

「這部分還望您通融。」

朱菜很有禮貌地低頭拜託。

雙手交疊，美美地彎腰，動作優雅到讓人不禁看痴。

吉田先生表面上裝酷，私底下卻陣腳大亂，原本以為這樣就能拿下……

「——唔。對我色誘是沒用的。要是你們無論如何都希望我搬過去，就讓我見識足以讓人信服的身手吧！假如你們作出讓我滿意的料理，要我重新考慮也行。」

由於吉田先生提議，不知為何就發展成廚藝大對決。

但可想而知，完成不成問題。

朱菜的料理可是一級品，這點人人都贊同。

「朱菜大姊，妳就好好大顯身手吧！做出最棒的料理，讓那個囂張的店長吃了讚不絕口！」

「是。我明白了！」

「喂喂喂，少爺。誰是囂張的店長啊……」

吉田先生對我抱怨，但我左耳進右耳出。

朱菜幹勁十足。

吉田先生的手藝讓朱菜燃起鬥志。

她借用廚房，用來準備棒到不行的佳餚。

就是煎蛋捲。

這可是人稱看煎蛋捲就知道廚師有多厲害的究極美食。

吉田先生看著她端出的那盤菜，嚥下一口口水。接著不發一語，拿叉子叉起一口煎蛋捲送入口中。

「好吃！」

一舉拿下。

見識到朱菜壓倒性的廚藝，吉田先生總算認可朱菜。

「謝謝你。」

朱菜臉上漾出一抹微笑。

這成了致命一擊。笑進他的心坎裡，吉田先生徹底陷落。

「嘖。沒辦法——！這是特別優待喔！」

壯碩的大叔應允朱菜，笑得很難為情。

面對有著淡桃色秀髮的可愛少女朱菜，我看他根本被迷得團團轉吧。

——該說他一見鍾情才對，但還是別說為妙。他都特地耍帥了，被我戳破也太可憐。

就這樣，朱菜跟吉田先生變成好拍檔。

這下生意肯定會好到翻掉，總覺得他們會變成超強注目焦點。

另外還有戈畢爾。

似乎要以回顧回復藥的歷史為名，跟培斯塔攜手合作開辦展示會。

他們不打算公開核心技術，目的好像是要蒐羅對此感興趣、會自告奮勇參加研究計畫的人。

目前人手已經夠了，純粹是想找出有熱情的人。

黑兵衛跟矮人三兄弟的長男葛洛姆也不例外，他們都要各自展出自豪的作品。

戈畢爾搭培斯塔、黑兵衛配葛洛姆。

據說雙方要當鄰居擺攤陳列展示物，比賽看誰能吸引較多客人。

看樣子他們透過這場慶典找到樂趣，真是太好了。

凱金也會在慶典前後歸來。

至於蓋德那邊，我有叫他休個假，工程會在那之前告一段落吧。

順便叫他給俘虜們放假一下，當天那邊也預計辦場餐飲大會。

某些人無論如何就是得上假日班，所以我們特別安排讓他們輪班，才不用從頭到尾一直執勤。慶典為時一星期左右，希望大家都能盡興。

這麼說來紫苑也不落人後，疑似在策劃些什麼。

「呵呵呵，敬請期待，利姆路大人！」

看她一副自信滿滿的樣子，我半是期待半是恐懼。

再來，維爾德拉也是——他又做出讓人頭大的宣言。趁他還沒給周遭其他人添麻煩，我得想辦法處理一下……

看夥伴們這樣，我也覺得自己必須做點什麼。當下想起的人就是這邊這個摩邁爾老弟。

…………

…………

……

這個家的僕役將紅茶端過來。

因為我來過好幾次，他已經練到駕輕就熟，還配合我的喜好準備甜點。

喝了一口紅茶，我泛起笑容。

還是一樣美味，可以拿來轉換心情。那麼我們就來談生意吧。

「哎呀，也沒什麼。就是我這邊又有一個工作想拜託你嘍。小事一樁，對摩邁爾老弟來說簡直易如反掌。」

「呵呵──您又有新點子啦？少爺派的工作很有趣，但每次準備起來都頗累人呢。」

聽了我的話，摩邁爾也扯嘴用一個笑容回應我。嘴上說頗累人，表情卻清楚寫著他對我的話有興趣。

畢竟我們目前正展開販售漢堡等物的「速食店展店計畫」。我把計畫書交到摩邁爾手中，正請他幫忙執行。

之前由於日向等人出動讓我放著不管，但我也很在意進展狀況。一方面是做個確認，我打算在這次慶典上開那個店。

「呵呵呵，別這麼說嘛，摩邁爾老弟。關於之前交給你辦的計畫，還沒在布爾蒙王國和英格拉西亞王國展店前，希望先來我國開間實驗性商店。」

「哦哦，我才想該在哪裡演練才好，這提議正好。話說回來，既然您都這麼說了，表示跟聖騎士團之間的問題已經順利解決了嗎？」

聽我道出這番話，摩邁爾擔憂地問道。看來我害他操心了。

即使我們已經沒有相爭的意思，魯米納斯教教義問題依舊存在。若今後還要在西方諸國活動，就不能忽略跟西方聖教會之間的問題。

然而如今這些問題都解決了，再也不需要擔心。

「呵呵呵，已經解決了。我跟日向和解，還有魯——」

「魯？」

「是Ｒｕｌｅ啦，對，就是Ｒｕｌｅ。我們認為要約法三章，就跟他們一同商量，大家和好啦。」

「哦哦，原來是這樣啊！哎呀，我還以為西方聖教會這個組織會更可怕呢。沒想到他們意外地識時務，是我在杞人憂天吧？」

話說到這兒，摩邁爾放心地笑了。

我也堆起客套的笑容，心想「好險好險」，暗中捏把冷汗。

剛才一不小心差點講出魯米納斯的名字。要是幹那種事，連我都會遭魯米納斯怨恨。只有這樣還算好，但恐怕連摩邁爾都會遭到肅清。

開國祭不只招待日向跟聖騎士們，連魯米納斯都邀了，我要小心別說錯話。

不過，那個心高氣傲的魔王魯米納斯是否會參加，目前還是未知數。

「為何妾身非得去參加那種低俗的慶典不可？」

那傢伙好像會說這種話喔。

若她真的過來，接待起來應該也會勞心勞力，不要來比較好吧？

不，最好不要來……

「那麼正式開店前，就先讓您看看練習成果吧！」

想魯米納斯的事想到一半，摩邁爾就喜孜孜地插話。

連來不來都不曉得，去想這種人物的事也沒什麼意義。我決定針對我要推的東西更進一步認真討論。

「那麼，訓練還順利嗎？」

「當然順利。現在已經把他們培訓成無論任何人，辦事上都能達到一定水平的程度。」

「你真可靠，摩邁爾老弟！」

我跟摩邁爾你看我我看你，兩人暗自竊笑。

看來計畫進行得很順利，在這場慶典上來個處女航也沒問題。

「那這次推出的店，要不要賣漢堡、熱狗、炸薯條跟各類果汁？」

「不錯喔。就算只拿那個祕傳醬汁醃肉串燒烤，應該也能吸引不少客人。若跟飯糰一起推出，肯定能拉抬銷售額。」

「評價不錯嗎？」

「在店員間已經悄悄造成流行了。」

被我一問，摩邁爾大力頷首。

聽說拿牛鹿跟雞鴨弄成的烤肉串也頗受好評。

「好！那這個也一起上架賣。對了，這樣人手夠嗎？」

「這個嘛，目前我是想弄到能展店二十家的程度。雖然要花不少錢，但總是需要輪班人員，培訓費用就當作是必要支出。因此，就算要在五個地方開店也綽綽有餘。」

不愧是摩邁爾，確實理解我的想法，在人才培訓上也毫不吝嗇。

既然這樣——

「既然這樣，不好意思，可以幫我準備手藝最好的人共五名嗎？」

「五名？你打算讓他們做什麼？」

「是這樣的，我有個朋友叫維爾德拉——」

「維、維爾德拉！」

「話說這傢伙，之前慷慨激昂地說他要開鐵板燒店。」

是我多心了嗎，聽我說明的摩邁爾臉色不是很好。

「這、這樣啊……」

嘴巴上回應我，人卻開始冒大汗。

雖然有點擔心，但我還是繼續說明。

「然後，把店交給他一人會覺得有點不安吧？」

「應、應該吧——」

「所以說，摩邁爾老弟。我希望你派五個手藝最好的人過來，去幫維爾德拉！」

我這話是帶著滿面笑容說的。

眼見我就是想將麻煩事推給他，摩邁爾仰頭無語問蒼天。

「那這些前去幫忙的人在安全上……那個，人身安全沒疑慮吧？」

「當然啦！要是發生什麼事跟我商量就行了。如果那傢伙又想耍任性，我會好好罵罵他。」

「這我相信。可是，那個，您說的維爾德拉應該就是那位『暴風龍』大人吧？」

確實是他沒錯啦。

果然，連摩邁爾都聽說過維爾德拉的大名啊。

「不妙嗎？」

「算是……已經不是妙不妙的問題，我在想大家會嚇個半死，連工作都沒辦法做吧……」

啊，果然沒錯。

說得也是，不知情的人看來，真的會怕維爾德拉呢。畢竟他是天災級……

「唔——果然還是行不通嗎？」

「可以這麼說……至少要用個假名稱呼，大家才會在不知情的情況下幫忙——」

就是這個！

「就是這個，摩邁爾老弟！為了避免大家發現他的真實身分，就讓他用假名吧！」

「咦？這樣行得通嗎？」

「小事一樁，跟他說『有意見拉倒』就好啦。好，就這麼辦。這五人我會特別犒賞他們，拜託替我轉達一下，請他們多多指教！」

無視驚訝的摩邁爾，問題解決讓我很滿意。

維爾德拉耍任性已經不是新鮮事了，但這次各國都會派重要人士參加。要是在那種場合食物中毒就好笑了，一定要派能確實監督、監視他的人跟著，否則無法安心。

不分青紅皂白拒絕他未免也太可憐，話雖如此，全都交給他處理又讓人非常不安。由於是這種情況，拜託摩邁爾找的人才已經培訓過，真可說是算我走運。

摩邁爾似乎有話要說，但我想一定不是什麼大不了的事。所以說，這件事統統交給他辦就對了。

●

大概是解決一個問題的關係，利姆路看上去心情大好。可是看看摩邁爾這邊，感覺就像被人硬塞一顆不得了的炸彈，讓他無法寬心。

（竟、竟然是維爾德拉大人？有聽說他的封印解除，沒想到我也有跟他打交道的一天……）

他現在可以說是一個頭兩個大。

話說利姆路找他商量的事，一開始還很好。

擺攤剛好是不錯的訓練機會。可是要負責監視維爾德拉，那又另當別論。

摩邁爾知道這下事情嚴重了，但他看到眼前的利姆路笑得如釋重負又改變想法，想說就算了吧。

自從被利姆路救起，他就努力過活，希望不要留下任何遺憾。摩邁爾有點狡猾又貪財，但他膽子夠大。

「話又說回來，要辦慶典啊。規模那麼大，想來參加的人應該也不少。我以一個商人的角度來看，也覺得那是賺錢好時機。」

這時摩邁爾不經意吐出一句呢喃。

旅行商人、冒險者等等，在魔國聯邦進進出出的人算多。再加上他們似乎又大張旗鼓宣傳，想必鄰近村莊或城鎮會有人過去看熱鬧吧。

以商人角度來看，這種時候就是賺錢的好時機。他想到這件事才在那喃喃自語……

「哦？摩邁爾老弟也感興趣啊？哎呀～老實說啊，別看我這樣，我也很煩惱喔。要賣的東西有你幫忙已經定案了，但我想要一個能當我國主打的東西。」

利姆路喝著別人端來的紅茶，似乎聽見摩邁爾的呢喃。看著摩邁爾的眼神寫著「拜託讓我諮詢」。

「主打是嗎？」

「對對對。哎呀，話說我們的城鎮，以後預計弄成療養勝地。連溫泉旅館都準備了，還有能接待貴族的旅館跟迎賓館。只是呢，我覺得娛樂設施太少。」

「原來如此……」

好吧，摩邁爾決定當他的商量對象。

看摩邁爾這樣，利姆路就開開心心地解說起來。

內容如下——

魔國聯邦建了不少高級旅店。摩邁爾也住過，他清楚得很。

那裡準備各種讓人過夜用的設施，可以體驗各式各樣的風情。有的旅館可以眺望美景庭園享用餐點，其他旅館則備有「露天溫泉」這類可在戶外泡溫泉的設施。

大國另當別論，來到小國，就連貴族都難以維護個人用浴池。至於沒有自來水系統的國家，光是替澡盆裝水煮水就是一大苦差事。

對摩邁爾來說這是很稀鬆平常的事，而理所當然隨時都能泡的溫泉設施，對他來說只有驚愕兩個字能形容……

利姆路這樣還不滿足。

「可是，話雖如此。有美味的料理、讓人放鬆的空間，當療養勝地這樣就夠了吧？」

摩邁爾是這麼想的，但利姆路搖搖頭。

「你太天真了，摩邁爾老弟。我認為這樣有點不夠力。我想要有些企畫讓大家找更多樂子。例如說啊——」

話說到這兒，利姆路提及所謂的朱拉大森林觀光旅行。該企畫是他們會派導遊兼護衛跟著，去森林深處散步一天。

其他還有去附近溪流舉辦釣魚大會、親近大自然的狩獵大會等等。道具全都用租借的，希望這種方式能讓報名遊客玩得開心。

「聽起來很有趣。對於時間太多太閒的貴族來說，能挑起他們的興趣，忙於工作的人則能用來喘口氣。」

「會嗎？這樣就好，我在想還有沒有其他企畫案能讓大家玩得開心。」

這次開國祭要招待一些客人，利姆路希望他們變成回頭客，可以吸引他們多多回來消費。為了實現這點，他才想出各式各樣的企畫案，希望客人們都不會玩膩吧。

這個人是想得多遠啊……摩邁爾打從心底傻眼之餘，一方面又感到佩服。

「既然這樣，要不要學英格拉西亞王國？他們王都內的劇場好像頗受歡迎。聽說每天都上演歌劇和戲劇。還有別的，在競技場舉辦的武鬥大會似乎很受歡迎——」

「噢、噢噢！是那個吧，聽說有個勇者正幸很受歡迎。」

「沒錯沒錯。正幸大人稱號『閃光』，他稱霸武鬥大會。別看我這樣，本人可是他的超級粉絲。」

「咦！」

原來摩邁爾也愛追星。沒發現利姆路一陣反感，他開始熱切講述武鬥大會的事。

「──就是這麼一回事，大家都看不到他揮劍的軌跡。所以才叫『閃光』──大家才這麼稱呼他。他們還會跟被捕的魔物展開殊死戰，勇者的夥伴也很強，觀戰的時候緊張到手心冒汗呢。若是有這樣的餘興節目……啊，我太熱衷了。說到這個，利姆路少爺的部下也一樣，看起來個個都是強者，不知道哪位最──」

「STOP！不准你再說下去了，摩邁爾老弟。」

摩邁爾的興致最後挪到利姆路那些部下──也就是紅丸等人身上。還有見過好幾次面的利格魯德，那身肌肉似乎不只是長好看的。另外又目睹一大票看似強勁的魔人，他一直很好奇最強的是哪個人。

摩邁爾抓準機會問利姆路，卻被利姆路制止。

「聽好，這件事只在這裡說──」

先道出這麼一句，接著利姆路就跟摩邁爾講悄悄話。

「──要是你當著那些傢伙的面說這種話，到時肯定會爆發械鬥。話說之前有個叫阿爾諾的聖騎士混帳，他問了跟你一樣的問題。後來人們就為先後排名這種無聊事鬥爭，差點把事情鬧大。當時並非所有人都在場，最後才得以息事寧人，總之你別說這種會挑起紛爭的話就是了。」

利姆路還說，幸好當時最容易引發問題的人不在，才能想辦法蒙混過去。然而自從那次之後，他們就刻意迴避這類敏感話題。

如果那些幹部稍微認真起來吵鬧，好不容易蓋出來的城鎮將會遭受池魚之殃。這種事情敬謝不敏，所以摩邁爾才跟著被叮囑，要謹言慎行。

「原、原來如此。是我冒犯了。」

「只要你今後多加注意就好。不過呢，著眼點還滿有趣的。」

不同於惶恐的摩邁爾，利姆路並沒有特別放在心上。

這個人的價值觀跟一般人果然很不一樣——摩邁爾心想，靜待對方接話。

「鎮上還有空的區塊，準備一座歌劇院應該不錯。搞不好會有人立志當劇作家，這樣也能跟新的娛樂做連結。再來是競技場嗎——」

利姆路看向摩邁爾。

看在摩邁爾眼裡，利姆路彷彿在奸笑。啊，他又想到壞點子了吧——想歸想，摩邁爾沒有說出口。

（利姆路少爺，您明明不說話就是個大美人，為什麼要露出讓人遺憾的表情……）

他腦裡正想些有的沒的。

「摩邁爾老弟！」

來了！摩邁爾在心中繃緊神經迎戰。

「什、什麼事？」

「你好像很清楚武鬥大會的事？」

利姆路從座位上起身，坐到摩邁爾隔壁。把所謂的撒嬌聲體現得淋漓盡致，在摩邁爾耳邊輕聲問話。

然後，突然間說出——他們也要舉辦武鬥大會，希望摩邁爾幫忙安排一下。

「請等一下，少爺！這麼重大的事，您突然跟我說也沒用啊……」

「我們會準備鬥技場，你可以先幫我調查舉辦需要哪些東西嗎？」

不理會摩邁爾的抗議，利姆路單方面告知。到這種地步，抵抗也沒用。

「每次都拗不過利姆路少爺您呢。我知道了。不才摩邁爾，將誠心誠意、努力把事情辦成！」

摩邁爾無奈地應允。

快飛上天了。

然而他嘴邊帶著一抹笑意……說真的，摩邁爾並不討厭。該說被交派如此重大的任務，他高興得都

舉辦這個需要哪些東西？

不只做調查，摩邁爾還要讓他的構想付諸實行。

竟然被交辦如此大規模的企畫案，他萬萬沒想到這一生中能有如此際遇。

（一定要好好辦！這種、這種機會可不會再遇到第二次！）

就算失敗也無妨，摩邁爾提起勁。

話說利姆路這號人物，從自己至今與他交往的過程看來，摩邁爾已經看出一點小事並不會讓對方動怒。而且他言出必行，值得信賴。對商人而言最重要的就是信用，而他可以讓人信任。

就如他所說，肯定會準備競技場。

雖說在摩邁爾看來難以置信，但利姆路能隨心所欲命令底下的魔物們，依其所願令他們提供勞力為自己賣命。

（就算是這副德性，但利姆路少爺可是魔王。若是擬出有看頭企畫，準備必需品也沒什麼困難的吧。而這個企畫要由我——）

摩邁爾感動萬分。他正在感動，利姆路愉悅的聲音就傳入耳裡。

「對了對了。雖然這次的目的是招待各國要人，但要讓一般人也能參加喔。英格拉西亞王國也是這樣，但一般民眾不能參與，就沒什麼收益可言吧？」

「你是說一般民眾嗎？」

「嗯。我打算興建可以收容五萬人左右的圓形競技場（Colosseum）。反正還有空的區塊，應該沒問題吧。然後周

邊再開剛才說的速食店，大概會有不錯的營業額？要賣給觀光客也行，有人潮就有錢潮不是嗎？你怎麼看，摩邁爾老弟？」

也就是說，平常要提供一般大眾也能享受的娛樂，利姆路話裡的意思是這樣。再賺那些平民百姓的錢……

你怎麼看，摩邁爾老弟？就算他這麼問，摩邁爾能答的也只有「真是超乎想像啊」。

蓋出規模大到能容納五萬人的圓形競技場，就算跟英格拉西亞王國相比也絲毫不遜色。不如說，能容納將近那五倍的人。

利姆路有多認真可見一斑。

「順便弄一區供人站著看，這個就不用付費了。對於有錢人，我們會帶他到指定席，跟他收取入場費。至於花錢不手軟的貴族，就給他們貴賓席。然後再準備來賓席，留下來招待特定人士。差不多這種感覺，希望你順便合算一下座位比例跟投資報酬率。」

如此這般，利姆路笑著把事情全推給摩邁爾。

為了讓鄰近國家的農民跟鎮民都能觀戰，他要準備不收費區——就連英格拉西亞王都都沒這麼做。

所以才規劃成那樣啊，摩邁爾總算明白了。

「原來如此，我還想說五萬人好像太多，原來是這麼一回事……」

「是啊。像這類活動要讓所有人都感興趣，才有它的價值。一堆人站著看，若能優雅地坐在位子上，指定席才會有價值吧？」

「確實會有。比起不知能不能入場，若能事先預約，位子確實會有其價值存在。」

英格拉西亞王國競技場是有錢人的娛樂，目前的構想與其在根本上便不同。總之主軸是帶出話題性，目的是把人吸引過來。

摩邁爾注意到了，他頗有同感。

不需要入場費的話，農閒時期的農民也能過來遊玩吧。消息會透過這些人傳出去，鄰近國家的一般市民應該也會萌生興致。

重點在於，若人潮規模達數萬人，街道上的旅店也能有大筆進帳。然後中途一遇到休憩點，在那裡開利姆路說的速食店也會滿有趣的吧。

此外，還可以接待那些觀光客，另外提供住宿的地方。

若能藉此宣傳利姆路他們鎮上的餐廳或旅店、溫泉等等，競技場營運上就不必非得創造利潤……可以想見光是那些被吸引過來的人，他們花的錢就能讓己方荷包滿滿。

「不愧是少爺，從一開始就算好啦……」

「咦？啊，算、算是吧。當然算好啦！」

「看來你們供人過夜住宿的設施相當充裕。那麼問題就是如何定期攬客。這樣損益比勢必會相對提昇，總之先做宣傳。然後第一步就是委託我做企畫對吧？」

「呃，對啊。就是那樣。」

「原來如此、原來如此。想出讓大家一來再來的娛樂，這就是我的工作……就算這次武鬥大會沒有收益，客人以後還是會來——若能讓客人想一來再來，這項企畫就算成功吧？」

「——你果然厲害。竟然這麼清楚我的心思。不愧是摩邁爾老弟，能接這項工作的就只有你了！」

交派給自己的武鬥大會計畫可以拿來當餌匯聚人潮，這提案讓摩邁爾興奮到渾身顫抖。安排、規劃到這裡，利姆路說接下來就交給你了。

太有趣啦！摩邁爾很想大叫，但他忍住了。

「呵……呵呵，還真是強人所難——」

「這種事交給專業人士辦比較好吧？摩邁爾老弟，難道說，你沒自信？」

「哈——哈哈哈哈！還真是嚴厲呢。利姆路少爺您也真夠壞心眼的。」

「哈哈哈哈。對吧對吧。如果是摩邁爾老弟應該能輕鬆駕馭吧？」

兩人在那高聲大笑。

兩人都露出邪惡的表情。

「我說你啊，這下要動用大筆資金喔！你應該心裡有底吧？」

「呵呵呵，敬請放心。本人摩邁爾最擅長跟錢打交道。肯定會拿出讓少爺滿意的結果！」

「這是一定要的啦。果然，交給你辦準沒錯。」

笑著笑著，利姆路跟摩邁爾彼此握手。

這場大會將動用大筆金錢。

勢必會如利姆路說的那樣。

真是的，這人好可怕——摩邁爾心想。

不曉得他看得多遠，光想就覺得可怕。雖然有這層疑慮，摩邁爾還是在腦內勾勒夢想藍圖。

「這樣一來，回復藥又多了新的使用管道。不管受多重的傷，只要沒當場死亡，都能回復吧？也就是說，選手卯起來認真打也沒問題。再說受傷的人下一次出賽又變得毫髮無傷，這樣超有宣傳效果吧。」

「你說什麼？」

「哎呀？您沒想到這方面嗎？」

「不，我有想到喔！只是想確認一下，看是不是跟我的想法有出入，就這樣而已啦。」

「原來是這樣啊！呵呵呵，如果是利姆路少爺，這點程度的小事肯定都在預料之中。我可不能輸給您。」

語畢，摩邁爾陸續發表自己的看法。

接著他們兩人互道「好耶好耶」，接二連三聊起各種點子。

其一是利用武鬥大會宣傳回復藥，順便賣給冒險者。

其二是租賃武器或防具，以及販賣。

「話說黑兵衛做的武器，就算是失敗作也有相當優越的誇張性能。雖然還不能端上檯面，但他現在徒弟滿多的——」

拿那些徒弟做的東西就沒問題了，利姆路提議道。所以他們打算抱著姑且一試的心情試試看。

其他的就好比經營賭場，當作國營事業的一環。

英格拉西亞王國那邊似乎也有舉辦，光是推出預測優勝者的賭博就能帶來莫大收益吧。

不只人與人對戰，讓捕捉到的魔物對戰也很有趣。當然，勢必要留意安全，但利姆路底下有很多強力部下可適才任用。摩邁爾根本用不著擔心，並不會造成問題。

或者當成新手冒險的練習場，將這類場地租借出去也行。順便附設教官，顧客可以花錢請他們指導。

腦子轉動的速度快到令人懼怕，摩邁爾感覺至今不曾有過的點子源源不絕湧現。有了利姆路幫襯，他就能想出無以計數的夢幻企畫案。

有好多好多點子，一方面也覺得接受委派的自己責任重大，同時又沉浸在澎拜的興奮情緒裡。

渾身顫抖之餘，摩邁爾下定決心。

「做就做。我會做給您看！我的商人魂有預感會賺大錢！」

「太棒了！好棒的自信，摩邁爾老弟！沒錯，如果是你，賺的錢肯定多到讓我滿意！」

被利姆路稱讚，摩邁爾感到害羞。

面對這樣的摩邁爾，利姆路更進一步出聲。

「還有啊，如果你不嫌棄，辦成這場大會後要不要來我這裡？去商業部門、廣告部門或財政部門都不錯。總之，用什麼當名目都行，我希望你去那兒當主管。我們的規模愈來愈大，等這場大會結束，必須確實編制一套體制。只要確實做出實績就沒人敢說嘴，你看怎樣？」

利姆路問話間透露他深信一定能成功，讓摩邁爾很是雀躍。

你看怎樣？這句話有如觸動摩邁爾心弦的福音，在耳邊反覆作響。

摩邁爾大力頷首。

「——真是敗給您了。少爺，不，利姆路大人。本人摩邁爾無論如何都會讓這場企畫成功，成為利姆路大人的臣子！」

摩邁爾毫不猶豫地答應。

這是當然的。

（這位大人如此看好我。絕不許失敗！）

活到這把年紀，摩邁爾感受到因身心為之焦焚的興奮、希望、夢想而坐立難安之感。

這份情感好甜美，他不願失去。

「你太誇張了，摩邁爾老弟。」

利姆路笑言，而他們兩人接著做更詳盡的規畫，過程中摩邁爾的興奮依然沒有消退跡象。

我要將這場大會辦得很成功，成為利姆路的親信臣子——懷著新的野心，摩邁爾誓言替他賣命，粉身碎骨在所不惜。

待利姆路離去，摩邁爾將手下和下人統統叫來。

「摩邁爾大人，利姆路大人來找您有何要事？」

成為摩邁爾專屬護衛的前C級冒險者比特出聲詢問，摩邁爾大動作點點頭，接著開口道：

「比特啊，接下來有得忙嘍。」

「他又對您做強人所難的要求啦？那位大人的點子總是很有趣，但我們老是被耍得團團轉，真希望他設身處地替我們想想。」

比特說到這裡就笑了出來，不過，那並非他的真心話。

他跟摩邁爾一樣，都被利姆路拯救過，也是為這名魔王醉心的其中一人。嘴巴上說被耍得團團轉，然而比任何人都要來得期待的不是別人，正是比特。

「呵呵，比特啊。這次不是那種虐人的東西。之前那些都是賺點蠅頭小利的遊戲，這次的是一大事業，不，連我們的命運都賭上了。」

扯出一抹笑容，摩邁爾接著道。

他本來就生得一副壞人臉，再加點殺氣會變得更可怕。如今他的手下都不怕那張臉了，但摩邁爾的話依然令他們難掩驚訝。

「老爺，請問您言下之意是？」

管家當代表提出疑問，摩邁爾則將他跟利姆路的對談內容簡單扼要地知會大家。

他說魔都要舉辦開國祭，到時會辦場武鬥大會當餘興節目。而他們要在那推出目前正在籌辦的速食店試水溫。

開國祭之所以會開辦，目的是利姆路當上魔王後要給大家來個下馬威。魔國聯邦全國上下總動員舉辦這場慶典，想必規模將超乎摩邁爾想像。

而他將在這種場合擔負重要任務，摩邁爾興奮地道予眾人知道。

最後做出宣言。

「我決定要替利姆路大人效命。這次交辦的企畫，無論如何都要成功！」

這句話讓手下們群起譁然。

摩邁爾不打算回布爾蒙王國——知道他已經做出覺悟的手下們面面相覷，個個都一臉困惑。

「嘿嘿，摩邁爾大人。您沒有要單獨前去吧？我雖然是混混，卻身兼護衛。我底下那群小混混如今也都很仰慕利姆路大人。把我們一起帶去吧！」

「要是去了那兒，就憑你根本保不了我。」

「好、好過分！」

「不過呢，假如你願意幫我的忙，帶你去也行。」

「當然願意，我什麼都願意做！我這個人雖然笨，但還是有點小聰明的。」

比特以前曾經有過行騙紀錄，耍小技倆他最在行。所以才說那種話，但這樣只會讓摩邁爾傻眼。

然而摩邁爾卻……

「真拿你這傢伙沒辦法。好吧，人手愈多愈好。還有那群小混混，若是沒門路討生活，看他們的樣

關於我轉生變成史萊姆這檔事
Regarding Reincarnated to Slime

子當警衛應該還能勝任，就一起帶去吧。」

——他這麼說，准比特等人跟去。

接著摩邁爾又——

「你們有何打算？喜歡的話這座房子可以隨你們處置喔！」

他向那些手下詢問意願。

聽到這句話，手下們都笑著回應。

「「「請讓我們追隨您！」」」

這些人都由摩邁爾一手鍛鍊，對這個國家毫不留戀，也沒有半點迷惘。

接下來，下此決定後要做的事可就堆積如山了。

摩邁爾已取得這個國家的官方認可，還隸屬自由公會。因此要離開這個國家前往他國是他的自由。

摩邁爾的座右銘是一旦立定目標就要盡快展開行動，但該做的事還是要先做個了結。想到這兒，摩邁爾決定讓自己無後顧之憂。

他看向說要跟來的其中一名手下，那個人是他底下的小頭目。

「喂，你也能獨當一面了。把這間店交給你沒問題吧？」

「老、老爺！怎麼突然說起這個……」

「其實也沒什麼。你們說要跟隨我一同過去讓我很開心。可是，你們想想看。我們在利姆路大人那邊還沒打下生活基礎。我打算把這件事情辦好，讓利姆路大人提拔我……但我不想連累你們，害你們吃苦頭。」

這只是場面話，其實摩邁爾別有用心。

要是拋下這座行館，他將會失去好不容易才在這個國家建立起來的地盤。所以他想留下幾個人，讓他們守住在這塊土地上活躍時可以利用的據點。

由這個小頭目當代表最合適。

這個小頭目的名字叫瓦哈。

他是摩邁爾熟人的兒子，讓他待在這邊是希望他來店裡學習。

這個男人夠機靈，摩邁爾也特別賞賜他，對他多有關照。可是，瓦哈的老家事業失敗讓事情產生改變。因為他無家可歸，才被摩邁爾正式僱用，當他店內的管理人。

如今瓦哈老家那邊都仰賴他這個管理人的收入過活。摩邁爾不忍心拉他進來蹚渾水，所以他決定留下瓦哈。

瓦哈工作上辦事無可挑剔。

摩邁爾確信，把這間店交給他也沒問題。

「老、老爺……您說要把店交給我，我真的很高興。可是，我們也想一起——」

可能是年輕氣盛吧，瓦哈就是無法接受。也許希望摩邁爾再多給他一點認可，遲遲不肯獨立。

雖然這樣的瓦哈很討喜，但摩邁爾認為這樣下去不行。這樣下去他無法獨當一面，必須挑個時間放手。

而現在就是好機會。

「瓦哈啊，我不是你的父母。是說要把這間店交給你管理，可沒說要送你。聽好，就算我離開這裡，你也不能讓這間店倒掉，知道嗎？然後，到時再從我手中買下這間店！先將這間店經營得有聲有色，再

找一天把親生父母接回來吧。」

臉上帶著慈藹的笑容，摩邁爾將手擱到瓦哈肩膀上。話說得很好聽，但他會確實簽訂證明文件，銀貨兩訖。

摩邁爾是個生意人，這男人可沒那麼天真。

話雖如此……

（若是連買這間店的錢都付不出來，就表示這傢伙難以成大器。）

一方面他的心境上又像名嚴師。

「謝謝您、謝謝您……我一定……一定會有一番作為，用以回報摩邁爾大人您的大恩大德！」

管理人瓦哈感激涕零。

這種話摩邁爾聽了也沒放在心上，他說「好好加油吧！」，用力地點了個頭。

緊接著，摩邁爾迅速辦完手續。選出哪些人要帶、哪些人要留，對小頭目瓦哈給出最後的忠告。

「萬一遇到麻煩事，就來找我商量。但我相信你們幾個一定能順利將事情辦好。可別讓我失望！」

瓦哈和其他留在館內的人聽了，紛紛點頭。

摩邁爾教得很徹底，沒有人敢亂來。就算對方是貴族，他們也不至於做出失禮的事才對。

「摩邁爾大人，大家都是您一手教大的。請您放心！」

聽瓦哈打包票，摩邁爾點了點頭。

「呵，真敢講。還有，我想你們應該知道——」

「請您放心。摩邁爾大人在這塊土地上構築的商用通路，我們會審慎管理。若您有需求將優先處理。」

「嗯。到時就拜託你了！」

保險起見，摩邁爾事先跟對方約好，要是有急用就先處理他們的商品。

這方面摩邁爾可不會大意。

而瓦哈也不遑多讓，這方面跟摩邁爾心照不宣，馬上就能會意過來。

（現在火候還不夠，但從他的眼神看得出，瓦哈已經可以開始獨當一面了。）

這樣我也能放心地交給他——摩邁爾心想。

就這樣，摩邁爾把身邊的事都打點完畢。

接著就帶上一幫追隨者，啟程前往魔國聯邦。

●

離開摩邁爾的行館後，我鬆了一口氣。

太好了，總算讓他接下任務。他對我的邀約也做出正面回應，應該滿值得期待的。

我國這邊沒有擅長管理金錢的魔物。

目前由朱菜管帳，但總不能一直這樣下去吧。只是村莊等級還能應付，但提昇到國家規模，連朱菜都得舉雙手投降。

管理部門的莉莉娜，還有以前在矮人王國當大臣的培斯塔有從旁協助，然而可以確定的是，人才依舊匱乏。

要我來是不可能的，畢竟那很麻煩。

這時我就想到摩邁爾老弟。

他這個男人可是連人類社會都少有的理財大師。有跟一群貴族做交易，還在好幾個國家做生意。這樣的人才只當一介商人未免太可惜，我想這樣的他來我國肯定能派上用場。

最重要的是，摩邁爾老弟懂得變通。要是他來掌管財務，就能拜託他多給點零用錢。先前我也跟摩邁爾聯手，偷偷賺錢，今後可望大動作海撈。

沒啦，其實國庫很豐沛喔！

不過呢，都沒發薪水給部下，錢都我一人在領，就會有點……像是良心不安之類的……

這些全都屬於利姆路大人——大夥兒都這麼說，害我更不敢拿。

因為，就是會覺得過意不去嘛。總之，我認為那筆錢應該要用在國家發展上。

不過，還是需要錢。我個人是沒興趣啦，可是又得帶哥布達那小子上夜晚的店家。維爾德拉也吵著說他要一起去，煩死人了，去那種店基本上都要花點錢。

我個人是沒興趣啦，但哥布達跟維爾德拉他們真的很讓人頭痛呢。

跟國庫總金額對照只是小巫見大巫，可是拿我的零用金換算，費用高到眨眼間就會把那些錢花完。還有，朱菜總是馬上就替我張羅零用錢，可是一聽到我要去那裡就把錢包沒收……

在這種氣氛下，我哪敢問「國庫的錢不就是我的錢嗎」。

所以說，我為了賺零用錢才兼差。今後似乎不用再擔這種心了。

像是舉辦武鬥大會之類的，後來還跑出這類有趣的點子。

摩邁爾老弟果然是優秀人才。不曉得他把我的話曲解成什麼樣子，但摩邁爾熱心企劃的模樣超乎我想像。

要舉辦武鬥大會吸引人潮，還要針對商品做介紹，三兩下就擬出販賣回復藥跟裝備的計畫，他確實有遠見。

想的點子都很棒。

等我回去，趕快叫大家蓋個競技場。

蓋德忙著替獸王國重建都市，米魯得也過去幫忙。建設部門兩大負責人都不在國內，我就成了實質上的管事。

但是，這不要緊。

八成是工程接連進行的關係，我國逐步孕育人才。因此如今我只要出張嘴就好，用不著做粗重的工作。

有個工匠名叫哥布袞，是米魯得的徒弟。現在已經成了棟梁，幫忙建造鎮上的建築物。如果是他，應該能建出樣式華美的圓形競技場。

一般情況下需要花十幾年的工程，靠魔物力量就能大幅縮短時間。話雖如此，距離慶典舉辦只剩兩個月又多一點的時間。

時間上不太充裕，要把所有建案都完成是不可能的事情。所以這次只要弄出舞台就行了。

至於設計——

《答。已從主人的記憶庫找出古羅馬時代的競技場遺跡。根據該情報製作圖面……成功。》

——就這樣，簡簡單單搞定。

紙張還有剩，我加上自己的點子沙沙地畫了起來。

一般而言，要達到這種設計階段少說要花好幾個月。要實地測量啦、計算強度之類的。更糟的是，光這方面的作業消耗日數可能就以年為單位，那都是家常便飯。

不只這樣，這設計圖原本要用電腦畫好幾天，如今用手畫三兩下就……

智慧之王拉斐爾大師的支援用在這種細項上也如虎添翼。儘管本人覺得有點扯，但現在說這個根本是馬後炮，還是看開點。

接下來，設計圖是搞定了沒錯，但再來要找哥布袞商量。

在那之前，既然都到布爾蒙王國來了，我想順便去自由公會一趟。

先把設計圖交給哥布袞。等他有空再召集工匠領班，要他們去現場集合。

那麼，就來傳達這項訊息吧。

「蘭加，你在嗎？」

「在，頭目！」

我把蘭加叫出來。

蘭加則從我的影子探頭，朝我做出回應。

法爾姆斯王國攻略告一段落，除了迪亞布羅，其他人都回來了。而蘭加好像把我的影子當成固定專用席，馬上鑽進裡面。

我將剛才畫好的競技場設計圖交給蘭加。

「把這個交給鎮上一名叫哥布裘的工匠。還有，可不可以幫忙跟他們說一聲，要他們有空去西門集合？」

「遵命。話說回來，利姆路大人您不回去嗎？」

「對。既然特地過來了，我先去見見費茲再回國。」

「既然如此，應該需要護衛陪同吧？」

得知我還沒有要回去，蘭加有點不安。

看他尾巴垂得低低的，其實用不著那麼在意。別看我這樣，好歹是個魔王。眼下就沒有大意，正發動「絕對防禦」，若是遇到足以打破它的攻擊，其實去哪裡都不安全吧。

蘭加這叫過度擔憂。

「不會有事啦。我稍微跟他聊一下就回去。要說誰更教人擔心，那就是摩邁爾。他好像被奇怪的貴族盯上，那種傢伙不曉得會幹出什麼事情來。」

「哦，您說那個俗人是吧。要我去把他咬死嗎？」

「你啊，就是常常跟紫苑混在一起，才變得那麼激進。我看你最好重新學習正常價值觀。快住手。在別國城鎮幹這種事，那才會引發天大的問題。」

「怎、怎麼這樣！」

蘭加為我的話驚愕不已。

看來他一點自覺也沒有。

「之前作戰時，你有確實遵守我的吩咐嗎？該不會做過頭了吧？」

「沒、沒那回事，頭目──」

看蘭加那副模樣，好像有點動搖。難道……

哥布達跟戈畢爾就只有回報下面這些──「沒、沒問題啦！」、「沒、沒錯。多虧有蘭加先生在，他很靠得住喔！」。

感覺有點可疑，但我沒深入追究。因為問了好像會讓我很煩惱。這方面的事情都交給迪亞布羅處理，既然那傢伙沒抱怨，就當作沒問題一切都好。

人們稱之為逃避問題。

不過呢，如果真的發生問題，應該會有人向我報告才對，我就相信他們吧。我希望蘭加多加注意，以免今後繼續遭紫苑茶毒。

「蘭加老弟？拜託你了，千萬別亂來喔！」

我摸摸蘭加的喉嚨，對他來個審慎叮嚀。

「屬下明白──」

蘭加乖乖地點頭回應，這件事就到此結束。

「好。那接下來，拜託你回去傳話。還有一件事，若是警備部門的人有空，讓他們去保護摩邁爾。這件事順便幫我確認一下！」

「遵命！」

留下這句話，蘭加再次潛進我的影子裡，啟程回國。

＊

我決定摩邁爾那邊還是派個護衛好了。別讓人察覺，要暗中保護他。

雖然不曉得誰會來，但警備部門很少有人能單獨行動。菜鳥就算了，來人至少會是班長等級的實力派戰將。

班長就是五人一組的團隊領導者。用冒險者來形容相當於B級，交派護衛任務應該是沒什麼好挑剔的。

我待在布爾蒙鎮上的這段期間，一直掌握摩邁爾的蹤跡。要是他出什麼狀況馬上就能知道，在護衛來之前先去見費茲吧。

我打開自由公會布爾蒙分會的建築物大門，進到裡頭。

上次不小心做得太過火，害我這次很擔心，怕引發騷動……

結果一道視線射過來，就像在問「你是誰？」，但對方沒說什麼，我順利來到櫃台邊。

對喔，上次來的時候戴著面具，對方才不知道我是誰吧。

算了，沒差。要是對方不願意幫忙聯絡費茲，我交出邀請函就走。

懷著輕鬆的想法，我邁步朝櫃台走去。

「嗨嗨。我叫利姆路，可以幫我跟分會長費茲先生說一聲嗎？啊，這個給妳，是身分證。」

語畢，我從「胃袋」取出卡片型身分證，拿給負責對應的櫃台小姐看。

那樣的少女竟然是冒險者？這句話傳入耳裡，但我不介意。只覺得「又來了」，早就習以為常。櫃台小姐還記得我。

她紅著臉，一臉陶醉地望著我。

「啊，你是利姆路先生吧！真是好久不見了！過得還好嗎？」

「嗯？很好啊，生龍活虎！小姐妳也過得很好，真是太好了——」

「是！我也過得很好。對了，利姆路先生，聽說你連本部的考試都通過了，還升到B⁺等級。好厲害，真佩服你！」

「啊，對喔。其實我想考到A級，但最近有點忙。」

其實只是嫌麻煩啦。

因為升到B以上，權限會跟著擴大，取而代之是義務隨之增加。來到B⁺就讓我覺得很麻煩了，等有那個需求再往上考吧。

又不是考上去就有薪水領，有危機出現卻得趕去。相對地，是到各國都能方便出入，還有去分會過夜吃飯不用錢啦。

其實真要說起來，在滿多方面都能便宜行事固然讓人開心，但遭人強制就很困擾了。可是我沒必要說這種話來打碎大家的夢想吧。

「如果是利姆路先生，一定能考過的！我替你加油！」

「啊，是喔？謝謝，哈哈哈哈哈……」

用那種亮晶晶的眼神看我也是種困擾——才想到這兒，櫃台小姐就扔出一顆震撼彈。

「話說回來，利姆路先生，你跟魔王同名會不會很困擾啊？有個東西叫『姓名變更權』，若你真的很困擾，可以在公會重新登錄姓名。假如去的地方沒人認識你，就能降一級裝成新手活動，不知意下如何？」

我、我都忘了！

本人當上魔王，直接對外用本名公諸於世……

如今八星魔王之一的「新星（Newbie）」利姆路・坦派斯特這個名字已經人盡皆知，當冒險者用利姆路自稱會不會出問題啊？

還是別當冒險者好了。

等哪天無論如何都得用冒險者身分活動，到時再考慮用「姓名變更權」好了。我的話好像能降到B級再出發，這樣就夠了。

是說原來有這麼方便的系統。

「謝謝。聽到一個好消息了。有需要再來麻煩妳。然後，能聯繫到費茲先生嗎？」

「啊，是。到時請你務必過來辦理！那麼，我馬上為你帶路！」

雖然話扯了一大堆，但她一下子就放行了。

看到專人為我領路，後方傳來嘈雜聲。

「真的假的？」

「那個少女是什麼人！」

這些聲音中混雜另一些話聲，聲音主人疑似看過我上次來這裡的作戰英姿。

「咦，騙人！原來是那麼可愛的小女孩？」

「真是不敢相信……原來輕鬆打倒低階惡魔的利姆路閣下長這樣……」

「是說他好像跟魔王同名。」

「該不會是本尊——」

「笨蛋，怎麼可能！」

「說得也是，啊哈哈哈哈！」

差不多這種感覺，愈來愈多人在傳我的事。

不過，或許沒什麼好擔心的，出乎我的意料。

只是名字一樣，大家好像都沒發現我就是魔王本人。

搞不好「利姆路」這個名字並不稀奇。想著想著，我朝費茲在等的房間去。

當我若無其事地進入房間，一看到我，費茲就抱住頭。我沒放在心上，朝費茲打招呼。

「嗨——！人家過來玩嘍。你怎麼了，發生什麼事了？臉色怎麼那麼難看？」

「哎呀～直到剛才都一片和平，但魔王突然出現了呢……」

「咦？真的嗎？那不就糟了。你未免太悠哉了吧？」

「不不不，這個魔王就在眼前。好了，接下來該怎麼辦呢……？」

「咦，這樣啊？這個嘛，最好還是端杯茶給他？如果還有蛋糕之類的，我想那個魔王也會很開心吧？」

「什麼蛋糕！那麼奢侈的食物，要弄到手哪有這麼簡單！真是的，為什麼利姆路先生您當上魔王還這樣，愛去哪裡就去哪裡，到處跑來跑去？」

嘴上抱怨，費茲仍不忘替我備茶。

人不可貌相，他是個認真的男人。

我向他道謝，接過那杯茶。

先喝一口茶，再談正經事。

「利姆路先生，這次真對不起。我們沒能順利阻止西方聖教會，導致聖騎士團出動……」

「哎呀，那也是沒辦法的事。幕後黑手好像就是『七曜大師』。」

「什麼？」

「所以說不管我們多麼努力強調，說本國人民無害，他們都不聽吧？」

「是『七曜』……？那些人類守護者，曾經是偉大英雄的人——」

「聽說是那樣。日向也被暗算，總之經歷一些事，最後她人算平安，然後誤會也解開了。只可惜，還是有一人犧牲。其中一名隊長蓋羅多不知去向。」

「『火』之蓋羅多——雖然不如靜小姐，但他擅長用焰之精靈魔法組合出華麗槍技，這個男人是人類守護者『十大聖人』的其中一人……」

聽我這麼說，費茲遺憾地輕喃。

我看到的蓋羅多由「七曜」幻化而成，沒跟他本人見過面，因此不確定是什麼樣的一個人，但似乎很有名。費茲消息靈通，會知道理所當然。

嘴上說行蹤不明，其實依我看八成被殺了。雖然對蓋羅多先生不好意思，但現在也只能祝他一路好走……

接著我將至今發生的事約略說明一遍。

之前費茲一直替我擔憂，我順便跟他講魔王盛宴的事。

提到魔王變成八名。

名稱變成「八星魔王(Octagram)」。

跟日向相爭的「七曜」是怎麼死的，我也重新跟他說一遍。

當然，魯米納斯的真實身分就含糊帶過。人家都說我口風不夠緊，但我沒神經大條到洩漏重要祕密。

「原來是這樣……不管我們如何接近、試著跟他們接觸，都在對外窗口那被人擋下。跟西方聖教會分部溝通失敗，我還派人去本部。不過，還是無法跟位階在神父之上的人見面……真沒想到背後有『七曜』從中作梗。」

「日向也這麼說。不過，他們對魯——更正，是神魯米納斯，只有對祂的信仰是真的，這點似乎也得到日向認可。」

「人類太脆弱。因此才會想仰賴神的力量——」

「費茲你也會嗎？」

「哈哈，我跟他們不一樣。當自己的力氣用盡，那就是我的死期，我一路活過來都帶著這份覺悟。會祈求奇蹟出現，卻不會對素未謀面的『神』祈禱。」

原來如此，費茲是無神論者。

在這個世界裡，擁有超自然力量的魔物會被當成土地神，受人敬畏。但好歹是見過面才會拜託。

魯米納斯也不例外，一開始似乎只保護自己熟知的對象。

費茲沒遇過這樣的神，才仰賴自身力量吧。講起來雖然現實，卻簡單易懂。

「我可以理解人們想對神祈禱的心情就是了。但事實上，神也只能做自己能力範圍內可及的事吧。先不談神魯米納斯，這次事件讓我們跟西方聖教會握手言和，這樣就夠了。」

正因為我知曉神魯米納斯的真面目，才知道祈禱是沒意義的行為。不過話又說回來，講這些都是空談。有時祈禱這個行為本身就能帶給人力量，不是我能置喙的。

「是啊。我個人也覺得終於卸下肩頭重擔。」

費茲說完露出笑容。

基於跟我的約定才去說服西方聖教會，沒做出成果似乎讓他耿耿於懷。看他如此掛懷，讓我有點開心。

聊天之餘順便把事情原委說一遍，接著我起身。這時突然想起一件事。

「那我差不多該走了，這個給你。」

我從懷裡取出信封，交給費茲。

這個信封裝著我國預計舉辦的開國祭邀請函。聊天聊到太投入差點忘記。這才是我今日來的目的。

「這是？」

「這次要辦慶祝我就任魔王的發表會，順便替本鎮盛大宣傳。打著開國祭的名號，我們要來熱鬧一下。連鄰近諸國的王公貴族都發邀請函了，費茲你一定要來參加一下。」

「啊？暫停一下，利姆路先生。就算我去參加——」

「又沒關係。我們還有要給布爾蒙王的邀請函，順便幫我遞一下吧。」

「那您何不直接——啊，不方便是嗎……」

「正是。矮人王跟艾拉多公爵那邊直接派人送了，但我跟其他國家的人不熟。魔物直接跑過去可能會造成騷動，所以就派人送到各國公會去。跟布爾蒙王是見過一次面沒錯，可是魔王親自出馬不太好吧？」

當我笑說這句，費茲就接著苦笑道：「當魔王來到這裡，事情就夠不妙了。」

「這封邀請函，我已確實收到。必定會交到王的手中。」

緊接著，費茲換個表情，向我許下承諾。

這下正事也辦完了，這次我真的打算走人，此時費茲似乎想到什麼突然開口：

「對了對了，關於利姆路先生的事，自由公會總帥一直很擔心。跟西方聖教會交涉也讓他煞費苦心，之後我就向他傳達問題已經順利解決吧。」

原來優樹在擔心我啊。

跟那傢伙最後一次見面後，又發生不少事情，有種懷念的感覺。

「這樣啊，看來我也給優樹添麻煩了。」

「算不上添麻煩吧。說真的，公會也不想與西方聖教會為敵。若能跟對方溝通並找出解決之道，這是最理想的，他是這麼判斷吧。」

費茲叫我不用放在心上。可是，我還是想給點謝禮——

「對了！也一併邀請優樹吧。還是說這樣會造成困擾？」

「這個嘛，不是很清楚呢。雖然我沒什麼資格說，但他好歹是個大忙人。不確定能否排出空檔……」

「來回都由我接送相迎，能不能想辦法請他排出一天？真的沒辦法就別勉強，我之後再過去找他玩。就是這樣，這個順便幫我交給他。」

話一說完，我就當著費茲的面寫起信件，跟邀請函一起放到信封裡，再交給錯愕的費茲。

「利姆路先生，那張紙是從哪兒……唔，算了。而且，只有信的話可以用魔法『傳送』，這點忙是可以幫啦……」

費茲看起來好累。

我這樣拜託別人可能有點隨性得太過頭了。

「啊哈哈，抱歉嘍。那麼，就拜託你了。」

「我明白了，利姆路先生。」

「啊，還有一件事，蜜莉姆也會來參加開國祭。」

確定費茲收下信件，我做出爆炸性發言。

「蜜莉姆？咦，該不會是……」

「那我先走啦，事情就是這樣！」

我笑著顧左右而言他，從現場逃之夭夭。

「等等！該不會是魔王蜜莉姆吧，咦，喂——！」似乎有陣異常慌亂的聲音朝我拋來，還是裝作沒聽到好了。

*

離開公會所在處，一名男子自我前方的陰影竄出，跪下來恭迎我。

「本人哥布衛門，應利姆路陛下的召令，前來覆命！」

那個男人自稱哥布衛門，是被我取名的其中一個人鬼族（滾刀哥布林）成員。此人野心勃勃，記得以前利格魯還在當隊長的時候，聽說過他曾跟哥布達爭著當副隊長。

當然，他的實力有掛保證……

「咦？你不是當上百夫長了嗎？因為哥布達當上狼鬼兵部隊的隊長，你才跑到別的部隊去吧？」

能當上百夫長，代表他足以勝任部隊長一職。底下沒有隊員也能頒這個官階，並非真的有百名部下。當然，隊長比較大，但比起只能帶五人到十人的班長，實力可以說遠在班長之上。

「是。老實說，我不想在任何人底下做事。所以目前想試著獨自一人行動。我想召集只屬於我的直屬部下，建立只屬於我的部隊。」

哦哦～

這傢伙挺有骨氣的。好吧，因為他不想在哥布達底下做事，才對熱門部隊狼鬼兵部隊的副隊長一職不屑一顧，有這點野心很正常。

「這樣啊，那你就好好加油吧。摩邁爾老弟是我很倚重的人。要好好保護他，盡量別被人發現。還有，他的人心掌握術值得學習。雖然多半靠利益利誘他人賣命，但絕對不只這些。你可以邊保護他，邊向他學習。」

「是！利姆路陛下的一席話將銘記在心，定當盡忠職守！」

哥布衛門充滿幹勁。

照紅丸看來，哥布衛門對自己的能力太有自信，具有看輕部下或夥伴的特性。這就是體適能檢定成績都在哥布達之上卻無法成為隊長的原因。

若這項任務能讓他關心部屬，把整支部隊交給他也不是問題。希望他一定要有所成長。

「要是你把這項任務做好，還學到一些東西，到時再來向我報備。作為獎勵，我在用的這把打刀會送給你。」

黑兵衛已經聯絡我了，說我專用的刀已經打好。所以說，我要跟這把打刀告別。當初我請人做這個只是拿來代用，如今已經沾染我的妖氣，品質變得很棒。跟日向對戰後曾經找人維修過一次，當時連黑兵衛都感到吃驚。拿來當獎品應該滿合適的。

「真、真的嗎？」

哥布衛門受寵若驚，興奮地睜大雙眼。

「真的。以你的身手來說，使得了這把刀吧。但是，你必須更加精進，獲得我的認可喔！」

「遵命！本人哥布衛門，定會回應利姆路陛下的期待！」

留下這句話，哥布衛門就跑去當摩邁爾的護衛了。

我故意把好處擺在眼前、用獎賞當餌誘人上鉤賣命，不曉得有沒有傳達給哥布衛門？

要贏得部下的信賴不容易。

正如自古以來的觀念——封建制度，彼此沒有利益互惠，主從關係就會出現破綻。

是說我也在煩惱中努力精進，拿我當範本不大合適。

希望哥布衛門用他自己的方式來回應我的期待。

好了，這下邀請函都發完了。

再來只要將準備工作做好，在慶典舉行之前趕上就行了。

希望能辦場盛大的慶典。

我懷著高昂的心情，在腦中羅列必要事項。

Regarding Reincarnated to Slime

這裡是一間模樣不協調的小小會議室。

在那裡，有兩道可疑的人影。

不，不對。

還有另一道更小的人影。

大小約莫三十公分，有著類似蜻蜓的翅膀。

以這道嬌小的人影為中心，兩道人影面對面坐著。

是菈米莉絲，還有她的兩名隨從——貝瑞塔跟德蕾妮。

咚！——挾著這股氣勢，菈米莉絲出手敲眼前那張迷你桌子。

然後當著兩名心腹的面，開始抒發她的心情。

「總之這樣下去不行！我們也要搬家！」

可能是敲得太用力了，她吃痛地搓搓手。

用慈愛的眼神望著菈米莉絲，德蕾妮開口發話。

「不愧是菈米莉絲大人。好棒的想法！」

「對吧對吧！」

菈米莉絲滿意地點點頭，跟德蕾妮互相報以笑容。

有人出聲勸她們倆，是剩下的另一人——貝瑞塔。

「請等一下。暫且不論這個想法棒不棒，您打算搬去哪裡？還有，能麻煩您說說理由嗎？」

為什麼我得扮演這種角色啊——貝瑞塔好苦惱。

話說德蕾妮這名同事，她細心又體貼，是個能幹的女性。精靈們也很喜歡她，菈米莉絲的迷宮都由她管理。

這是貝瑞塔沒有的能力，對他、對菈米莉絲來說都是有用的人才，這點毋庸置疑。

只不過，還是有問題存在。

那就是對於菈米莉絲這個主子，德蕾妮寵她寵到無上限。

不管菈米莉絲說什麼都清一色贊同，甚至連點疑慮都沒有。所以趁事情還沒變得棘手，必須有人出面喊卡。

（真受不了。我追隨菈米莉絲大人可不是為了擔任這種角色……）

前惡魔族成員貝瑞塔開始自嘲。

貝瑞塔很喜歡菈米莉絲，被她耍得團團轉也不覺得痛苦。可是，站在相同立場的同僚非但不勸她還一味捧在手掌心寵溺，讓他有點難以接受。

只可惜……

這個世界的結構、真理就是這樣，愈認真的人愈吃虧。

再這樣下去就糟了——誰出面踩剎車，誰就要負責擦屁股。

如此這般，貝瑞塔今天扮演的角色也很吃虧……

「這問題問得太好了！小貝貝，住這兒很無聊對不對？沒什麼好玩的，要說有什麼樂趣頂多就是做做傀偶。平常也沒什麼人來嘛！不過呢，那邊有很多好玩的。所以啦，我們也去那叨擾吧，就是這麼一回事！」

菈米莉絲大力遊說。

貝瑞塔聽了在心裡嘆口氣，心想「果然是這樣」。

面對菈米莉絲的意見，貝瑞塔也沒道理反對。只不過，依魔王利姆路的性格看來，他不認為對方會輕易答應。就算她要直接搬過去好了，可想而知最後一定會被人趕出去。

照理說德蕾妮應該理解這個道理才對，然而身為同僚的她卻老是跟菈米莉絲一個鼻孔出氣。所以貝瑞塔逼不得已，只好表態了。

「可是菈米莉絲大人，這件事利姆路大人已經回絕了吧？」

沒錯，曾經被回絕過一次。

因此若沒像樣的理由，恐怕會惹他不快。

菈米莉絲似乎沒什麼自覺，但對貝瑞塔來說這可是最大的問題。

「貝瑞塔，你把事情想得太複雜了。利姆路大人是位善良的好人。要是這麼可愛的菈米莉絲大人提出請求，他怎麼可能無情拒絕呢。」

派不上用場的同僚就像這樣，說些樂天派發言。

碰到跟菈米莉絲無關的事情就顯得精明能幹，現在的她卻教人無法倚重。

因此貝瑞塔就代替頭腦空空的兩人思考，試著想出好對策。

畢竟貝瑞塔也想搬到利姆路身邊。

（正因如此，面對這麼無稽的狀況，我還是覺得樂在其中……）

貝瑞塔心想。

藏在面具底下的表情正笑開懷。

●

哥布衛門離開後，我回到魔國聯邦的城鎮上。

最近都用「空間支配」移動，可以瞬間移到以前去過的地方。

消耗的魔素量不少，但只占我身上魔素總量的一小部分。沒什麼問題、愛用幾次就用幾次，移動起來變得很方便。話雖如此，亂用用過頭進入休眠狀態就糗了，所以我有稍微節制一下。

話說一回到鎮上，蘭加就用「思念網」聯繫我。

（頭目，哥布袠跟工匠們已經到西門集合。不過──）

蘭加說到這邊話聲一頓。

發生什麼事了？

帶著有點不安的心情，我朝西門前進。

剛剛才想說要節制的，卻開「空間支配」瞬間移動。

再用「萬能感知」感應大於目測區域的遼闊範圍，捕捉到蘭加的身影。接著，只要在可視範圍內，就能輕易發動「空間支配」。

很像點對點替換座標的感覺。

真的很方便，但用於戰鬥應該滿難的。發動起來需要花點時間，就怕這瞬間露出破綻。

其實要看怎麼用，平常的話──唔，我必須節制才行。

這次算緊急事件，我出現在蘭加附近。

就在西門外，哥布袞似乎正在跟某人爭執。

——不，我已經用「萬能感知」查出對方的真面目……

「就跟你說了～這個地方被我們占了嘛！」

喂喂喂……

我躲起來偷聽，結果對方說出不得了的話。

「就算妳這麼說，我們也不能接受啦——現在就去請示利姆路大人，妳別輕舉妄動，拜託在那裡等一下。」

「不要！我們可是放棄之前那座迷宮，特地跑來這邊喔！我們是無處可去的可憐蟲，難道你要把我們趕走嗎？」

「就算妳這麼說……總而言之，利姆路大人當上魔王後，這塊土地已經正式獲得許可，劃為歸他管的領地。要先得到利姆路大人的許可——」

「嘖，看來用苦肉計也沒用。既然這樣，就算使用暴力也在所不惜。我說你，在那計較些小事，我家的貝瑞塔可不會默許……」

繼續看下去也沒用，我隱藏氣息偷偷朝問題人物背後靠近。緊接著，輕輕鬆鬆捕捉成功。

我從正面看她的臉，果然是菈米莉絲。

「妳在幹嘛？」

「呀、呀呼——！最近過得好嗎，利姆路？」

她別開目光避免跟我對望，向我回打招呼。看樣子她知道自己的立場不妙。

至於這傢伙打算幹嘛，祕密就在她後方的小屋裡。菈米莉絲宣稱她已經霸占這裡，裡面大概藏了什麼東西。

是說，這樣的小屋她是怎麼弄過來的——

「菈米莉絲大人！我把新的木材拿來了！」

一看到抱著木材過來的德蕾妮小姐，我的疑問就隨之冰釋。

「妳在做什麼，德蕾妮小姐……」

「啊！原、原來是利姆路大人，您別來無恙——」

德蕾妮小姐看到我，整個人就開始變得鬼鬼祟祟。

話說妳們在鎮門一出去的地方蓋間小屋，就不覺得這會馬上穿幫嗎？

「這是怎麼一回事，德蕾妮小姐？」

「這、這個嘛，您誤會了。錯、錯不在菈米莉絲大人身上，那個……」

以往不論何時看到她都一副幹練樣，自從開始侍奉菈米莉絲就變得很糟糕呢。果然，隨從會受主子影響嗎……

這麼說來，有辦法將情況講清楚說明白的人八成只有他——一看到我就下跪的貝瑞塔。

「你來解釋一下，貝瑞塔。」

「啊，果然是我嗎……」

在我的催促下，貝瑞塔放棄掙扎，開始進行解說。

照他說來，整件事的開端都出自菈米莉絲一席話。

「你、你這個背叛者，貝瑞塔——！」

菈米莉絲從我手中逃脫，嘴裡嚷嚷著，但我無視她繼續聽後續。

據說菈米莉絲無論如何都想搬來我們鎮上，德蕾妮小姐也贊成。

我朝德蕾妮小姐瞄去，只見她的目光游移不定，看起來很尷尬。

按貝瑞塔的話聽來，德蕾妮小姐好像很寵菈米莉絲，之前見面就已經是這樣了，我很能體會。

而貝瑞塔不可能跟她們兩個唱反調，就遭人強制，然後才上演這齣強遷戲碼。

「事實上就如菈米莉絲大人所說，我們封住以往那個可以通向迷宮的入口，之後才來這邊。」

「就是這樣！所以說利姆路～要是把我從這裡趕出去，我就沒地方去了！」

菈米莉絲說得可憐兮兮，但不管怎麼想都是她自作自受。還有德蕾妮小姐也說「菈米莉絲大人好可憐——」，拜託妳別把那隻妖精寵壞。

不過話又說回來，情況我已經知道了。

並非哥布裘跟人起衝突，原因出在菈米莉絲等人身上。

「哥布裘，辛苦你啦。」

「不會不會，我們沒關係，倒是給守門大哥他們添不少麻煩……」

哥布裘看向正在打盹的人鬼族守門人。

「——喂。」

「沒、沒啦。就有點興奮過頭……」

「錯不在菈米莉絲大人身上！都怪那個守門人對菈米莉絲大人說了很過分的話，我才用魔法稍微讓他睡一下。」

德蕾妮小姐跳出來插嘴，替菈米莉絲護航。這個人到底在演哪齣……

看樣子她確實用了魔法，似乎是為菈米莉絲用的。就連貝瑞塔都感到傻眼。

等會兒再聽菈米莉絲跟德蕾妮小姐解釋，我要貝瑞塔繼續說下去。

話雖如此，他似乎解釋得差不多了。他說一來這邊，德蕾妮小姐就準備木材，然後由貝瑞塔組裝。

成品就是眼前這棟小木屋，似乎還打算在外面蓋陽台。

至於建造這棟小屋的目的，好像是為了設置新的迷宮入口……

這麼說來，以前菈米莉絲曾說她想搬到這個鎮上。光只是創造一個入口通往菈米莉絲的居住空間，設在這樣的小屋裡似乎也沒問題。

「所以說，妳想在這建造小屋卻被守門人制止，嫌他礙事就命令德蕾妮小姐讓守門人睡著，結果被趕來的哥布裘和其他工匠發現，是不是這樣？」

「那個……不，沒那種……事……應該可以這麼說，又有點不一樣……大概這樣吧？」

「也就是說，被我猜中了嗎？妳啊……」

「啊哈、啊哈哈哈……」

菈米莉絲打算笑一笑蒙混過關，也太亂來。這裡可是我的支配領域，連其他魔王都認可，菈米莉絲的行為無疑是侵犯領土。

這件事就算演變成戰爭也不奇怪。

不過，眼下我有個想法。

看著眼前的小屋，突然靈光一閃。

反向思考，其實准她在這創造迷宮也不賴。

剛才跟摩邁爾的對話重回腦海。

為了讓人們一再光臨本國，需要找個主打活動。所以才有歌劇院、競技場、療養設施，但我也在想，是不是還有別的方案。

一直做同樣的事會膩吧。

武鬥大會並非天天舉辦，一年頂多開個四次，一季一次比較妥當吧。

就跟賽馬是一樣的道理，適合新手看的東西能天天上演，可是光靠這些難以吸引胃口被養刁的貴族們。

如此一來，主要客層就是平民老百姓，或者外來的冒險者們。

這座城鎮預計打造成物流重鎮，商人們勢必會造訪。充當護衛的冒險者也會跟來，希望他們把這當據點。

冒險者的工作有好幾種，其一就是討伐魔物。

要是在這創造迷宮，再放些魔物……

那樣一來，每天都能吸引大批人潮吧？

說到迷宮，非地下迷宮莫屬。

若是邀請大家來攻略迷宮，目的是探索的冒險者搞不好會光顧也說不定。

不，或許可行。

我看向菈米莉絲，她正露出尷尬的笑容仰望我。

感覺有點……不，是非常靠不住，但或許行得通。

本人下定決心，決定找菈米莉絲商量。

＊

我拜託哥布袠率領的工匠們幫忙拆解小屋。

既然都特地動工了，就換個地方改建成守門人的休息小屋吧。

接著我們開起作戰會議。

帶上哥布袠，去到平常用的會議室裡。

「請、請問？大人您要如何處置民女與她的夥伴？」

大概是太緊張的關係，菈米莉絲的遣詞用字變得很奇怪。八成產生危機意識了，一直用眼神窺探我。

「妳不用勉強自己跟人畢恭畢敬啦。是說又不是所有詞都夠恭敬，連謙稱都怪怪的。」

所以我要她照平常的調調講話就好。

反正我又沒有要把菈米莉絲怎樣。要是她接受我的提議，我願意對菈米莉絲幹的好事睜隻眼閉隻眼。

在那之前，先來確認幾件事。

「哥布袠，我想在競技場地底弄出一個避難用空間。這可行嗎？」

「就算以各位幹部的力量為基準來做構造計算，舞台下方仍不算安全。一旦出現空洞，可能會因衝擊塌到地底去。不過，位置稍微挪一下應該就──」

「原來如此。我還想在那個地下室開扇門。」

「──！」

「要造門嗎？」

「對。麻煩造得厚重一點，牆壁上鑲些石板，弄出厚實的感覺。」

「門後方也要準備避難用空間嗎？」

「不，沒那個必要。重要的只有門，對吧，菈米莉絲？」

「利、利姆路？難道說，你該不會是要……」

哥布裘臉上浮現問號。旁邊的菈米莉絲則一臉欣喜，啪噠啪噠地拍著翅膀。

到這我總算扯出一抹笑容，朝菈米莉絲點點頭。

話說我的提議。

其實沒什麼。

我想讓菈米莉絲用她的力量在這創造地下迷宮，交給她營運管理。

與其在小屋裡創造入口，還不如準備更像樣、更氣派的東西。既然都定義為地下室了，上面蓋競技場也沒問題吧。

競技場內可以推出針對新手冒險者的指導課程，還預計架設販售回復藥的店鋪。

倘若在這經營地下迷宮，辦完正事打道回府的冒險者們會去喝一杯，那些店面也會跟著繁盛起來。

這樣我就能從冒險者身上撈錢。菈米莉絲則會獲得棲身之所和工作，我還會給她一點零用錢。

這個點子須雙方互助合作，搞不好會變得很有趣也說不定。

聽完我說的，菈米莉絲開始興奮地嚷嚷起來。

「咦、咦咦！也就是說？該不會除了讓我在這兒創造迷宮住下來，你還要派很棒的工作給我嗎？」

「假如妳接受我的提議，就會是那樣沒錯。」

「咦？那麼那麼，難道說是那個嗎，有機會打破難堪的現狀『沒工作家裡蹲』——？」

聽完我的計畫，她好像格外震驚。

菈米莉絲睜大眼睛，彷彿被雷打到，連講話都慌到語無倫次。

德蕾妮小姐看了眼眶泛淚，嘴裡說著：「真是太好了，菈米莉絲大人。」

不知為何，貝瑞塔好像在笑。剛才疲憊的模樣彷彿演出來的，看起來很高興。

莫非貝瑞塔也希望事情變成這樣？

可能是，也可能不是。總而言之，既然他高興就沒問題了吧。

「請、請問……你說還會給我零用錢，這真的是真的嗎？」

好像稍微冷靜下來了，菈米莉絲吞著口水，慎重其事地問我。

她似乎很怕聽到我說「還是算了」。

怎麼可能說那種話，我沒那麼壞心眼啦。不過要看營業額多寡，無法連金額一併約定就是了……

還是多少讓她放心一點吧。

「這是真的。只不過，沒做做看不曉得能拿到多少利潤。總之，扣掉宣傳費用和場地租借費這類必要經費，獲得的利潤兩成歸妳所有，妳看怎樣？」

「照、照這樣說起來，大概會是多少錢啊？」

「這個嘛，假設每天會來一千人左右的冒險者，那妳的部分差不多拿金幣兩枚就夠了吧？」

「咕欸！可、可以拿到這麼多錢嗎？」

「這些都只是估算而已，還不確定是否能順利執行。畢竟人潮不來就沒戲唱。不過，反正妳都要住下來了，對妳來說也沒什麼損失不是嗎？」

面對我的提問，菈米莉絲大力頷首。

她原本就想擅自跑來這住下，用不著我說也得維護迷宮。既然如此，還不如接受我的委託更划算。

聽到我准她住下還能順便賺錢，菈米莉絲的反應只有一個。就是抱住我的頭，喜出望外地叫嚷。

既然菈米莉絲都接受了，貝瑞塔跟德蕾妮小姐自然不會反對。

「唔嘿嘿……這下我也會變有錢人。再也不會被人小看，說我沒工作是貧窮魔王！」

如此這般，菈米莉絲沉浸在自己的世界裡，我看著她不禁莞爾。

好吧，應該沒問題。

看到菈米莉絲露出讓人如此遺憾的模樣，那兩人似乎仍不改對她的忠心。

可能是至今為止老被人小瞧，菈米莉絲的幹勁和熱情都不是蓋的。對該計畫的熱衷程度比我更甚，看來用不著擔心她。

話說回來，菈米莉絲對錢這麼執著是怎樣？

我的話另當別論，但從沒聽說過魔王喜歡錢……

比起有錢沒錢，沒在工作的問題更大吧？

確實，菈米莉絲住的迷宮都沒人去。

可能她太閒、太寂寞吧。

為了我跟菈米莉絲好，希望有冒險者來光顧。

為了實現這點，我們快點來將計畫討論出一個結果吧。

把神智飛到九霄雲外的菈米莉絲喚回，我們跟哥布裘一起重擬競技場建設計畫。

我的看法如下：在西門外，街道末端有個廣場，預計將它擴張再做建設。那邊還有給旅人使用、專門用來放馬的牧場，空地夠遼闊。

將來會在街道上增設軌道，供列車行駛。以前想說希望王公貴族也來搭乘，曾對交通工具做過規畫。只要確保旅遊路線安全，應該很容易就能吸引到有錢的觀光客。

當然目的不只這個，有了列車就能搬運大量物資。便利性提昇，將為城鎮發展帶來莫大貢獻吧。

一方面是基於這些考量，對城鎮進行開發。因此希望找屆時不會碰上阻礙的地點。

在競技場附近設一個車站也行……但距離太遠會造成觀光客的負擔，標準就定在出門後徒步走一小時以內吧。

找離城鎮也近的地方，讓觀光客徒步移動較好。因為這樣旅館才有人住。

跟原生世界不同，這個世界多半靠雙腿移動。往返十公里左右，大夥兒都能輕鬆地步行移動。因此些許距離應該不成問題。

我基於上述考量才想指定地點——

「為什麼？城鎮裡也有空地啊？」

結果被菈米莉絲指正。

「那裡目前讓許多獸人避難過生活。臨時性住處林立，要建競技場有點困難。」

「又不能把獸人們趕到城鎮外，要開發該地點得等蓋德大人將新都建設完畢——」

我跟哥布袞出面說明原因，結果菈米莉絲說出不得了的話。

「既然這樣，要不要讓他們搬進我的迷宮？可以將那個區域原封不動搬進去，不需要花太大功夫喔。」

有聽沒有懂，我跟哥布袞你看我我看你。

「也、也就是說，住在裡面的人也能一起移進去？」

「這個嘛——活人應該沒辦法吧。移居迷宮之前，必須先經過本人許可。如果是不具個人意志的物品就不須經過許可，什麼都能搬！」

「真的假的？那除了這些獸人，居所和身家財產等等都能照妳的意思移進迷宮？」

「沒錯，就是這樣！」

菈米莉絲說得很得意，這點確實厲害。

怪不得她會自豪，那可是不得了的技能。

仔細詢問後，菈米莉絲說她的技能是固有能力，叫「迷宮創造」。

就如字面意思所示，在菈米莉絲創出的迷宮內部，她可說是無所不能。

其力量的影響範圍也很廣，據說與迷宮相鄰的人或物都能變成標的。

例如迷宮外有某個人，她似乎可以奪走對方的武器和防具。

這力量超亂來，但還是有極限的樣子。

若對方的裝備具個人意志——亦即受擁有者的魔力渲染等等，就不受菈米莉絲的力量影響。不過，有這類物品的人並不多，要對付菈米莉絲必須有赤手空拳挑戰的覺悟。

她好歹是名魔王，非浪得虛名——我不禁如此心想。

「真厲害……我還以為妳不具備任何戰鬥能力呢。」

「太、太過分了吧！竟敢對身為最強魔王，令人們聞風喪膽的我說那種話……」

「哎呀，好乖，妳別生氣嘛，菈米莉絲妹妹。先別管那個，告訴我妳還能做什麼吧！」

我針對「迷宮創造」詳細詢問。

問題大略分成五項。

一、迷宮創造可以造到地下幾樓？
二、創造起來要幾天？
三、裡頭的魔物會怎樣？
四、可以任意變更內部構造嗎？
五、在裡頭死去會怎樣？

內容如上。

菈米莉絲也換上認真的表情，針對我的疑問回答。

第一。

要幾層看似不受限制，但事實上好像只能到百層左右。

第二。

創一個樓層要花一小時左右。增加樓層也一樣，花一百小時似乎就能生出一百層。只不過，接下來好像要消耗不少能量，那疑似就是第一項答案背後的原因。

第三。

不只魔物，昆蟲等生物也不能隨意棲息。

之前那個地方似乎有精靈棲息。該處並沒有消失，而是當成一個樓層跟現世隔離做保留。聽說他們隨時都能自由來去。

如此一來，就能在迷宮裡裝滿魔物，任冒險者挑戰。

只要灌滿魔素，魔物就會自行生長。再調節魔素濃度，也方便預測魔物的強弱。不同樓層之間，似乎還能禁止魔物來往，看樣子要設定難易度之類的也不成問題。

而最重要的一點——對迷宮灌滿魔素的方法也想到了，剩下的就等迷宮內容物準備好再來做打算吧。

第四。

菈米莉絲的固有技「迷宮創造」性能優越，內部構造也能花上一小時左右替換。每變更一次，就會固定二十四小時。

此外，當然有條件。

不能無中生有。好像沒辦法弄出植物這類有機物，只能靠無機牆面創造迷宮就是了……並非變更構造，而是改換我們準備的內部裝潢，似乎不用花太多時間。

順帶一提，替換樓層也很簡單。這方面也一樣，變更一次只能維持二十四小時，但還是很方便。

第五。

這真的很教人吃驚，居然能讓菈米莉絲任意變換。

在菈米莉絲能識別的情況下，還能讓死者復活。

魔物之類的屍體該如何處置、萬一冒險者死掉怎麼辦，原本想針對這些做點設想，結果聽到不得了的事情。

關於在迷宮內誕生的魔物，至今無先例可循無從判斷。然而冒險者這邊，菈米莉絲說她之前讓他們復活好幾次了。

這項機密就跟菈米莉絲一開始提到的「當事人許可」有關。

說許可一點都不誇張，據說「當事人想進去」這份意志至關重要。這是前提，沒那個意思就不能進入迷宮。

我以前進菈米莉絲的迷宮也是這樣，想進才進得去。若想帶熟睡的人入內，會在入口處遭擋。嬰兒是例外。年幼的孩子自由意志尚未成形，似乎能當成貨品處理，獲得保護。

要強行抓人進入迷宮不是不可能，但這樣對菈米莉絲的負擔過大，若產生排斥效應有可能失敗。所以她似乎不想幹這種無聊事。

差不多這樣，前言就到這邊。

進入迷宮的人，菈米莉絲可以支配。

話雖如此，還是需要本人接受才行。願意在迷宮內接受菈米莉絲的管理，就能隨時記錄狀態。

「就那個，我們不是喜歡惡作劇嗎？只是想看人們驚嚇的樣子取樂，要是對方真的死了會良心不安。所以我們都會適可而止，讓人們活著回去。」

菈米莉絲抬頭挺胸地說著。

曾經有些人運氣不好死掉，但那恐怕是發生在迷宮之外的事吧。畢竟菈米莉絲當時也沒有殺我的打算。

還有那具很想殺掉我的魔偶，是因為她們知道能把人復活才放那種東西嗎？當時還想說「這算哪門子試煉啊」，但這樣就說得通了。

「換句話說，就算冒險者們進入迷宮驅除魔物也不會喪命，還是能復活嗎？」

「嗯。只要把他們丟出迷宮就會好像什麼都沒發生過，人們會起死回生。可是數量一多就難辦了，

也許得讓他們配戴我準備的復活用道具。」

只要配戴菈米莉絲用「迷宮創造」製成的識別道具，就算死去也能在迷宮外復活。

如此一來，最讓人擔心的安危問題就解決了。

「好棒！太棒了，菈米莉絲小妹！」

「真的嗎，真的嗎真的嗎？我果然很厲害？」

「嗯！這下我們的野心等同實現。」

「果然是這樣？我也這麼想呢！」

我們互看彼此，雙雙點了個頭。

「有勞妳啦，菈米莉絲。」

「好，包在我身上。這下你可以放心，就像搭上一艘大船。」

大船是吧。

希望不是用泥巴作的。

由於體型差距，我倆沒辦法握手，但我們心靈相通。

＊

我接受菈米莉絲的提案，要去位於城鎮東南方區域的空地蓋競技場。

底下就設地下迷宮。

至於歌劇院，我們要建在高級療養設施林立的西北部。是說在迎賓館區還建有體育館跟博物館等等，有先蓋一些建築物備用，想說以後可能派得上用場，我們改建其中一間好趕上慶典舉辦日。

地下迷宮跟歌劇院都處理好了，問題在於競技場。

蓋德不在，但哥布袞他們也很可靠。在開國祭揭幕前，勢必能成形——

「——情況非常嚴峻，利姆路大人。」

啊，果然很趕？

這麼說也是啦。

照一般情況作業時間得花上好幾年，要他們在一個月多一點的時間內完成實在太勉強。

即使魔物的力量再怎麼強大，確實還是很嚴峻呢。

「也是啦……知道了，我來幫忙。搬土、替鋼材加工就由我包辦。」

別看我這樣，生前好歹在綜合建設公司上班。雖然現場作業不是那麼擅長，但有樣學樣總比門外漢強。再說我還有智慧之王拉斐爾大師跟著，應該能想辦法頂過去。

「我也要！我也來幫忙！」

「那麼，我也該幫個忙才對。」

「說得是。謹遵菈米莉絲大人旨意。」

既然菈米莉絲他們也答應幫忙了，那就快來著手開工吧。

我們來到帳篷林立的工事現場，將設計圖攤開。

接著我速速更改設計圖，再交給哥布袞。

「原來如此，這樣就沒問題了。」

「好。那麼，還要跟各位獸人做個說明。」

首先，來開說明會。

目前有不少獸人都外出工作，所以我決定先跟阿爾比思、蘇菲亞說明情況。然後請她們晚上再把大家找來。

「既然這樣，就照利姆路大人的意思——」

「對啊。這件事我們沒道理反對。」

聽完我的解說，她們倆二話不說答應，乾脆到令人吃驚的地步。還說用不著向獸人多做說明。

「咦，這樣好嗎？」

「沒問題，利姆路大人。我們連住所和飲食都受您關照。該說還想請您恩准，讓我們幫忙蓋競技場呢。」

「再說，利姆路大人這次要舉辦慶典，卡利翁大人也會參加。我們說什麼都要幫忙。」

說完這些，蘇菲亞跟阿爾比思答應要幫助我們。

「我身體有點不舒服，接下來的事就交給蘇菲亞吧。」

「好，包在我身上！」

待她們倆談完，就決定由蘇菲亞指揮獸人。

在那之後，事情的進展快狠準，明快到令人吃驚。

在蘇菲亞一聲令下，獸人們全從帳篷中出來。朝整好隊的獸人瞥去一眼，接著菈米莉絲就將帳篷移到她的迷宮裡。

下一刻，轉眼間場地已清空。

感到猶豫之餘，我開啟「暴食之王別西卜」在地上啃出一塊四方型凹槽，組起鋼梁。

再排上經哥布袞等人加工的石材，把牆壁埋進去。沒想到居然在當天之內，我們就蓋出毫無破綻的漂亮成品。

就這樣，感覺很厚重的地下空間誕生，正面設一扇大大的門。我有先進知識，用快到讓人不敢置信的速度完成。

「好、好厲害。這個要當我的城堡……啊，對了！我做過設定，碰這扇門就能去排有剛才那些帳篷的樓層喔！」

菈米莉絲都這麼說了，我們立刻進去瞧瞧。

在那有片光景綿延，確實是將獸人們的生活空間原封不動搬進來。還備有空調，住起來甚至比外頭還要舒適。

就連阿爾比思跟蘇菲亞都一臉驚訝。

「在這兒就不用搭帳篷了吧？」

「也對。好像連雨都不會下，我們的話直接睡在地上似乎也不成問題……」

以上是兩人的對談。

對話間聽不出有任何不滿，應該沒問題。

獸人們似乎感到不可思議，進進出出好幾次。心想「我要進去」就能進出，看來也沒什麼不方便的地方。

「這邊到晚上會變暗嗎？」

「嗯！因為跟外面做連結了，還能讓它下雨喔！」

還真是什麼都難不倒她。

由於他們並沒有從事農耕，我請菈米莉絲只針對晝夜變化進行調設。感覺比想像中還要便利，應該還能用在其他地方。讓我開始想試著做做看各類規畫。

在場的獸人們似乎放心了，都去協助進行室外作業。

他們好像要聽哥布裘指揮，幫忙蓋競技場。

雖說女人小孩占大多數，但他們可是比人類還要強韌的獸人。充當勞動力無可挑剔，哥布裘也願意將簡單的工作交給他們。

先前就受過技術培訓的獸人們也回來了，加入施工行列。

德蕾妮小姐抱來不知打哪兒弄的木頭，貝瑞塔則將之正確加工成施工用木材。還下點功夫透過魔法烘乾它們，所耗時間縮短不少。

我也自認早就丟掉常識這種東西，然而目睹這番光景還是不免重新體認到「啊，這裡果然是異世界沒錯」。

照這個速度進行下去，或許能趕上開國祭。我吐出剛才吃的土將它們堆成一座小山，想必他們也會多加運用，蓋出氣派的競技場。

「利姆路大人，剩下的事就交給我吧！」

哥布裘一席話讓我朝他頷首，決定在一旁等待，期待成品出現。

當大家正式動工，菈米莉絲就落單了。

為了避免浮躁的菈米莉絲妨礙大家，還是派個工作給她好了。

要說菈米莉絲能做什麼工作，想也知道就是擴張迷宮。

既然有這個機會，就做得徹底點。

話說回來——

「菈米莉絲，妳的『迷宮創造』真厲害……」

那可是一大片區域被搬進迷宮裡，還在眨眼間完成。

雖然不是很想誇菈米莉絲，但這件事讓我除了佩服還是佩服。說真的，我覺得這個叫迷宮的玩意兒有夠讚……

「還好啦、還好啦！目前只有給我家好友精靈棲息的隱密房間、有通道的樓層還有這裡。明天就會有新樓層增加！」

我記得她說一小時一層樓吧。

若是要建造地下一百層的迷宮，就算運用現代技術也很吃力吧。這樣還不如往上疊來得簡單。

不過，有菈米莉絲的力量就能讓它成真。既然如此，是男人就該追求浪漫。

「那好，拜託妳蓋到極限一百樓。」

「咦！需要那麼多嗎？」

「需要。我想裝各式各樣的機關，魔物強度也要依樓層調整。」

「對我來說是小事一樁，但可以問一下嗎？」

「什麼事？」

「我從剛才開始就一直很好奇，你打算用什麼方法增加魔物？要從哪裡抓？」

菈米莉絲問我這個問題。

增加到一百層好像滿累的，怪不得她會質疑。

但我有我的想法。

為了在此說服菈米莉絲，就稍微跟她提一下構想吧。

「其實是這樣的，這件事要保密喔……」

先拿這句話起頭，接著我就向菈米莉絲偷偷做說明。

那是我對地下迷宮的構想。聽著聽著，菈米莉絲的眼睛愈來愈亮。

「這麼說、這麼說——」

「喔喔——接下來是這樣，菈米莉絲妹妹——」

我們講悄悄話，互相出主意。

兩人都很樂在其中。

我跟菈米莉絲相談甚歡——理所當然往不該去的方向狂衝，機能上讓人意想不到的進化型地下迷宮構想出爐。

這樣沒問題嗎？儘管心裡這麼想，事到如今也已無法回頭了。

只能創造了。

菈米莉絲充滿幹勁，答應我會盡全力創造迷宮。

「妳可以邊做邊偷閒沒關係啊。」

「哼！如今聽到這麼棒的點子，我哪能悠哉休息啊！我要做。做就對了！」

原本是想激發菈米莉絲的幹勁，才稍微講些話激勵一下，沒想到讓她的鬥志整個燃起。

菈米莉絲能理解那份浪漫讓我很開心，妄想有機會實現，我個人也很期待。

「那妳要加油喔。我去盡我的本分，蒐羅必需品。」

「我知道了。你加油，利姆路！」

「好。妳也一樣，菈米莉絲。」

成為同盟的我們替彼此精神喊話，兩人臉上都帶著滿意的笑容。

＊

談完話的我離開迷宮，太陽已經開始下山了。

我們好像聊滿久的。今天的施工已經告一段落，大夥兒開始收拾、煮伙食。

怕妨礙到他們會不好意思，我跟哥布袞和蘇菲亞等人說明天再來，說完就從該處離去。

接著來到黑兵衛的工作場所。

他出於興趣做了一些武器或防具試作品等，這一趟是為了請他將那些不能上市的品項讓給我。

目前城鎮的西南區變成工業地帶。

黑兵衛的工房也在這邊，周邊有徒弟們的工房林立，還有目前尚無自家工房的學徒宿舍，再加上櫛比鱗次的倉庫。

此外，還開了專為這些工匠或學徒而設的旅館、食堂，朝氣蓬勃。

黑兵衛的工房就建在中心地帶。

看到我露臉，黑兵衛便開心地出來迎接。

受招待吃完晚餐後，我請他帶我去倉庫那邊。

「利姆路大人，在這邊。收進這座倉庫的東西都很有個性，不是人人都能隨意使用的。這樣也沒關係嗎？」

黑兵衛語帶擔憂地問著，我朝他點頭做出回應，表示沒關係。

確實如黑兵衛所說，其中某些東西太有個性，一般人難以駕馭。

有些則是威力過強，才要他收進倉庫放，裡頭還混了太難使用的品項。

例如防具類就是最好的例子。

像是吸收著裝者的魔力，藉此發動魔法障壁的鎧甲。聽起來好像不賴，但它會無上限吸收魔力，隔一陣子鎧甲就會把著裝者害死。

雖然防禦力棒得沒話說，但這種裝備根本沒意義。

還有其他的，像是會吸收周圍的魔素、吸到所有魔法都無法發動，將之轉換成爆發力的劍。威力保證強勁，卻無法保證使用者的安全。

這樣的武器嚇死人，根本沒辦法用。

還有在一定時間內賜著裝者異常體能的鎧甲。

時間一過就會肌肉斷裂無法動彈，無法使用回復魔法就死定了，是很凶殘的鎧甲……

總之，還有一時疏忽會死於非命的裝備，我相信不會有人笨到在未鑑定的情況下使用。

我想這部分就不是本人該負責的了，無論如何，在菈米莉絲的迷宮裡應該沒問題吧。

「不，沒關係。有這麼明顯的特徵，看起來反倒有相當大的價值。」

事實上，這裡的裝備品質都很好。

多半都具備稀有級以上的價值，其中甚至混雜看似足以匹敵特質級的珍品。

跟我送卡巴爾他們的鱗盾和暴風短刀等物是同系列裝備。

我拿起其中一樣——暴風長劍（Tempest Sword），邊看邊對黑兵衛開口：

「品質這麼棒的裝備，因為是試作品就收著不用實在可惜。這些裝備也想找到能使用他們的主人吧？」

我耍帥把話說得煞有其事，結果黑兵衛聽了感動萬分。

「是這樣嗎？那就請您愛拿多少就拿多少吧。」

這不是在騙他，但我有點心痛。

黑兵衛從倉庫取出許多裝備。至於我為什麼要拿它們，都是為了放進設在迷宮內的寶箱。來到與實力相應的樓層，冒險者就會得到這些裝備，所以我絕對沒有說謊。

我看現在就別介意，開開心心收下吧。

話說回來，虧他們能做出這麼大一堆。

數量比上次看到的更多，如今作品量已經破百。不只怪異的裝備，還有難以駕馭的物品。要說它們有何共通點，就是這些東西全都比在英格拉西亞王都看到的商品更高級。

感覺這些武器和防具都只有在拍賣會上才能見到。

在我進化成魔王時，黑兵衛因祝福獲得獨有技「神匠」。除了原先的獨有技「研究者」，又獲得新的力量，讓他的手藝更上一層樓。

如今已經徹底超越凱金。只要黑兵衛認真製作，那些作品的品質往往都會來到特質級。最少都能保證具備稀有級品質。

這就是只能在展示會上展出徒弟作品的原因所在。

「話說回來，真是太厲害了。我也學過鍛造，卻做不出這麼棒的東西。」

「嘿嘿，被利姆路大人誇獎真不好意思。噢，趁俺還沒忘趕快給您。」

黑兵衛很謙虛，這時他突然神情一凜，回到屋子最裡面去。然後抱著某樣東西歸來。

「這是？」

「回您的話。讓您久等了，總算完成了。」

黑兵衛話說到這兒就交給我一樣東西，是一把擁有漆黑刀身的直刀。

不會過長、也不至於太短。那把刀專為我量身訂做，漂亮地製成理想長度。

「這是——」

「回您的話，這是俺的最高傑作。」

刀身是全黑的，乍看之下沒其他特別之處。並未散發驚人的力量，也不是魔法的發動媒介。

不過，這樣就夠了。

這把刀將重點擺在強度上。不易折斷、不會變形，還跟我的魔力很合得來。

此外，並不會像日向那把月光細劍，四處危害周遭事物。

以使用上不須費心的武器來看，它是最棒的了。

「好棒、太棒了，黑兵衛老弟。」

「俺也對成果很滿意。只不過，這把刀並非這樣就完成了。之前跟您說明過，就如利姆路大人提的點子，刀身根部會開洞。」

聽他這麼說，我看向刀的根部。

「沒有洞啊？」

「是。其他武器會在完成時開洞。不過，這把直刀不一樣。浸染利姆路大人的魔力後，它會成長——會進化。然後又會變得像現在這樣，乍看之下就像普通的武器。」

黑兵衛說得很自豪。

聽說完成後性能會在傳說級之上……目前還沒實際感受到。現階段還在研究其他裝備，要嵌在孔洞中的關鍵魔力結晶尚未完成。光是開洞又沒意義，我急也沒用吧。

我決定等待，期待那一天到來。

既然弄到我專用的刀，本人便高高興興離開黑兵衛的工房。

除此之外，目標物也到手了。這些東西就放進寶箱裡，布署在地下迷宮吧。

性能特別優良的裝備由樓層守護者（各階魔王）守護，這樣也滿有趣的。

感覺好像真的在打造一個迷宮一樣，讓人好興奮。

的確，將這些試作品或失敗作直接拿去拍賣會上也能賺不少錢。

只要拜託摩邁爾跟費茲，他們會透過各自的門路爽爽賣吧。這個方法或許更確實，但這樣不行。最重要的是魔物跟人類之間的交流。

我想吸引人們造訪本國，讓他們體驗魔國聯邦的美妙之處。此外，只要讓他們切身體會這個國家的魅力，人們就會一來再來吧。

應該把這個當成實現該目的的手段之一。

還有，並非把道具送出去就沒事了。關於之後的構想，我也勾勒好了。

冒險者將潛入地下迷宮，獲取各式各樣的道具歸來。

未經鑑定就使用武器或防具，危險至極。這時就換「鑑定師」登場。

由於這些東西都是在我國製作的，我們也將它的效果徹底掌握。只要沒把使用方式弄錯，不少道具都能在冒險途中派上用場。

其中包含一些危險物品，就如我剛才說的。我想，這類物品由我國收購也無妨。

金錢就是要流動才有價值。光是我們荷包賺飽飽沒意思。

先是購入必要的素材，再支付某種程度的經費，剩下的可以再回饋給冒險者們沒關係。

之後過一段時間，冒險者們自然會口耳相傳，我國也會聲名大噪。最重要的是冒險者口袋裡有錢，讓經營旅店或民宿的居民不再無所事事也是美事一樁。

要是平日就能吸引客人前來，建造的設施就不會閒置在那，能做有效運用，這樣才有意義。應該會帶來非常棒的宣傳效果。

東南方區塊將興建競技場，地底設有菈米莉絲的地下迷宮。西南邊還備有價錢公道的旅店或民宿。

不同於高級旅館林立的東北方區塊，這裡的住宿設施價格親民。由於是設來讓冒險者專用，區分等級會比較方便使用吧。

去迷宮也方便，生意肯定會很興隆。

當菈米莉絲說她想搬過來，我還在煩惱這下該怎麼辦，就結果來說也許是正確的選擇吧。

還有競技場那邊，預計每年舉辦一兩次大規模活動。不僅如此，平常也會用來辦各類活動，這方面有摩邁爾老弟努力幫忙搞定。

例如軍事訓練、讓冒險者小試身手的大會等等，仔細想想需求還挺多的。

然後在那座地下迷宮裡，應該可以來個實地測驗、檢測訓練成果。既然在裡頭不會喪命，要做很超過的訓練也行吧。

也許不只商業目的，還能用在許多地方——想到這兒，我打算去跟紅丸商量一下。

＊

拿來當餌的東西已經弄到手了。

但目前就想地下迷宮有何用途還言之過早。我要等完成後再來慢慢想，為了完成最後一步，我打算去跟關鍵人物交涉。

本計畫的關鍵人物——他就是維爾德拉大哥。

維爾德拉正在本人位於別院的小屋待著歇息。

那個獨棟住宅就像體現日式寂靜之美的茶室。事實上，那間小屋有個祕密——唔，現在那個先擺一邊。是說維爾德拉現在已經習慣成自然，把那間小屋當自己家了。

「喂，維爾德拉。有件事想拜託你，可以嗎？」

是無所謂啦……

「唔？什麼事，我很忙的。」

嗯。你在看漫畫嘛。

怎麼看都一副閒樣。

「是嗎……太可惜了。枉費這件事情這麼有趣……既然你忙就沒辦法啦。難得你可以把妖氣——哦，你很忙嘛。抱歉喔，打擾你了。」

話說到這裡，我假裝要閃人。

是說從自己的房間離去，讓我覺得有點不是滋味，不過能過夜睡覺的地方多得是。再說反正——

「噢，你等等。我是大忙人沒錯，但既然是你來拜託我，那就沒辦法了。說來聽聽吧！」

果然上鉤了嗎？

還是一樣好騙。

維爾德拉大哥綽號可是呆頭龍，早就知道他會被我的話三兩下拐騙。對我來說應付這個大叔，就跟扭斷嬰兒的手一樣簡單。

既然這樣，後面就簡單了。

我裝得煞有其事，說得引人遐思。

「其實是這樣的，那就類似專為你量身打造的居所……」

「你、你說什麼？你說替我打造住處，這是真的嗎？」

他徹底上鉤。目光從正在看的漫畫上挪開，對我的話興致濃厚。

「沒錯，專為你打造。不過，要是你太忙就——」

「等等，別那麼急嘛。我跟你都什麼交情了。當然要把你的請託擺第一啊，嘎——哈哈哈！」

維爾德拉大哥這話說得好囂張。

這樣很好。

看來他等著聽後續了，現在跟他講也行。

維爾德拉常常把人家的話當耳邊風，非得做到這種地步。雖然麻煩，但這是讓他出力的必要儀式。

「這樣啊，人果然還是該交朋友。」

「嗯嗯。有什麼委託儘管提！」

「其實是這樣的，菈米莉絲搬到這個鎮上了。要在競技場地底創造那傢伙的迷宮。然後呢——」

趁他還樂得聽我說話，我跟他講菈米莉絲搬來的事，緊接著維爾德拉就聽懂了，比預料中還快。

「哦，菈米莉絲嗎？我不大清楚那傢伙的能力，但我想她的能力可以拿來創造通道，無論從地表上的哪個地方進入都能通往同一個地點。她讓道路複雜化，才造出迷宮嗎？」

「對。好像還要增加樓層，所以我想準備各式各樣的機關。」

「還分樓層啊？那隻小不點菈米莉絲其實比想像中還要來得厲害嘛。」

聽我說到這兒，維爾德拉也換上認真的表情。

真的好好騙。

接著我將地下迷宮製作計畫的全貌都說給維爾德拉聽。

「只是一個普通的迷宮很無聊吧？所以說，我想把它弄成很棒的東西，打造成這個國家的名產。就在今天，剛剛才跟菈米莉絲談過，她目前正努力擴張樓層。」

「哦哦。這跟你要拜託我的事有何關聯？」

「說真的，我需要一個王來統治地下迷宮——」

「——你說王？」

「地下迷宮的管理工作由我和菈米莉絲執行。然後在那地底第一百層有扇門，通往形同菈米莉絲自宅的精靈迷宮。這樣一來，那道門就需要守護者——不，需要『最強』的守護者，你不覺得很有道理嗎，維爾德拉老弟？」

「有道理！原來如此，不愧是利姆路。你想把這件工作交給我，是這樣沒錯吧？」

如我所料，維爾德拉被我的甜言蜜語拐騙。因為他對「最強」二字沒什麼抵抗力，我想這麼說一定能誘使他答應。

「就是這樣，維爾德拉。還有，假如你願意接受這項提議，會有另外一樣好處等著你。」

「哦？雖然我已經打算接受了，但還是先聽聽有什麼好處吧。」

呵呵呵。

豈止是好處，這可是關鍵所在。

「你不是一直很想解放妖氣嗎？還說快到極限了？」

「什麼！難道……」

「猜對了！在迷宮裡用不著壓抑妖氣。恢復成原本的龍型也沒問題。」

「噢、噢噢……！」

「你想想看。有隻帥氣的龍在迷宮深處等待，充滿莊嚴氣息——」

「這是在說我吧？這麼說來，我可以對來的人不客氣放話『嘎哈哈哈哈，總算來了！歡迎你們，臭蟲！』，然後耍帥一下？」

維爾德拉打斷我的話這麼說道。他已經躍躍欲試了。一開始缺乏幹勁的鳥樣都沒了。聽說能解放妖氣，他似乎相當興奮。

再補一刀，用這招拿下吧？

想著想著，我提起跟菈米莉絲一起討論出的壓軸提案。

「我還會配置一些人馬，用來迎擊冒險者。對，就是你之前一直很想玩的遊戲——我想讓它化為現實。如何，聽起來很好玩吧？」

其實我預計將地下迷宮弄成像真實系模擬遊戲那樣。聽菈米莉絲發表意見時，我突然靈光一閃想到的。

安排人馬——其實就是魔物，要配置一些來擊退冒險者。為了守護寶箱，還會配置魔王。

維爾德拉的魔素會灌滿地下迷宮，愈接近地底第一百層、魔素濃度就愈高，而上方樓層的魔素較稀薄，只會出現一些小嘍囉。不過愈往底層去，在那徘徊的魔物就愈強。

光是封印狀態下維爾德拉洩漏的魔素，就足以生出達A等級的嵐蛇等強力魔物。如果是現在的維爾德拉，難以想像會生出多強的魔物。

說真的那道門放不放守護者都沒差。我想沒人能來到第一百層，用不著擔心那種事。

最重要的是，要讓維爾德拉解放妖氣。

讓維爾德拉忍，我想他也忍到極限了。放著不管的話，他可能會趁別人不注意偷偷找個地方擅自放個痛快，所以我得時時盯著他。

要是不小心讓他在這一帶解放，我和幹部姑且不論，一般人可沒辦法承受。魔素濃度一提昇，未滿B級的人很容易喪命。

光是期待維爾德拉懂得節制風險太高，菈米莉絲的迷宮算是順水推舟吧。

畢竟迷宮內部是塊隔離空間。

以前探索的時候就做過確認，不須擔心魔素外漏。不僅如此，就算維爾德拉解放妖氣也不動如山吧。

連封印洞窟都無法抑制維爾德拉完全復活後散發的妖氣。再說那邊已經有研究設施了，我也不想讓他幹這種事。

所以說，地下迷宮最合適。

然後，為了某個最真實的目的，希望維爾德拉能盡情釋放妖氣。

最真實的目的，那就是——準備高濃度魔素團塊，藉此產生魔物。

那才是本次計畫的核心所在。

除了讓維爾德拉釋放妖氣，還能有效活用。我怎麼會想出這麼棒的點子。

簡直是一石二鳥。不，該說三鳥才對。

不只能把在我房間鳩占鵲巢的維爾德拉趕出去，還能讓他充當在迷宮內創造魔物的魔素製造機。除此之外，更能讓變成半個家裡蹲的維爾德拉有工作做。

不過，我想他沒機會以迷宮之王（最終魔王）的身分出場就是了……

好了，來看他反應如何？

只見維爾德拉起身，將漫畫悄悄收到懷裡。

然後朝我伸手，希望我跟他握手。

「有趣。這件事聽起來很有趣喔，利姆路。冒險者們會打退那些小兵，站在我面前。再由我教訓這些強者。當然，那些冒險者會試圖逃跑。不過，我可不會輕易放過他們。像那種時候來句這個如何——『呵哈哈哈哈哈，你們逃不出我的手掌心。難道你們不知道嗎？沒人能逃過「暴風龍」的魔爪——』？我一直很想說說看這句台詞。這下終於有機會說出讓我朝思暮想的台詞了嗎？好期待，真教人期待啊！」

諸如此類，維爾德拉甚至開始自顧自地妄想起來。

「說、說得也是……」

連我都下意識給出肯定答覆，好像讓維爾德拉 High 過頭了……

這傢伙沒問題吧？

就那個吧，照一般邏輯想，沒人有那個能耐下到一百樓啦。

雖然有點不安，但我要為計畫看開點。

「——我想這個任務只能交給你了，意下如何？」

「當然好。利姆路，幸虧你來找我。這項工作只有我能辦到。」

話說到這兒，維爾德拉大力頷首。

幸好他很白痴。

所有反應都跟我預料的一樣。

就這樣，我不費吹灰之力取得維爾德拉的協助。

＊

隔天——

我跟維爾德拉兩人結伴，一同去找菈米莉絲。

競技場的建設工作也從一大早就開工了，處處充滿活力。連出去修練的獸人們都加進來幫忙，聽從哥布裘的指示東奔西走。

大夥兒都賣力工作，為了避免打擾到他們，我們進到迷宮裡。

一進去，我們就來到菈米莉絲在的房間。

比照昨日的約定，她似乎都在擴張迷宮。

「嗨，菈米莉絲。別來無恙啊？」

「啊，師父！好久不見。我過得很好！」

做此回應的菈米莉絲整個人快虛脫，但她的表情很滿足。好像有點拚過頭了，所以我特別叮嚀，要她別勉強自己。

不知不覺間，她已經坐到維爾德拉肩膀上。看樣子兩人依然很要好，真是太好了。好歸好，一方面仍有問題存在。

菈米莉絲看到維爾德拉似乎更想逞能，不打算把我的叮囑聽進去。

「包在我身上！我會努力。一定會把它弄完！」

我要笑著說這句話的菈米莉絲先冷靜下來，第一件事就是先吃早餐。

吃完早餐，菈米莉絲向我解說目前的進展狀況。

據說目前擴增到十五層。

照這個速度擴下去，再過幾天就能達到目標一百層。內部構造的變更會同時進行，這樣菈米莉絲就不用過度硬撐。

「總而言之，剩下的樓層會自主擴增。反正我也很閒，要不要對興建完畢的樓層做內部設定？」

菈米莉絲這麼說。

看樣子只會消耗力量，就算菈米莉絲什麼都不做，樓層也會自行擴增。

「那麼，先幫維爾德拉準備房間吧。」

預計給維爾德拉住的地方在最底層。

為了將他從我房間趕出去，要先把內部裝潢整頓好。

最底層目前仍是空無一物的空間。

那裡沒有牆，自然不會形成通道。連樓梯都沒有，只看到某塊空間有扇門。

「還真是空空如也呢。」

「喂喂喂，利姆路，這裡就是我的房間？總覺得，這裡讓我想起以前遭人封印的地方……」

維爾德拉看起來有點厭惡。

這樣實在滿可憐的。

「沒問題啦，師父！只要我想，就能輕鬆創造牆壁和樓梯喔。」

面對看似不滿的維爾德拉，菈米莉絲笑著說道。

「那好，要改成什麼樣的房間，我們用『思念網』討論再決定吧。」

語畢，我用「思念網」串連我們三個。

接著先勾勒出我想到的裝潢樣式。

「噢、噢噢！就是這個、就是這個啊，利姆路！你果然厲害。看來事情交給你辦，我就沒什麼好操心的了。」

滿意指數突然間就封頂了嗎，維爾德拉「嗯嗯」地點了點頭。

「看來維爾德拉好像很滿意，可以變更成這種感覺嗎？」

「包在我身上！這點小事沒問題。」

菈米莉絲二話不說接下任務。

接著就如她所說，空間一眨眼就變更完成。

牆面變成厚重的石壁，出現幾個小房間和大廳。

大廳是四邊各長一百公尺的正方形，室內莊嚴氛圍很像所謂的「魔王關卡」。我將腦內影像傳過去，結果她原封不動重現。

「妳好厲害！太完美了……」

「嗯，菈米莉絲啊。這下我就滿足啦！」

「對啊對啊！人家很厲害嘛！」

菈米莉絲八成很少被人誇，她高興得不得了。不過話說回來，這次真的覺得她好厲害。若要在現實世界中建造，別說要花上數年，搞不好還得耗個幾十年之類的。

結果她眨眼間就……

看來地下迷宮受菈米莉絲支配，她可以隨心所欲打造。

哎呀，不簡單，真的不簡單。

我對菈米莉絲另眼相看、徹底改觀。

接下來，光在那佩服並不會讓事情有所進展。

話說這個大廳，表面上是用來迎戰冒險者的房間。真正的目的則是讓維爾德拉恢復原始姿態。

因此問題是，要是維爾德拉沒辦法好好放鬆一下，那就沒意義了。

不過，照維爾德拉近期的行動看來，就算他不是龍型也十分放鬆……該說變成人型更方便他看漫畫玩遊戲。既然他都泡在我房裡不肯走了，肯定是這樣沒錯。

有鑑於此，我打算順便幫他準備人型用的房間。

這間大廳有兩扇門。

其中一扇大門連著通往上方樓層的階梯。而另一道門會通往平常在用的個人房。

菈米莉絲的重現能力確實強大，房間真的蓋得如我所想。

「哦？這裡就是我的房間嗎？」

先不管興致盎然的維爾德拉，我從「胃袋」取出一套家具。

鋪上哥布莉娜織的地毯，擺上工匠作的椅子和桌子，甚至準備長椅，這樣他想躺一下也行，不確定是否有那個必要，但我還是連床都放了。

我想這樣應該能打造出非常舒適的空間。

牆壁上還設了書櫃，複製維爾德拉喜歡的漫畫排進去。有別於大廳的莊嚴氛圍，造出平民老百姓會喜歡的舒適私生活空間。

「好好喔、好好喔。利姆路，我也想要這樣的家具！」

看菈米莉絲說得那麼羨慕，我答應她下次過來會準備一套。

原本還在煩惱尺寸問題，但那些擔憂似乎是多餘的。菈米莉絲毫不猶豫，開始在長椅上翻看漫畫。

這麼說來，上次開會的時候也是這樣。看來用不著費心，就多準備一套吧。

然後不知不覺間，連維爾德拉都躺到床上滾來滾去，在那打混。

看樣子他非常滿意。

大廳重視的是氛圍，那份莊嚴對比這個房間和現在的維爾德拉，簡直形同虛設。我想人們造訪的機率連萬分之一都不到，但還是希望他別讓冒險者們撞見這副模樣。

好了，有些事強求不來。

這天我們將維爾德拉的房間整頓好，然後就此散會。

之後又花了整整一星期。

雖然腳步變得比較慢一些，但迷宮總算蓋到第一百層。

內部裝潢比照我的要求辦理，可以用模組化的方式改變構造。

多虧這項機能，我們可以每隔幾天就變一次內部構造。冒險者好不容易把路記起來也沒用，還是得從頭來過。這種設計真是太邪惡了。

買賣地圖是邪魔歪道，每次進去都要吃點苦頭才對。

不過換個角度想，這樣就不會膩了……該迷宮將常保攻略難度，總是很新鮮。

我們多少有設些救濟措施，每隔十層就放一個記錄點。

沒想到在菈米莉絲的迷宮裡，只要滿足特定條件還能進行「空間移動」。更教人吃驚的是，據說不會受魔素影響。還能搬運糧食，可以說是相當便利的機能。

當然，這也能套用在人類身上，能自由移往特定地點。

這就是記錄點。

一旦抵達該地點，下次就能從那邊開始。該移動方式還能套用在同夥身上，這樣就能作弊請人把自己送過去吧。

這方面我們看法歧異，最後採納我的意見，決定先看看情況再說。

而且真要說的話，利用記錄點作弊，到頭來吃苦的會是他們喔。

因為我們預計在各樓層配置魔王。就如朱拉大森林有地域魔王，我認為樓層守護者不可或缺。

特別是在每隔十層設置的記錄點之前，我想配置特別強勁的魔物。

也就是說不打倒那些強力個體，就不能利用記錄點。既然都有能耐突破了，這些強者帶來的同伴應該不會亂來。要是真的有問題，到時再想要怎麼處置吧。

除此之外，我還想準備一些寶箱當獎勵，希望他們努力打倒魔王。

就算魔王被打倒也沒問題嗎？

對，這是很重要的一點。

菈米莉絲的「迷宮創造」還有一項能力——就是復活。

多虧這項能力，入內的冒險者才能復活。

之前也說明過，必須確認本人的意願，但跟菈米莉絲有主從關係就不須經過這一步。

令人吃驚的是，待在透過「迷宮創造」創出的迷宮裡，菈米莉絲的部下似乎永不消滅。菈米莉絲被殺會消失，部下們卻可以從記錄點復活。

而這裡所指的部下，僅限和她訂立契約之人，或者受菈米莉絲認可的人，但該技能無疑是超乎想像的凶惡能力。

她想要貝瑞塔的最大原因就出在這兒。

菈米莉絲本人不怎麼樣，但菈米莉絲大軍在迷宮內卻是無敵的。話雖如此，對於沒有部下的菈米莉絲來說，這份無敵技能形同虛設。

用不具備個人意志的魔偶也不行。聖靈守護像之所以會消滅，原因似乎就出在它只是一尊不具備意志的人偶。

就該點看來，貝瑞塔並非人偶。成為菈米莉絲的部下後，貝瑞塔在這座迷宮裡將永恆不滅。再加上現在又多了德蕾妮小姐，可見菈米莉絲的戰力不容小覷，已經超乎預期。

畢竟這兩人很強。而且還被賦予不滅屬性，就算派出紅丸跟紫苑也難以斷言誰勝誰負。

這樣的強者貝瑞塔跟德蕾妮小姐，如今也忙得分不開身，毫無怨言，在外頭幫忙建設競技場……

多虧菈米莉絲，迷宮順利進入即將完工的階段。等事情告一段落，我最好找他們倆一起談談迷宮內的防衛系統。

這個晚點再打算。

「菈米莉絲，之前拜託妳的道具弄得怎樣了？」

「哦，這個啊。我有試做看看。」

話說我拜託菈米莉絲的東西，就是復活用道具。

要透過菈米莉絲的「迷宮創造」賦予「不滅」屬性，必須先確認對方的意思。不過，可以想見這次迷宮會出現不少使用者。

既然是人人都能使用的設施，跟前來的冒險者一一確認個人意願再跟他們締結契約，未免太難了吧。若人數不多，菈米莉絲還是能掌握才對，若一口氣湧進太多人，有時菈米莉絲的作業速度會追不上。

所以菈米莉絲就造出效果只有一次的拋棄式道具——她是這麼說的。

她拿出乍看之下沒什麼特別的手環。看起來像編織手環，可以綁在手腕上。

「這樣東西，妳確認過效果了嗎？」

「效果很棒！昨晚找貝瑞塔試過了！」

「喂喂喂，妳怎麼對貝瑞塔這麼過分……」

沒想到貝瑞塔當時竟然說「我是惡魔，再怎麼樣都不至於消滅」，聽說還高高興興地出力相助。雖然是我的請託，但他們也太亂來了。

然而這嘗試值得，據說有助於確認手環的效果。在德蕾妮小姐擊穿貝瑞塔的核心約莫十秒後，屍體被傳送到地下迷宮外，徹底復活。

「看來很完美。感謝貝瑞塔的勇氣。」

「嗯嗯。我也是頭一次製作拋棄式道具。雖說早就猜到會順利完成，但能確實達成真是太好了！」

菈米莉絲笑著頷首，聽起來果然是初次嘗試沒錯。

成功了可喜可賀，但一想到可能失敗就捏把冷汗呢。好歹先做個動物實驗吧，今後委託的時候盡量別讓她有機會像這樣亂來。

不管怎麼說，復活道具也準備好了。

還有回到地面上的緊急逃生用道具似乎也準備妥當。

「復生手環」、「回歸哨子」——有這些可備不時之需，就拿去迷宮入口販賣吧。

買不買都是客人的自由。

只不過，沒買進迷宮死掉或者迷路，這些都要自行負責。

如果是我就會買，絕對會買。

晚點再來想價錢要定多少，總之準備工作告一段落。

話說回來，這個叫作「復生手環」的復活道具，其實只是將菈米莉絲的力量暫時實體化。因此只有在迷宮內喪命，才會回到初始設定的地下迷宮入口復活。

為了避免大家誤會可以在任一地點重生，看來需要做個徹底說明。

這世上有不少人都把他人的話當耳邊風，讓我有點擔心。若是他們搞錯在迷宮外死掉，那就是自作自受了。話雖如此，想想還是覺得於心不忍，還是特別提醒人們，要他們小心一點好了。

就這樣，地下迷宮大致完成。

才花短短一星期真厲害。

或許智慧之王拉斐爾大師可以重現也說不定，想到這裡，我試著問問——

《答。個體名「菈米莉絲」的固有能力「迷宮創造」無法重現。》

差不多這樣，它馬上跟我說不可能。

如此偉業只有菈米莉絲辦得到，事到如今甚至讓我有種感覺，那就是「感謝她搬來」。

「妳很努力呢，菈米莉絲。這下我們總算能進行下一階段的計畫了。」

「嘿嘿，那還用說！我該努力的時候都會全力以赴喔！」

誇完拍翅飛來飛去的菈米莉絲，我轉頭看向維爾德拉。

「讓你久等啦，維爾德拉老弟。看樣子讓你解放妖氣的時候到了。」

「噢噢，終於等到啦！嘎哈哈哈，包在我身上！」

引頸企盼的時刻到來。

為數百層的地下迷宮有通風孔，以及用來連接各樓層的階梯。若是有人問我到地下一百樓也會有空氣流通嗎，我只會回說都靠魔法搞定。

因此老實說，根本不需要通風孔。

然而我還是要她開通風孔，理由在於須讓魔素浸透各樓層。

就在第一百層的大廳中央，維爾德拉秀出真面目。緊接著，受到壓抑的妖氣也隨之解放。

「那麼，我要上了。喝啊——————！」

其實用不著鬼吼鬼叫啦，但那大概是心情問題吧。

凶惡的妖氣吹來，襲向我和菈米莉絲。怕出什麼事，我也用「絕對防禦」包住菈米莉絲。

下一刻，一陣衝擊波掃來，好像什麼東西爆炸一樣。

「好、好、好險……要是利姆路沒保護我，我可能會被吹跑……」

菈米莉絲陣陣發抖。

的確，衝擊波比想像中還要來得強大。此外，換成一般人可能會瞬間喪命，四周灌滿濃密的魔素。

「嘎——————哈哈哈！本大爺駕到！」

魔王關卡——更正，迷宮最深處的大廳占地寬廣，但維爾德拉恢復成原本的尺寸後，感覺就很窄。

許久不見維爾德拉變成龍型姿態，那模樣果然充滿威嚴。

哎呀，真的，只要他閉嘴就威勢十足。

不過呢……

「好暢快！哎呀，話說排場搞太大啦。要是在外頭幹這種事，可能會有點不妙喔。」

他話說得悠哉，你去外面搞肯定把場面弄得慘兮兮。還有嘴上說好暢快，現在卻還在漏妖氣啊。

「師、師父果然厲害……真沒想到我的迷宮還會被人打歪……」

正如菈米莉絲所說，牆壁被爆風撞歪。八成是受強大的內部壓力影響導致，但這並非攻擊才教人吃驚。

「該說你厲害嗎，忍很久了吧。今後趁事情還沒演變成這樣，你記得要三不五時釋放妖氣啊……」

光是洩漏的妖氣，蘊含的魔素濃度就高成這樣。想必維爾德拉的魔素量大得驚人。

所以只等他解放實在不妙。今後趁事情還沒演變成這樣，要讓他一點一滴宣洩才行。

話說魔素的濃度真高。想到這邊，我腦中閃過很棒的點子。

要不要在第一百層這裡多設一個房間，將它當成倉庫？

然後將我們從礦山開採運來的鐵礦石等物都放在那個房間裡保管。再讓它們浸淫在大量魔素中，很快就會變質成魔鋼石吧。

魔礦石是「魔鋼」的原石，其價值足以媲美黃金。需求量不是鐵礦石可以比擬的，對我們來說也是有用的資源吧。

「菈米莉絲，妳可以在這個大廳隔壁多創一個大廳嗎？」

「嗯，小事一樁！」

如此這般，我趕快拜託她準備。

下次來這邊，再從鎮上的倉庫運鐵礦石過來吧。

在我想些奸詐技倆的同時，魔素已按預定計畫滲透到各樓層。目前還沒設牆壁，也沒做區劃整頓。因此沒有任何障礙物，魔素擴散到空間中各個角落。就連地下五十層那邊，魔素濃度也在「封印洞窟」最深處之上。

濃度超乎預期，但基本上算是滿成功的。

接下來就等魔物誕生。濃度高得嚇人，應該會生出滿強的個體。

帶著這份期待，這天我們就此散會。

＊

時間來到隔天。

今天不只貝瑞塔，連德蕾妮小姐都在。

維爾德拉昨天似乎維持那個狀態持續釋放魔素，正以龍的模樣在大廳內休憩。

「嗨，利姆路，我好久沒像昨天那麼快活了耶。」

「那就好。今後你不用再忍耐，愛放多少就放多少吧。只是，絕對不可以去外面放喔！」

「嘎哈哈哈，我知道啦。」

真的嗎？

有點懷疑，但我選擇相信他。

繼續這樣不方便談話，我請維爾德拉恢復成人型。然後再跟貝瑞塔、德蕾妮小姐說明現狀。

這下可以開工啦——是想這麼說沒錯，不過在那之前還有別的事。

我向貝瑞塔做最終確認。

「貝瑞塔，你當著金的面宣誓效忠菈米莉絲吧？這份心情，至今依然沒變嗎？」

只見貝瑞塔吃驚地看我。

在那張面具之下，他正出現罕見的神情變化吧。

「——利姆路大人，請恕小的無禮，正如先前所說，我希望侍奉您跟菈米莉絲大人。」

「對，這件事我記得。不過，這樣就違背你對金的誓言了吧？」

「……是。倘若那天到來，我一人做事一人擔——」

「不，你用不著鑽牛角尖。如你所願，到頭來菈米莉絲也搬進本鎮。她要在那負責迷宮的營運，你願意幫她吧？」

「當然！」

「既然這樣，就沒問題了。就結論來說，這樣等同替我效忠。」

之前聽說這件事，我就一直有個想法。假如貝瑞塔希望，我就讓他易主侍奉菈米莉絲。

既然他已經跟人稱眾魔王中最強的金有過約定，一旦違約，貝瑞塔絕不會安然無恙。

「您不介意嗎？那麼，我要侍奉菈米莉絲大人。」

貝瑞塔毫不猶豫地給出答案。

感覺一切都在貝瑞塔的計畫之中，算了，也好啦。

這份奸詐狡猾，到底是跟誰學的——

《答。當然是——》

啊，我不想聽那個答案。

真是大意不得。智慧之王拉斐爾大師到底把我當什麼了啊。

真是的。要說誰奸詐狡猾，應該是智慧之王拉斐爾大師才對吧。

《……》

它好像有點不滿，但我不管。

「也好。那麼，貝瑞塔。今後你就效忠菈米莉絲吧！」

「雖然我變成菈米莉絲大人的僕人，但利姆路大人的大恩大德沒世難忘。倘若您有地方用得上我，請儘管吩咐。」

「好，到時再麻煩你。」

語畢，我解除設在貝瑞塔身上的創造主諭令（Master Lock）。接著將「實主權限」讓給菈米莉絲。

轉讓完成，今後我只擁有創造主權限。

菈米莉絲若有個三長兩短，對貝瑞塔的命令權將回到我身上，可是，只要事情沒演變成那樣，菈米莉絲都會是貝瑞塔的主人。

這下就能放心了。

不會被金說嘴，有貝瑞塔當菈米莉絲的護衛值得信賴。

感覺這座迷宮的用途出乎意料地多。

表面上是吸引冒險者的宣傳手段。

而背地裡，還能為維爾德拉提供發洩管道。其副產品——利用高濃度魔素讓鐵礦石變成魔鋼石，這也可行。

為了研究在這個世界裡稱之為「魔素」的謎樣物質，似乎能有效運用這座迷宮。超乎一開始所想，這座迷宮的重要性向上提昇。

這裡的守護任務都交給德蕾妮小姐一人不是很放心，有貝瑞塔在令人安心不少。

至於已經對貝瑞塔握有實主權力的菈米莉絲……

事出突然讓她好慌亂。

「貝瑞塔真的變成我的部下了……這下我終於不再是一個人──」

「哎呀，菈米莉絲大人，您還有我啊。」

「對喔！還有德蕾妮，這樣我就有好多家臣了呢！」

菈米莉絲似乎相當開心，在貝瑞塔周圍飛來飛去。

那副模樣令看著她的德蕾妮小姐不禁莞爾。

一直以來菈米莉絲都孤孤單單一個人，她肯定很寂寞吧。部下明明才兩個人，卻說人好多……好擔心。真的好擔心。

德蕾妮小姐是很可靠的人，卻超寵菈米莉絲。雖然貝瑞塔會比較辛苦，但我希望他這個有常識的人好好努力。

他也是有奸詐狡猾工於心計的一面，應該會回應我的期待吧。

「貝瑞塔，先別管我的事了，菈米莉絲就拜託你嘍。今後你要好好保護菈米莉絲。」

「是！小人定當賭上性命守護！」

要對他有信心。有貝瑞塔在就能放心了。

迷宮內部的魔物管理工作，光靠菈米莉絲跟德蕾妮小姐，有時會綁手綁腳吧。就算遇到這種狀況也無妨，有貝瑞塔在就沒問題。

事情圓滿解決。

我跟維爾德拉對興奮吵鬧的菈米莉絲感到煩躁，但看她那樣又令人不禁莞爾。

由於締結正式的主從關係，貝瑞塔在這座迷宮裡變成「不滅」。

即使少了「復生手環」，那項機能依然能完美動作。德蕾妮小姐也不例外。

在「復生手環」和「回歸哨子」這類道具上含有菈米莉絲的技能，是限縮版本。不過，貝瑞塔和德蕾妮小姐是她的追隨者，換句話說少了這些道具也無妨。

復活地點也是同理，只要將記錄點事先設定好，據說想在哪裡復活都行。似乎不用每次都被噴到迷宮外。

此外，還能透過各樓層的記錄點進行簡易「轉移」。

話說菈米莉絲的固有技能「迷宮創造」，該能力對本人沒什麼用，反倒是部下受益。

話說回來……可以無限次復活，光想就覺得恐怖呢。

目前只有兩個人，一旦部下增加……

今後迷宮內會有魔物陸陸續續誕生。若能馴服牠們，搞不好能組成菈米莉絲大軍。

那樣一來也許會成為一大勢力，讓人不敢再小看她，笑她小不點。而這批大軍再加上「不滅」屬性，肯定是不容小覷的威脅。

從防禦力的層面思考，菈米莉絲的技能優秀到不能再優秀。只是因為能力發動者是菈米莉絲，所以至今無人放在心上罷了。

——但是啊，不過就是菈米莉絲罷了。

別擔心，沒問題。

這隻可愛的妖精，她只是一個怕寂寞的小不點。我想她不會想到去率領一支大軍，圖謀些什麼——

*

接下來，我們進入下一階段。

來為迷宮的內部構造做打算。

既然有一百層之多，設計迷宮也是一大苦差事。不過，光只有迷宮算不上什麼陷阱，內部裝潢也來做點改造吧。

順便說一下，這座迷宮第一層是正方形，大小為四邊各兩百五十公尺。大到足以匹敵東京巨蛋，但愈往下走就愈窄，構造上呈現倒金字塔狀。

因為維爾德拉在最底層釋放妖氣，我們希望構造上便於擴散才產生這種結果。話雖如此，每層樓都能自由變更寬度和高度，哪邊卡卡的直接改就行了。

簡直是有求必應，可以說蓋出來的建造物已經跳脫常理。

去想就輸了。

接下來，要確認可以設置哪些陷阱。

・毒箭——塗了毒液的箭會從四面八方神不知鬼不覺飛來。

・毒沼——光看就覺得毒的沼澤。踩到會陷入狀態異常，還會中毒扣血。

・地面旋轉——打亂方向感。讓大家體會畫地圖的重要性！

．地面移動——會擅自跑掉的地板。非常可怕。
．斬體細線——在沒注意到的情況下走過去，頭會被砍掉。跟會移動的地面放在一起有夠凶殘。
．陷阱坑洞——比起掉下去受的傷，擔心掉下去會遇到什麼，這種感覺更恐怖。
．假寶箱——好棒，是寶箱？很遺憾，是我喔！
．爆裂寶箱——好棒，是寶箱！爆炸！
．魔物小屋——你好！終於能吃到獵物了。
．密閉小屋——在裡面點火的話……
．黑暗樓層——帶火把來是常識吧。要是你沒帶，我可以高價賣你喔？
．低天花板樓層——在地上爬的時候，真不想遇到魔物啊……
．地形效果層——這裡是怎樣！迷宮裡怎麼會有火山？

就這樣啦，差不多這種感覺吧。

我想到什麼陷阱就給他統統列舉出來，結果幾乎所有的陷阱都能弄出來。

「妳真有一套，菈米莉絲。像這類陷阱，也能靠妳的力量實體化嗎？」

「嗯！在迷宮裡，想要什麼統統都有喔！」

的確，就像菈米莉絲說的那樣吧。

如今我們明明在地下一百層，空氣成分卻跟地面上沒什麼不同。這些都拜菈米莉絲的能力所賜。讓我重新體認她的技能真是超級厲害。

「對了，這個『密閉小屋』是怎樣？這種東西可以當陷阱嗎？」

面對她的提問，我扯嘴一笑並做出回應。

「空氣——應該這麼說，大氣裡有種物質叫氧。而人類，或者該說大部分的生物，都會透過呼吸讓氧氣進入體內。像我或維爾德拉例外就是了。若氧氣濃度嚴重低落，光是換口氣都會造成缺氧。一不小心還會當場死亡。所以面對這樣的房間就會慎重行事。畢竟那是不變的鐵律。」

只是在一般情況下密閉還沒問題，要是在裡頭點火之類的，可能就會導致無氧狀態，甚至充滿毒氣都有可能。

就算在遺跡或迷宮內部發現這類房間，也不能立刻衝進去。必須分析內部的大氣成分，對毒瓦斯是否殘留持懷疑態度，先測定氧氣濃度。

這是探索的基礎原則，若是連這點都做不到，也不可能活太久。

而這個世界有魔法存在，最起碼一定要用風系魔法做換氣動作吧。

我用菈米莉絲也能輕易聽懂的方式說明這些——只不過，她似乎有聽沒有懂就是了。

「好吧，我知道那是很凶殘的陷阱了。似乎不會對我們造成影響，所以我們用不著在意對吧。話說回來，你……我從以前就有那種感覺，你這傢伙挺可怕的。不過，感覺很可靠。如果是我，根本想不出這樣的陷阱……」

知道他們沒有被這些陷阱暗算的疑慮，菈米莉絲似乎放心了。她為之感嘆，還誇獎我。

她好像真的這麼認為，讓我有點害臊。如果是原生世界的遊戲玩家同好，應該都對這些陷阱很熟悉，感到親切才對。

可是當它們化為現實，就另當別論了。

跟什麼遊樂設施不一樣，這邊可是要賭上性命的。此外，如果要攻略有這些陷阱在等著人們的地下迷宮，打起來要花幾天也說不準。

花兩三天還不一定能攻略個幾層，再加上地形還會變化，必須一口氣攻略到第十層的記錄點吧。

假如跟我們一樣，毒無效又不用呼吸，甚至不用吃東西睡覺，應該能強行突破。不過，一般人不可能有那種能耐。就連被稱為英雄的那些人也需要休息。

我自己也覺得這會是相當凶殘的迷宮。

「難度會不會調太高啦？」

「會嗎？應該還好吧。」

「就是說啊，利姆路。這點程度根本不算什麼！」

我的擔憂被維爾德拉跟菈米莉絲一笑置之。

既然這樣，應該沒問題吧。

我被說服，接著構思迷宮的路線。

之後又過了幾天。

期間菈米莉絲開開心心準備各式各樣的陷阱。貝瑞塔跟德蕾妮小姐則四處設置它們。

我跟維爾德拉兩人要好地規劃迷宮路線。想出幾種模式，先登錄起來以便隨時做變更。

一切都很順利，但是到了企圖替樓層加「地形效果」時，菈米莉絲提起一個問題。

「不行，不行不行不行。我沒辦法維持那麼龐大的能量啦！」

簡單講，她有意見就對了。

——不，有道理。

構想上是這樣的——類似火焰層或冰凍層、暴風層等等，想加讓該樓層全域都會發生自然災害的地形效果。

也是啦，放火山行不通吧。

最近開始覺得靠魔法什麼都能辦到，看來我做的要求實在太過強人所難。

「說得也是，抱歉啊，菈米莉絲，我說這種話太強人所難了——」

我放棄掙扎，打算向菈米莉絲道歉。

然而就在這時——

「把棲息在某個地方的火龍或冰龍抓來不就得了。要不要我去幫你們抓一些過來？」

這聲音聽起來好熟悉，可是，那號人物不該出現在這兒。

我轉頭一看，一對櫻金色雙馬尾映入眼簾。

是蜜莉姆。

「咦……？妳怎麼在這裡，蜜莉姆——」

這裡是地下一百層。

換句話說，是剛造好的地下迷宮最底層。

都還沒對外公開，照理說不能進來才對……

可是她卻——

魔王蜜莉姆臉上掛著得意的笑容，就站在那兒。

順便補充一下，智慧之王拉斐爾大師好像注意到了，但蜜莉姆對我沒有敵意，所以它刻意不跟我報備呢……

沒啦，雖說是我要它這麼做的，但這方面還是重新評估一下好了。因為大師不知變通，真教人頭痛。

《……》

那就當成今後的課題，現在先來應付蜜莉姆吧。

想到這兒，我朝蜜莉姆看去。緊接著，對方就得意洋洋地開口：

「哼哼。就覺得你們好像在做什麼有趣的事，我才跑來看看。竟然排擠我不讓我知道，你的膽子真大啊，利姆路。」

蜜莉姆說完挺起沒料的平胸一副跩樣。

她還是穿著很暴露的衣服，但布料面積好像比以前多了。以前被朱菜和哥布莉娜們打扮過，可能因為這樣稍微對外在妝扮有點自覺。

可是看看那雙手，上頭套著跟服裝不搭的龍拳套。它們正放出霧面光澤強調自身存在。

很有蜜莉姆的風格。果然，她還是一個小屁孩。

被人排擠在外滿可憐的，既然她想一起開發——

「呵，原來是蜜莉姆啊。妳還是一個小鬼頭，怎麼可能理解身為大人的我們在做什麼崇高工作？這可不是在玩樂。別礙事！」

維爾德拉朝蜜莉姆瞥去一眼，理直氣壯地放話。

我還來不及回應，就被他一刀兩斷。名義上確實是工作沒錯，但怎麼看都不像在工作啊……

不只他，菈米莉絲還追隨維爾德拉的腳步。

「師父說得對！我們在這裡工作，妳這個閒人快點滾回去吧！」

她喊出這句話，跟蜜莉姆槓上。不料這隻可憐蟲被蜜莉姆一把抓住。

這種行為勇氣可嘉，卻不具備相應的實力。

我缺乏那種勇氣，決定用一般方式提問。

「說我們好像在做有趣的事，妳在說什麼啊。都是妳寄信給我，我們才會企劃盛大的慶典啊。」

「什麼？你不是無視我的信嗎？」

「怎麼可能。妳啊，這好歹是要辦來招待魔王的，總不能隨便弄一弄吧？」

蜜莉姆原本還一臉不滿樣，當她知道自己並沒有被忽略，立刻重拾好心情。不過，有人因此感到不滿。

「等等，利姆路！我也是魔王耶！跟蜜莉姆和你一樣，都是八星魔王喔！」

看蜜莉姆跟自己受的待遇規格不同，菈米莉絲開始大發雷霆。

「菈米莉絲，妳根本談不上招待，是自己擅自搬過來的吧！」

「什麼？搬過來是什麼意思？菈米莉絲，妳該不會跟利姆路一起住吧？」

被我跟蜜莉姆吐嘈，這次換菈米莉絲開始慌了手腳——

「對啦！就算我沒被邀請，這也不重要了！還有我以後再也不是一個人，現在又跟利姆路一起住！」

——原以為她會陣腳大亂，沒想到吐出會招人誤會的爆炸性言論。

「好奸詐，妳太奸詐了！我也想住這裡生活！」

「嘿嘿——！我可是來這兒工作的。有幫上利姆路的忙，不像妳是來當客人，只會給人添麻煩。」

「什麼！竟敢說這種話，妳不過是個——」

蜜莉姆怒了，跟菈米莉絲吵起來。菈米莉絲也半斤八兩，明明沒勝算卻接受挑戰。

至於我，不想遭受波及只在一旁觀望。話雖如此，要是蜜莉姆跟對方硬碰硬行使暴力，根本連吵都免了，所以她們倆起衝突只是口頭拌嘴。

這兩人互罵，但感覺滿可悲的，詞彙能力嚴重不足。水平很低，看了只令人莞爾。

有時菈米莉絲會使出飛踢，蜜莉姆則追過去，試圖捉住菈米莉絲。就好像鬼抓人，旁人看了只覺得她們倆感情要好玩在一起。

這兩人好像是自古以來的老相識，那也算是一種親暱的表現吧。

接著，她們吵到一半突然收手，結束得很乾脆。

途中朱菜準備點心端過來，看到她們兩個就出聲喝斥。

「吵架的人沒點心吃！」

就是這句話，讓那兩人瞬間安分下來。

和好的她們相親相愛地吃著點心。

場面突然變得好和諧，但還是要先問蜜莉姆到底來這幹嘛的。

「對了，蜜莉姆，妳來這裡到底是想幹什麼啊？」

「哼哼，不是說了嗎？就覺得你們好像在做什麼有趣的事情啊。」

「不不不，咦，理由真的是這個？」

「沒錯。不過，還好有來。這個叫蛋糕的東西最棒了，這個什麼迷宮的看起來也很有趣。真沒想到菈米莉絲能派上這麼大的用場呢。」

「哼哼——————！其實我也跟大家一樣，一直深藏不露呢。只是妳沒發現罷了！」

嘴上這麼說，其實連妳自己都沒發現呢，菈米莉絲——想歸想，還是別說好了。

話說蜜莉姆那傢伙，對於像我們手邊這類壞點子惡作劇遊戲真的很敏銳呢。

還真是什麼都瞞不過蜜莉姆。都已經是底下有前魔王卡利翁跟芙蕾追隨的人了，手腳這麼快實在令人驚訝。

基本上蜜莉姆這個人不按理出牌。

一般情況下怎麼可能像這樣隻身一人在外頭亂跑，但那個人換成蜜莉姆就不讓人意外。

就算她出現在這也沒什麼好大驚小怪的，我決定換個角度想。

「好，點心也吃完了，差不多該回去工作了吧。還有蜜莉姆，若妳不會妨礙我們，要一起玩也行。」

這次還真難得，維爾德拉大哥來個成熟對應。

仔細想想，這兩人會吵起來是個問題。因為對手是菈米莉絲，蜜莉姆才手下留情吧，但對方是維爾德拉就不一定了。

好不容易才備妥迷宮內的設施，要是他們吵起來遭受波及，八成一下子就去了。

看樣子蜜莉姆對維爾德拉沒意見，暫時可以放心。

「既然師父都這麼說了，我也沒意見。」

看樣子菈米莉絲也同意了。

話說回來，蜜莉姆跟菈米莉絲意外地要好，打一開始就只是故意要逗逗對方而已。

「包在我身上！我不會絆手絆腳，也派工作給我吧！」

蜜莉姆跟著心情大好，一副很想加入的樣子。

我個人也沒意見，本想二話不說答應，有件事卻令我在意。這點一定要先確認才行。

「既然這樣，讓蜜莉姆參加也可以──」

「嗯！這麼有趣的事情，其實從計畫階段就可以找我來了！」

「我知道了。不過，這件事先擺一邊。蜜莉姆，妳的部下們不會有意見嗎？妳有確實取得卡利翁先生跟芙蕾小姐的同意吧？」

看似自由奔放，但這傢伙好歹也是名魔王。

不僅如此，現在還收芙蕾跟卡利翁這兩名前魔王當部下，甚至併吞克雷曼的領土，成了支配廣大領地的霸主。

雖說將領地營運事宜都交給卡利翁和芙蕾，但她應該會變得更忙，程度非往日可比擬……

這樣的蜜莉姆真能自由自在四處玩樂嗎？

咦，還有我？

我沒差啦。各位部下都很優秀，我不要妨礙他們比較好。

不僅如此，我真的有在立企畫案。就連現在都為了聚集人潮正擬定計畫中，我絕對不是在玩喔。

我的事先擺一邊，現在重點是蜜莉姆。

被我一問，蜜莉姆別開目光。

「算有……吧。你看，我很優秀啊……對吧？絕對不是討厭讀書才逃來這邊！」

蜜莉姆這話說得語無倫次。

──原來如此。

芙蕾負責調查國家狀況做統整，將資料交到蜜莉姆手中試著教她吧。可是蜜莉姆討厭學那些東西就逃出來，看樣子這才是真相。

「不管！我一定要參加！」

我都還來不及說些什麼，蜜莉姆就先發制人拒絕。

果然厲害。蜜莉姆的直覺真的好敏銳。

說真的，我應該要聯繫芙蕾或卡利翁才對——就算了吧。

反正到時被罵的人不是我。

我什麼都不知道，就這麼辦。

比起那個——

蜜莉姆剛才說到令人好奇的事。

「好！反正被罵的是妳，這件事就別管了。來談龍吧，談龍！剛才妳說了一些話，說要抓龍帶過來？這種事真的能辦到？」

「唔！果然，還是會被罵嗎？不，可是……沒辦法。俗話說冒險伴隨風險……」

蜜莉姆就像怕被人罵又要蹺課不寫習題，跑去玩樂的孩子。

好吧，救不了她。是她自己選的路。

在一旁守候，這也是身為大人應盡的本分。

一陣掙扎後，蜜莉姆還是選擇玩樂。

「你說龍是吧，可以抓到啊。不然我去抓好了？」

她答得毫不猶豫，看來一下子就轉換心情了。一副要去抓獨角仙的樣子，提議去抓龍。

對我來說正好求之不得。

「喔，可以拜託妳嗎？既然這樣，有哪些種類？那些龍跟『龍種』有關嗎？」

既然對方要幫忙抓，當然得拜託一下。

我懷著上述想法隨口說道，蜜莉姆跟維爾德拉對我的話同時起反應。

「利姆路啊，龍跟『龍種』不一樣喔。」

「正是。又不是魯米納斯，連你都把我跟那些蜥蜴混為一談，這樣不對啦！」

對方激烈抗議。

然後順勢對我詳細說明龍的事。

＊

「——基本上這個世界的龍族，全都出自我家老哥，同時也是最強『龍種』的『星王龍』維爾達納瓦，他們只是帶著那些劣化因子誕生的魔物罷了。」

話說到這兒，維爾德拉開始娓娓道來。

有個大前提，其中差異就是物質生命體或精神生命體。身為魔物的龍具備肉體。外型酷似「龍種」才被稱為龍，但本質上更接近恐龍。簡單來講，就像大型的凶殘蜥蜴。

據說世上只存在四隻「龍種」，但現在僅存三隻。

維爾德拉的哥哥、蜜莉姆的父親「星王龍」維爾達納瓦自從因某事消滅以來，遲遲沒有復活徵兆。

「龍種」是不老不死的存在，人們認為其中必有隱情……總之這件事先擺一邊。

據說龍族的起源可以追溯到這隻星王龍。說得更貼切點，應該是星王龍賜給蜜莉姆的寵物精靈龍（Elemental Dragon）。

對照之前愛蓮告訴過我的話做推想，那隻精靈龍疑似死去變成混沌龍(Chaos Dragon)。就在那個時候，龍的因子向外擴散吧。

如今魔素集結區似乎仍有低階龍族(Lesser Dragon)誕生。而精靈龍因子繼承較多就變成高階龍族(Arc Dragon)。

此外，在這些高階龍族中還有特別強大的，就是象徵四種屬性的龍王們。

進化成高階龍族再活過數百年，甚至增長智慧——據說這就是龍王。

一旦進化到這種程度，似乎就能行使精靈龍的部分力量，再也沒有壽命這種東西，接近半精神生命體。可是牠們跟「龍種」不一樣，滅了就滅了。

記得以前我打倒的天空龍好像就是高階龍族，威脅度來到災厄級。龍王比那更強，大概能跟魔王匹敵吧？

換句話說，可能跟克雷曼或高階精靈有得拚，或者比他們更強。

的確，要是牠們有這麼高的魔素量，對各樓層賦予地形效果也易如反掌吧。

「等等，就算我再怎麼厲害，還是無法抓到高高在上的龍王！」

蜜莉姆趕緊出聲，就怕我誤會。

被她這麼一說確實是那樣沒錯，要馴服具備智慧的龍王是不可能的。拜託其幫忙也許能請得動，但這次面臨的問題不需要做到那種地步。

「說得也是，那妳說要抓是抓哪些？」

「嗯！雖然比不上龍王，但還是有些高階龍族具備屬性。只要捕捉那些傢伙放養，牠們就會吃魔素幫忙改變地形吧。」

原來如此。

龍好像會搭建巢穴，所以牠們將擅自做更動，把自家地盤改造成符合胃口的環境。

魔素已經灌得滿滿滿，要素齊備。就採用蜜莉姆的提議吧。

「可以拜託妳嗎？」

「包在我身上！有些屬性龍即將演變成龍王，我每種各抓一隻吧。」

按蜜莉姆的解釋聽來，從精靈龍衍生的只有四種系統。

以各屬性——地、水、火、風的龍王為頂點，再連到屬性龍，形成一個樹狀圖。

這種屬性龍也有四隻。

分別為火焰龍（Fire Dragon）、冰雪龍（Ice Dragon）、烈風龍（Wind Dragon）、地碎龍（Earth Dragon）。

我打倒的天空龍好像是亞種，要進化成烈風龍卻失敗。跟精靈不一樣，牠們似乎沒「空」這種屬性。

其他據說還有異變種或特別進化個體，比照成人類形容就叫有個性。

總而言之，這樣就有望備妥具地形效果的樓層。假如蜜莉姆捉到龍，就放在較下方的樓層吧。

順便說一下，屬性龍比亞種龍強。稍微估算一下來到特A級，是高階種。

再怎樣也比不上暴風大妖渦（Charybdis），但還是很強。

我沒想太深，但事實上，一隻亞種龍與六名聖騎士勢均力敵，據說差不多是這樣。

至於屬性龍，就算出動一整支聖騎士團小隊也不一定殺得死……但這件事與我無關。

我沒去管那個，已經決定要放哪裡了。

精靈五大元素的相剋關係如下——地剋空、空剋風、風剋水、水剋火、火剋地。

然而屬性龍的強度似乎不受相剋關係影響。

比起相剋關係，戰鬥經驗疑似更為重要。

簡單講，就是老龍勝過年輕的龍。

所以我就隨便放了。

九十九層是焰獄層。

——被高熱火焰籠罩的最後關卡。必須穿耐熱裝備。在前方等著的究竟是——？

九十八層是冰獄層。

——停下腳步就會死。你有辦法靠耐寒裝備撐住嗎？

九十七層是天雷層。

——從天而降的雷造成威脅。是否能突破全看你的運氣了！

九十六層是地滅層。

——像在嘲笑抵達這層樓的人，將有凶殘的地震招呼。讓你們見識龍的怒火吧！

差不多這樣。

要打最終魔王維爾德拉之前，先準備一些超高難度的地形效果層。

這樣就萬無一失了。按正常邏輯來想，不可能打得動吧。

「幹得好，利姆路！」

「咯咯咯，要在我前面排些雜種是吧。看到那些冒牌貨卸下心防，這時就換我上場啦！」

「唔，讓維爾德拉扮演這種角色實在太爽了。我偶爾也想當當看最終魔王！」

三人各自有他們滿足的點，我個人也非常開心。

只不過，最重要的龍還沒來，希望別空歡喜一場。想到這兒，我稍微捧一下蜜莉姆。

「妳在說什麼啊，蜜莉姆。多虧妳幫忙，才能完成這個最終陷阱喔。」

「！」

「就是說啊，蜜莉姆！這次連我也要拜託妳，記得抓又強又帥的龍過來！」

「嗯，包在我身上！」

似乎發現我的企圖，菈米莉絲加進來配合我演出。可能起效用了，蜜莉姆變得非常有幹勁。

這下暫時可以放心。

只要有龍，陷阱就能順利完成。

這些樓層不設定也沒差。一旦蜜莉姆抓來的龍築巢，就會變成凶殘的陷阱。

結果蜜莉姆就出去抓龍了。

然後——

捉來的龍便配給菈米莉絲當部下。

＊

突如其來現身的蜜莉姆又在那天離去，之後過了幾天。

陷阱設置完畢，接下來就等蜜莉姆把龍捉回來。

「哎呀，貝瑞塔先生、德蕾妮小姐，工作辛苦了。」

「不會不會，這都是為了蜜莉姆大人跟菈米莉絲大人。」

「是啊。能為菈米莉絲大人工作，我也覺得很幸福。」

貝瑞塔就像平常那樣，退一步謙虛地做出回應。至於德蕾妮小姐，她則讓菈米莉絲坐在肩膀上，模樣幸福到不行，看來不管是什麼樣的命令都樂於接受。

好了，這下該做的事大概都做完了——

「對了，利姆路大人，這樣東西一直寄放在我這邊。」

繼那句話之後，貝瑞塔拿出特質級武器和防具。

「這是……」

「從克雷曼以前的某個部下魔偶那裡搜刮過來的。當時沒機會交給您，不過我想放進寶箱應該滿合適——」

噢噢，這麼說來。

就是那個什麼克雷曼的最高傑作吧。名字好像叫彼歐拉？

彼歐拉全身上下塞滿武器，由貝瑞塔全數回收。

他本來要獻給我，卻被我拒絕了。因為對方提的交換條件是獲得搬遷許可。

當時貝瑞塔順應我的決定，將那些東西打包帶回……

「你沒把那些當成伴手禮送給菈米莉絲？」

有人對我的疑問做出回應，這人不是貝瑞塔，而是菈米莉絲。

「嘿嘿！反正那些我又不太能用，沒什麼興趣啦。是很厲害的武器沒錯，但好像沒辦法多加變化。想說既然這樣，就留著哪天拿來幫你的忙吧，是貝瑞塔談過才決定的！」

「這樣好嗎？賣掉應該可以換不少錢喔。」

「沒關係、沒關係。因為我也有工作可做啦！今後八成會有一大堆錢入袋，那麼小氣幹嘛！還有啊，這麼做也能替我們找到安身處啊！」

菈米莉絲是這麼說的，將武器和防具讓給我。那我就感謝分享，把這些好好運用一下。

就是這麼一回事，趕快來設置寶箱，確認迷宮弄得怎樣。

我們從地下一層依序確認成品情況。

一開始那樓的難度只到小試身手。

設計成連新手都能安全前進。

迷宮區的道路寬度也跟著拓寬，構造上不太容易迷路。

話雖如此，四邊各兩百五十公尺實在很寬。光是要調查道路就很辛苦，走了半天一點收穫都沒有，那類樓層搞不好容易演變成這樣。

光只有這樣八成沒什麼人愛來，但有一大票弱小魔物徘徊，應該沒問題。可以從魔物那獲取「魔晶石」、撿牠們噴的實用道具，還是會有不少收穫。

而這些收穫物將由我們收購。這座城鎮沒有設自由公會分會，最近的分會是布爾蒙分會。要冒險者拿去那邊太累人，所以我想可以由我國便宜買進，價差獲利徵來抵搬運費用，這也是一個不錯的方法。是說跟優樹商量，拜託他在我國也建自由公會分會亦不失為一個好方法。總而言之，直到這件事談定前，就由我方代替公會處理他們的工作。

到地下五層都是這個樣子，只有讓迷宮稍微複雜化，不做其他改變。

不過，從六層開始會變得更加嚴峻。

各種陷阱紛紛出籠。

話雖如此，直到地下九層都沒有設置凶殘的陷阱，應該不會有人因陷阱死掉啦。如果是熟練冒險者，不至於吃太多苦頭才對。

要是難度設太高，就不會有回頭客。

到時就什麼都不用談了。所以一開始九層樓要設計得親切點。

接著來看關鍵第十層。

那個房間只放一隻強度稍高的魔物。

就是所謂的魔王關卡。

打倒這隻王，門就會打開，通往樓下的階梯隨之出現。

「利姆路，你要放什麼樣的魔物？」

「這個嘛，要看有什麼魔物誕生再做決定……好像都沒半隻？」

沒錯，其實到這個地下十層為止，都沒看見魔物的身影。

雖說維爾德拉已經解放妖氣十天了，但魔物到現在都沒出現。

《答。就算隱藏妖氣，魔物還是能感知個體名「維爾德拉」的氣息。推測沒人敢靠近。》

啊，原來如此。

「維爾德拉洩漏的魔素催生一些魔物，牠們似乎嗅到維爾德拉的氣息了。就嚇到不敢靠近。」

「什麼！原來是這樣……怪不得在那個封印洞窟內，魔物都沒在我面前現身。」

經我說明，維爾德拉恍然大悟。

不過，弱小的魔物會頂不住，這才是主因吧。

「好吧，下次有空再隨便找找。第十層預計至少要配個B級的略強魔物啦。」

「哦——我懂了。若是沒什麼智慧的傢伙，就還是別當我家部下吧。就帶到這個房間，用這個項圈扣住就好了！」

既然菈米莉絲都這麼說了，我就把項圈收下。

據說戴上這個項圈，就算不跟菈米莉絲締結契約也能無限次復活。不用每次被人打倒就去找替代品，非常好用。

「噢噢，這個好方便。省下不少工夫。」

「對吧？總之在這座迷宮裡，我什麼都能辦到喔！」

事實上就像菈米莉絲說的那樣吧。

還能改寫在各個道具上賦予能力，菈米莉絲的技能真是用途多多。我個人無法將它重現，讓我重新

關於我轉生變成史萊姆這檔事 Regarding Reincarnated to Slime

體認這份遺憾。

這下魔王問題也解決了。

第十層只有魔王的房間，打倒王就安全了。魔王關卡之後有記錄點跟通往地下的階梯，就這兩個。

對了對了，可不能遺忘寶箱。

魔王關卡的寶箱沒陷阱。只不過，有對武器和防具的出現率進行調整。

預計在這樓之後設置隱藏房間等等，順便配置帶陷阱的寶箱。然後來到二十層以下，還會有假寶箱登場。

這樣有點惡質，但那可以說是探索型迷宮的醍醐味吧。可以來個實地體驗反倒該感謝我才對。

但也不全然是壞事。

迷宮內部充斥魔素，過段時間這些裝備可能會變成魔劍或魔槍也說不定。既然要弄到那些珍寶，遭遇這點危險是很正常的吧。

只要有「復生手環」就不會喪命，弄得凶殘一點才夠刺激，照理說這樣才有趣。真期待冒險者們會給出什麼樣的反應。

就這樣，到第十層的確認工作結束。

「接下來要怎麼辦？要不要在這創一個設施，用來收購從魔物那得到的東西，或者給人寄放？」

「嗯——不用吧？因為啊，要是有這種設施，『回歸哨子』就不好賣啦。」

這麼說也對。以菈米莉絲來說算很一針見血的吐嘈。

她說的有道理，看來跟錢扯上關係，菈米莉絲也變聰明了呢。

「的確，在有記錄點的樓層創那種設施好像沒意義。那要不要挑中間的，看哪些樓層是五的倍數就設安全地帶？」

「嗯嗯，這樣應該不錯！」

可以寄放冒險者們獲取的物品，用較貴的價格販賣回復藥等，弄個用餐區也不錯。

這些設施用不著刻意找樓層放，只要設成全都通往同一個地點就行了。因此，創起來應該不用花太多工夫。

搞不好外出休息的人較多？

這個嘛，要看情況。「回歸哨子」是用來以萬一的道具，賣貴一點也無妨。

這方面等慶典結束再來想。

＊

差不多這種感覺，大夥兒出意見彼此打槍進行討論，一面檢查各樓層。如此這般，邊做詳細確認，我們順順地打造迷宮。

之後連第一百層都確認完畢，結果令人滿意。

完成後的迷宮可不只是凶殘兩個字能形容。

《——就一般冒險者的力量來做判斷，光設低階魔物跟迷宮就有相當的難度。除了這些還加上惡毒的陷阱，並催生不少高階魔物，由此看來凶殘二字當然不足以形容——》

咦，什麼？我聽不見。

智慧之王拉斐爾大師好像滿傻眼的，當然，那是我多心對吧。

——後來我有了深切體會，知道並不是我想太多。

我打算從誕生的魔物中揀選一些，用來配置魔王，不料迷宮內的魔物人滿為患。

「這、這什麼鬼——！」

我當下大叫，但一切都為時已晚。調整難度讓我吃盡苦頭，這算自作自受吧……

好吧，介意又能怎樣。我決定把它當成小小的失誤，快快拋到腦後。

中間發生不少事，後續就交給充滿幹勁的維爾德拉跟菈米莉絲處理。

蜜莉姆抓的龍都放到各樓層了，各層的魔素濃度也做過調整。還有那些自行誕生的魔物，因為放了龍的關係，數量就沒那麼密集。

受到影響，目前魔王只規劃到第三十層，這方面就別計較了吧。

地面上正在建造圓形競技場。骨架組裝完成的速度快到讓人難以置信，應該趕得上融雪後舉辦的開國祭。

而這座位於地底的迷宮，已經變成比預料中更棒的娛樂設施。

雖說一定要人們先買「復生手環」才行，但只要有那樣東西，任何人都會想進去一次看看吧。

希望它變成今後的主打星，發揮預期中的效果。

其實還有許多點子等著上線，不過，目前先弄到這邊好了。

我們幾個面露邪惡的笑容，你看我我看你，互相點點頭。

就這樣，迷宮的準備工作告一段落。

慶典的準備工作繼續進行，鎮上開始有零星的陌生臉孔出現。

雪開始融化，來自朱拉大森林各地的訪客也陸續參訪我國。

開國祭即將揭開序幕——

第四章

謁見典禮

Regarding Reincarnated to Slime

迷宮這邊都弄得差不多了，我就跑回鎮上。

維爾德拉跟菈米莉絲還留在迷宮裡。等蜜莉姆抓到足夠的龍，她也會去那幫忙打造迷宮。

話說蜜莉姆不回國沒關係嗎？

——這個疑問閃過腦海，但被罵的人是蜜莉姆，就隨她去吧。

然後那三人看到我裝設的陷阱，似乎對自己負責的樓層成果不太滿意。

到三十層為止，不能裝太奇怪的陷阱。裝不痛不癢的陷阱整不到客人，裝太過分的陷阱又會讓冒險者失去興致。

一開始就玩不順，客人會愈來愈少。基於上述考量，到地下五十層都由我裝設陷阱。至於菈米莉絲跟維爾德拉這兩人，我只丟較底部的樓層給他們放手去做。

是說他們見識到我認真起來設置的陷阱，才想試著設更厲害的陷阱吧。

「利姆路，我好像搞錯了。原來陷阱不是拿來單獨設置的啊。」

「不公平。也讓我設啦！」

「嗯。我也太著重威力了，看樣子對於要怎樣誘人上當這點想得不夠深入。接下來安排的時候要認真點。」

這幾人這麼說，我快被他們搞瘋了，懶得管那麼多。

五十一層到六十層就分給菈米莉絲。

維爾德拉是六十一層到七十層。

再來是蜜莉姆，負責九十六層到九十九層，這些房間都有龍，是附加地形效果的最難關卡。就隨他們喜好做設定。

或許會變成超亂來的樓層也說不定，但目前冒險者們應該只能闖到第五十層，應該沒問題。

補充一下，第九十五層是獸人避難所。將來可以當成休憩場所，提供高價住宿服務。看看情況再做規劃吧，這件事就先記在心裡的某個角落。

剩餘的七十一層到九十四層，為往後做打算，就先保留初始狀態不做更動。不過魔素會滯留在那，可能會出現魔物吧。

如此這般，後續事宜就交給看起來樂在其中的三人組。

時隔數日。

我在洋溢活力的城鎮內巡視，看到摩邁爾一行人朝這邊過來。

看樣子應該是火速準備再趕來這邊，來得時間比預料中更早。

「利姆路大人，我來晚了。從今天開始要受您關照啦！」

「哎呀，摩邁爾老弟。你總算來了。先帶你去你家吧。」

我對摩邁爾表示歡迎，帶他去新落成的宅邸。是我命利格魯德事先找人打造的。

他已經打點好了，隨時都能入住。真是有求必應，這個人實在很能幹。

順便讓利格魯德跟摩邁爾打個照面好了。話雖如此，摩邁爾有跟我國做回復藥買賣，他們早就認識了。

家裡大小事就由嚮導哥布莉娜和摩邁爾的手下們包辦，我跟摩邁爾一同前往利格魯德的辦公室。

「利格魯德，打擾一下。」

「噢噢，這不是利姆路大人嗎！連摩邁爾先生也在。今天是哪陣風把你們吹來啦？」

照理說利格魯德很忙，卻爽快地迎接我們入內。

「原來是利格魯德閣下，好久不見。少爺──說錯，利姆路大人一直以來都很關照我，但事情是這樣的──」

用不著我出面說明，摩邁爾就熱心地解說起來。

後來我們移去會客室，立刻討論起來。

聊起競技場的修建狀況、西南邊的旅館街現狀。還有預計在競技場周邊擺攤等等，針對這些進行解說。

此外，更提及剛造出一座地下迷宮，計劃用它吸引冒險者。

「──就是這樣，地下迷宮已經準備好了。雖然還要一陣子才能完工，但目前沒什麼問題。圓形競技場也還沒落成，可是舞台已經完工。除此之外，就只有貴賓席弄得特別豪華，一般觀光客使用區在階梯部分鋪墊子就行了吧。再不濟，大不了改成站票區。」

我們時間不夠，原本的站票區以後有空再弄。建築物外觀也未經修飾，這部分等米魯得回來再說。

但我們有針對安全層面多加費心，雖然建到一半，該有的風範還是要有。

利格魯德跟摩邁爾專心聽我說話，聽得很入迷。

接著我們三人熱衷地商量。

針對今後將造訪我國的人們，利格魯德談起該如何應對。還打包票，說會徹底教導鎮上的居民們。

至於武鬥會和地下迷宮，摩邁爾已計劃要如何開設。

他說之後擬了不少構想，對此很有自信，說完還露出傲然的笑容。

之後我們互相指正，以免彼此的計畫出現缺失。還個別做檢討，看需要哪些東西、必須做哪些準備。

「有摩邁爾先生加入本次計畫，真是如虎添翼。」

「對吧？摩邁爾老弟可是一個能幹的男人。假如這次的開國祭成功落幕，我想將本國的財務總理部門交給他管理。」

面對笑說那句話的利格魯德，我提及最大的重點。

告訴他本人打算任命摩邁爾當財務總理部門的負責人。除此之外，還兼理商業部門、廣告部門，希望他為這個國家盡一分力。

利格魯德也同意了，答應會替摩邁爾遴選部下。目前他正讓那些人在街上的旅店等地管帳，不過，似乎還有待加強。

多虧培斯塔讓識字率提昇，即使如此，並非所有人都會讀書寫字算數。我們國家今後還要繼續茁壯，像摩邁爾這樣的人才勢必不可或缺。

利格魯德也對此心裡有數，不單只是因為我希望如此，他本身也贊成摩邁爾來當我國幹部。八成對自家人不擅長應付數字一事有自覺，跟計畫無關，他看來很歡迎對方加入。

「——原來如此，這個想法真不錯！」

「不不不，我火侯還不夠呢。不過，本人摩邁爾定會盡全力將事情辦妥！」

摩邁爾謙虛以對，但這個男人本來就野心勃勃，打一開始就有意加入這場計畫。若是順利將開國祭辦好，摩邁爾的幹部夢肯定能實現。

「不過，還是得做出成績。否則其他人無法認同。」

「說得是。雖說利姆路大人一聲令下，大家都會照辦就是了……」

「我可不希望那樣。老實說，我甚至覺得自己對這次的事插手太多。」

「是沒錯。非我國居民也能當上幹部，這件事本身就有不錯的宣傳效果吧。可是為了實現這點，摩邁爾先生無論如何都要做出能讓眾人認同的成績。」

「就是說啊。這樣強人所難真不好意思，但你願意努力看看嗎，摩邁爾老弟？」

對，難就難在這兒。

有了強度這個易於理解的基準，要魔物們認可簡單得很。

迪亞布羅就是一個例子，當上我的第二祕書，大家也毫無怨言。正確說來紫苑有意見，但那是因為紫苑太白目。

迪亞布羅的實力僅次於我，這點毋庸置疑。誰敢對這麼危險的傢伙有怨言。

因此武官方面，只要經過我承認，就能當上幹部。夠強就沒問題。

不過，文官就不是這樣了。

原本應該經過考試才錄用，可惜我們還沒發展到該階段。

像培斯塔這類有經驗的人自然歡迎，但還是需要提出實績。畢竟就連那個培斯塔都還只是個顧問而已。也就是說，被當成客人。

我想也差不多該把培斯塔迎來當幹部了，為此仍須摩邁爾做出實績。

可以的話，希望將兩人同時編進更新體制的國家組織，以大臣身分錄用。

像要將我們的擔憂吹散，摩邁爾露出信心十足的笑容。

這張邪惡的笑臉，我不討厭。

「呵呵呵，利姆路大人。請您別小看本人摩邁爾。我定會回應您的期待，讓事情圓滿成功！」

摩邁爾，你真是可靠的男人。在黑街當老大似乎不是當假的，這種厚臉皮的態度令我們心安。

「呵呵呵，摩邁爾老弟。我當然相信你。就拜託你啦！」

「雖說多少有些失誤，但你還是硬要吹噓，說自己一定會成功吧。膽敢讓利姆路大人的期望落空，我的鐵拳可不會客氣。」

「不不不，利格魯德先生？這樣不行啦，應該要請摩邁爾老弟好好努力才對吧？」

「敬請放心。我不會留下證據——」

「哎呀，真是的，利格魯德先生還真嚇人呢。」

「拜託你了，真的。我會睜隻眼閉隻眼啦。」

嘴上這麼說，我們仍掛著邪惡的笑容。

利格魯德跟摩邁爾已經不陌生了，他早就接受摩邁爾了吧。我清楚這點，所以很放心。

到頭來，只要能讓大夥兒接納摩邁爾，理由是什麼都好。

我們就這樣談笑風生，會議隨之結束。

之後就各自帶著結論回去，針對開國祭做準備。

如此這般，準備工作一點一滴向前推進——

＊

時間來到當晚。

「怎麼可能……這怎麼可能！比起英格拉西亞王都的高級旅店，這個家的舒適度更勝千倍啊！」

一入住新居，摩邁爾就放聲大叫。

看來他對新家很滿意，我也感到欣喜。

「有自來水跟魔力爐，還有浴室。除了那些，還加上這間廁所。本鎮高級旅館的設備都原封不動搬過來了。」

聽手下們開開心心地報備，摩邁爾好驚奇。

「少、少爺……利姆路大人？如此奢華，這樣好嗎？」

跟我說那種話也沒用，在本國這是標準配備。

不過，摩邁爾的手下也住在他家，宅邸是比一般居民用的還要豪華沒錯。我參考摩邁爾在布爾蒙王國住的行館，要人準備跟那差不多水準的家。

某些房間附了小型廚房跟廁所，共有十間左右。還有共用的大澡堂和大餐廳，構造上夠數量龐大的手下一同入住。

「有這個必要吧？比替所有人準備一個家還要便宜就是了。想要自己擁有一間房子的人就好好存錢，再來買一棟吧。」

我沒辦法替所有人都準備一個家，就拿幹部才能住的家抵用，看大家都很滿意真是太好了。

費用算我的。是說至今為止摩邁爾老弟助我撈了不少錢。今後還會繼續配合下去。

這麼一想，就能把它當成必要經費。該說才花這點錢算很便宜了。

「這、這樣啊……在這個國家裡，那是標準配備嗎？那麼，連西南區的便宜旅店都有這種水準？」

「是啊。各個房間雖然沒有浴室，但有配備廁所。反正附近有費用便宜的大澡堂，某些旅店還配有

免費澡堂呢。」

「原來如此……一開始談的時候，記得是要把這座城鎮打造成療養勝地吧？這下我總算理解了。不只專供貴族或有錢人使用的區域，原來平民用旅館的服務也到這種水平吶。怪不得冒險者一住就停不下來。」

「住起來很舒適吧？」

「豈止是舒適，放眼整個西方，簡直是最高傑作啊。這下有了來自冒險者的定期收入，這個國家必定欣欣向榮——」

「嗯嗯。」

「——！我懂了，原來是這麼一回事，利姆路大人！」

咦，什麼事？

無視有點跟不上談話腳步的我，摩邁爾興奮地嚷嚷。

「所以您才蓋地下迷宮啊！不愧是利姆路大人。小人摩邁爾佩服得五體投地。」

「噢、噢噢。就是那樣。」

在講什麼？

「冒險者會來狩獵在迷宮裡誕生的魔物。我本以為這是您為了救濟朱拉大森林安定後失去工作的他們……哎呀，不簡單，沒想到您想得這麼遠——」

咦，救濟？

不，朱拉大森林的魔物確實減少了……

但地下迷宮只是單純的娛樂設施——

「行得通。這行得通啊！因魔物減少，連吃飯都成問題的冒險者正走投無路，會有人拿地下迷宮當工作地點吧。在那還能販賣回復藥跟裝備等等，不只將這當成觀光暨療養勝地，某些人搞不好會在這個國家住下。有各大旅館提供美妙的服務，還有觀光焦點圓形競技場，再加上有地下迷宮能同時滿足尋求刺激的需求和工作需求……」

話說——建地下迷宮的目的是這個嗎？

我有意收購冒險者獲取的物品，但那頂多類似收購娛樂區獎品罷了——不過，摩邁爾話裡的某些點還滿值得一聽呢。

「你今天才剛到，就看得那麼透澈啊，摩邁爾老弟？」

「這是當然。嗅出商機的能耐，我有自信不輸少爺你呢。」

「呵呵呵，真是敗給你了，摩邁爾老弟。」

「哈哈哈，愛說笑。能有這些，都拜少爺所賜啊。」

「光我一人構想不是很有把握，才想將這項計畫一併委託你處理——」

「噢噢，此話當真？我樂於相助。」

將地下迷宮變成冒險者職場的計畫——摩邁爾欣然接受。照理說這下子他得承擔龐大的工作量，這個男人還真是精力旺盛。實在太可靠了。

不過，原來還有這招。

之前都沒想到，讓冒險者在此定居是個盲點。

部分人士應該能靠迷宮賺錢，但大多數人將花光錢財離開此地——這個娛樂設施帶點賭博成分。

冒險者定居此地，讓他們狩獵迷宮裡的魔物是吧。摩邁爾果然精明，著眼點很有趣。

不同於森林裡的動物，不會因濫捕打亂生態。反倒要請他們在魔物叢生前肅清一下，再來收購那些素材。

有維爾德拉在不需擔心魔素補充問題。也就是說，魔物會持續遞補。

這搞不好是很棒的企畫。

冒險者會先來賺點錢，再去鎮上散財。

我們會荷包滿滿，再用那些錢支援冒險者。

收購的素材可以進行加工，再輸出到其他國家吧。至於「魔晶石」，應該能直接出口。

我們也會用到「魔晶石」，用不著全數出口也無妨。再說，搞不好自由公會會來我國設分會也說不定。

到時為了避免惡性競爭，我們用不著壟斷市場。若由公會支付現金給冒險者，有助於我們獲取外資。再用那些錢從國外進口東西。

目前跟獸王國猶拉瑟尼亞的進口貿易關係處於停滯狀態，光靠我國生產的蔬菜和穀物，也許無法餵飽眾多冒險者。因此，必須從其他國家進口東西。

就算不是這樣好了，我也預計將本國打造成貿易大國之一。這部分就按一開始的計畫跑，還得想想辦法，找出能一次搬運更多物資的方法。

有鑑於此，腹案已經成形了。

一開始就有那個打算，才將道路闢寬一點。

街道僅半面鋪裝，另外半面可以看見土地。將來預計在該處設立鐵軌。讓貨運列車在上頭行駛。

「接下來只剩宣傳工作。」

我帶著夢想變得更加遠大的心情做各類思考，摩邁爾一句話讓我回神。

對喔，急也沒用。

鐵軌就算了，開發列車得花點時間。得先把開國祭漂漂亮亮地辦成，給各國留下良好印象。

「這或許稱不上宣傳，但我有發邀請函給各國首腦。好幾個國家的記者也出面幫忙，我想應該會來不少客人——」

「嗯。不愧是利姆路大人。若要讓王公貴族將之排入預定行程，必須在融雪之前，也就是現在開始交涉。看來用不著操這份心了。那麼，就讓我去跟那些一直有在往來、經營大型店舖的店長知會一聲，告訴他們這個國家將舉辦慶典的事。」

「方便拜託你嗎？」

「包在我身上。其實我已經有所準備。想說先看看這個國家的現狀，再看是否要出牌。」

話說到這兒，摩邁爾扯嘴一笑。

這個大叔真的好能幹。

「哎呀，摩邁爾老弟果然厲害。每次都為你的精明能幹佩服不已。」

「哪兒的話，利姆路大人才是。如此深謀遠慮，我還比不上您呢。」

說著說著，我倆又相視而笑。

不不不，摩邁爾老弟的歪腦筋才是有過之而無不及呢。

剛想到這裡——

「利姆路大人，此次計畫肯定不會告吹。有這麼棒的條件在手，任誰都能輕易成功啊！」

只見摩邁爾起身，一臉認真地說道。

言過其實是每個人都會有的毛病，但聽他這麼說，我就放心了。

摩邁爾似乎也被本鎮的飲食、環境、舒適度吸引。所以才會有那種反應，就像在預告我們的計畫必定成功。

這時我跟著起身，朝摩邁爾伸手。

「拜託你了，摩邁爾老弟！」

「交給我吧——」

摩邁爾雙手並用，回握我的手。

接著，他給出堅定的承諾。

邊在心裡暗道他可靠，我確信計畫必定成功。

＊

當天晚上，我在摩邁爾的宅邸裡接受款待。

用完餐，我跟摩邁爾喝紅茶享受悠閒時光。

就在這時，摩邁爾朝手下吩咐幾句，要他去叫人過來。

來人是比特，還有哥布衛門。

按哥布衛門的性格看來，他應該只會暗中守候才對。現在卻跑來這裡，表示他向摩邁爾報上名號了？

比起那個，有件事更讓我好奇。

「利姆路大人，話說這位哥布衛門先生，似乎是您派給我的護衛。」

原本是要裝作不知情的，看來摩邁爾已經發現哥布衛門聽我的命令行事。

「是沒錯，但先別管那個，哥布衛門，你的手怎麼了？」

既然發現就別瞞了，我決定追問令我介意的事。

事關哥布衛門的右手，手肘以下全沒了。

「利、利姆路大人！真的很……對不起。都怪我太冒失，才被摩邁爾先生發現。少了這隻手就是在懲罰我太笨。」

語畢，哥布衛門跪在地上磕頭謝罪。

我被搞糊塗了，向摩邁爾求助。

「別、別激動，哥布衛門先生。您快抬頭，先喝杯茶冷靜一下。」

摩邁爾請哥布衛門坐到椅子上，端出手下準備的茶。等哥布衛門冷靜下來，再向我解釋。

據摩邁爾所說，在那之後他似乎遭人襲擊數次。

他又不是笨蛋，也朝比特等自家護衛暗中下令，要他們提高警覺。但仍面臨數次危機，因神祕人物襲擊次數比我料想得還要頻繁，所以他們似乎發現有人在暗中保護。照這個方向推測，他們能聯想到的人就只有我了，因此摩邁爾就一直裝作沒發現哥布衛門。

——就是哥布衛門啦——出手相助，才倖免於難。

不料卻發生一個關鍵事件。

八成是惱羞成怒，卡札克子爵決定大膽行使暴力。

「我找人繼承那間店，直奔這個國家。想說來到街上就安全了，襲擊者也不方便出手，就卸下心防。

沒想到——」

街道上有警備部隊巡邏，另有不少旅行商人和冒險者。為了避免積雪，每天都會打掃街道，即使是冬天依然人來人往。

在那種眾目睽睽的地方應該不至於發生襲擊事件，就算真的發生了，警備兵也會立刻趕去。那條路摩邁爾走過好幾次，他清楚得很。

所以他才卸下心防，結果被人乘虛而入，在街道角落的某個村莊發生偷襲事件。

「村莊？是比特詐欺──是我跟比特第一次見面的那個村莊嗎？」

「沒、沒錯！就是我跟利姆路大人初次相見的那個村子！」

話說這個比特，如今已是摩邁爾的護衛，第一次遇到他的時候，他正在招搖撞騙。事到如今舊事重提不大好，還是草草帶過吧。

那個比特來我們這邊，過程中幫忙撐住哥布衛門。然後直接往摩邁爾身後一站，一起在場聆聽。從這開始，比特也有話要說，進一步做說明。

聽說後來一輛黑色馬車出現，魔物從中現身。

還是B級的狠角色，一來就好幾隻。

原本就是C級的比特還有比特的夥伴都不敵那些魔物，大家都做好赴死的心理準備。話雖如此他們還是拚命幫助村民，讓他們跑去避難，正在爭取時間，哥布衛門就現身了。

「是哥布衛門大哥救了我們！」

「說得對。不只是我，在場眾人都很感謝哥布衛門先生。」

比特和摩邁爾如此說道，但哥布衛門的神情依舊陰鬱。

「可是，我失敗是不爭的事實──」

哥布衛門哪會輸給這些魔物，轉眼間就把牠們收拾乾淨。他本想趁勢追捕犯人，沒想到這時出現B+的翼蜥。哥布衛門的右手被石化瓦斯噴到，趕緊將肘部以下的手切除。

黑色馬車則趁這個空檔逃離。

「你所謂的失敗，是指讓犯人溜走？」

「這也是其中一部分，另外就是我被摩邁爾先生發現……」

咦，原來你說的失敗是那個嗎？

「其實被發現也沒什麼大不了的。當護衛才是主要工作。話說回來，你那隻手還是快點治一治吧。」

語畢，我從「胃袋」拿出回復藥，打算交給哥布衛門。可是哥布衛門只是咬著嘴唇，不打算接下。

「不，會受傷都怪我不夠成熟。翼蜥光靠我一人也沒辦法打倒，是那邊的比特等人出手相助，實在太難看了。雖說只剩一隻手不方便，但過一段時間就會再生……」

哥布衛門很頑固。

也可以說是心高氣傲，他過於仰賴自己的力量。

「哥布衛門，你啊，是覺得還要比特等人幫忙很可恥嗎？」

「算、算是吧……我的任務是當保鑣，卻讓護衛對象身陷危機──」

「等等，哥布衛門。你會錯意啦。」

「我會錯意嗎？」

「對。你當獨行俠當得太過火了。這就是你跟哥布達不同的地方。」

哥布衛門跟哥布達的差異在哪裡，一言以蔽之，就是他能否跟自己的部下同心協力合作。

哥布達不會把所有的事情都攬上自己身上。就算跟強力的魔物戰鬥，他也會對部下下指令，大家一

同作戰吧。

出簡單的任務時，看起來就像蹺班沒在做事情，說真的，他滿常摸魚吧……然而光就促使部下成長這點來看，紅丸認為哥布達的指揮方式更勝一籌。

換成哥布衛門，一旦遇上強大的魔物，就想一人出風頭上場作戰吧。因為他夠優秀，這麼做更有效率，哥布衛門會這麼想情有可原，然而這麼做部下就沒機會茁壯。

再說，萬一哥布衛門戰敗……光靠剩下的部屬恐怕連撤退都辦不到，還會全軍覆沒。

紅丸之所以如此判斷，用意就在這邊。

所以我才希望哥布衛門學會依靠夥伴。

摩邁爾是很會帶領部下的男人。我一心期盼哥布衛門能拿他當範本，讓自己有所成長。

「──所以說，你應該學會多多仰賴同伴才對。話雖如此，這並非要你強逼夥伴去做什麼，而是經常保留餘力，在危急時刻才好出手相助。」

「我、我……」

「你很強，大家都這麼認為。可是，要把整支部隊交給你，光這樣還不夠。」

「………」

聽完我的說明，哥布衛門顯得垂頭喪氣。

看他這樣，我朝他丟回復藥。

「啊！」

哥布衛門的右手逐漸再生。

「哥布衛門。你現在先讓摩邁爾老弟關照一下吧。看是要鍛鍊那邊的比特等人，還是遊手好閒遊玩都行。在這座城鎮裡，摩邁爾不需要保鑣，你就先面對自我吧。」

「利、利姆路陛下——」

「其實到最後，單打獨鬥會一事無成喔！想必這次的失敗也讓你學到這件事了吧。那麼下次該怎麼做，想一下就知道答案了吧？」

話說到這兒，我朝哥布衛門一笑。然後拔出插在腰上的打刀，遞給哥布衛門。

只見他睜大眼睛，驚訝地僵住。

「送給你。」

「可、可是……我的任務……」

「你不是把摩邁爾老弟平安無事帶到這裡了嗎？而且我期待你今後能更上一層樓。就將這把刀當成映照心靈的明鏡，每晚自我省思吧。」

若哥布衛門今後能戒除自大與傲慢，他將會有所成長，變得更可靠吧。

「我明白了！小人哥布衛門，一定會回應利姆路陛下的期待！」

哥布衛門的眼燃起鬥志。

他本來就充滿野心，一旦立定目標就會迅速成長。正如他的宣言所示，一定會回應我的期待吧。

「那麼摩邁爾老弟，哥布衛門就拜託你了，可以嗎？」

「哈哈哈，那有什麼問題。我還想拜託您呢。比特啊，利姆路大人准許嘍。就如你所願，讓哥布衛門先生鍛鍊你們吧。」

雖然是馬後炮，但摩邁爾也應允了。

看來比特跟他的部下都很歡迎哥布衛門。

就這樣，哥布衛門成了摩邁爾門下食客，從現在開始能隨心所欲行動。

離開摩邁爾的宅邸，我抬頭仰望夜空。

冬季星座閃閃發亮，星星位置跟在地球上看的完全不一樣。

話說回來，突襲者的事令人在意。

犯人真的是卡札克子爵嗎？

不過是位處子爵的貴族，不可能有那個能耐為突襲行動準備好幾隻魔物。而且準備的只有B級魔物就算了，竟然來到B⁺。

要馴養這些魔物，非某大國有錢人是無法辦到的——咦，等等？

B⁺魔物能用錢買到嗎？

《答。以前A⁻召喚師「希奇斯」曾召喚B⁺低階惡魔。就算有人馴養翼蜥也不奇怪。》

對喔，用「召喚魔法」或許簡簡單單就能搞定。

比起用馬車搬運魔物，這麼做快上許多。

可是，在那種情況下……

城鎮中有朱菜架設的「結界」妨礙魔法運行，街道上卻毫無防備。

「還是命人加強警備吧……」

我口裡念念有詞，接著就離開現場。

摩邁爾一下子就被魔國聯邦的居民接納了。

幹部那邊有我介紹，其他部下則由利格魯德轉達。話雖如此，進展那麼順利還是令人吃驚。

只不過，看看摩邁爾在那之後的處事手段，自然讓人無可挑剔。

他眨眼間掌握我派給他的部下。不分誰是魔物、誰是人類，工作分配都很恰當。

連原本追隨摩邁爾的手下都編制進去，一轉眼就生出一個全新的組織。

能幹的男人就是不一樣。

即使身上掛著許許多多的工作，摩邁爾依然生龍活虎。

除了經營新組織，還利用他的人脈遞送邀請函給重要人物。

像是內陸國的有權貴族，或者各大城鎮的富商。

以及英格拉西亞王都的實力派人士，諸如此類。

話說融雪後要舉辦的開國祭規模變得更大，已超越當初的預定計畫。

當然，那些企畫也沒閒置。

舉凡歌劇院要上演的戲目。

武鬥大會如何進行、大會規則策定。

設定地下迷宮入場費、計算各類道具的販賣價格。

並確認攤販要賣的商品進貨進得如何，還有我們要如何進行販賣。

根本不像第一次操辦，他極其熟練地做著手邊工作。

我還將他介紹給維爾德拉認識，針對開鐵板燒店一事，摩邁爾似乎也願意當他的諮詢師。

我沒選錯人。

這次在我所有點子中最正確的選擇就是任用摩邁爾吧。

若是沒有他幫忙，這些計畫失敗的可能性很高。

光靠我們幾個，沒辦法將事情辦得這麼妥貼。

在命運巧妙的安排下與他結識，算我幸運。

我帶著爽快的心情，觀賞摩邁爾工作的模樣。

*

歲月飛逝。

鎮上清一色籠罩在慶典氛圍中，洋溢著熱情與活力。

競技場的建設計畫也很順利。哥布袞很會指揮，正按計畫順利興建中。

此外，矮人三兄弟的么弟米魯得休假回國，幫忙修改我的設計圖。多虧他妙筆生花，競技場搖身一變成了具美術價值的瑰麗建築。

不愧是藝術家，真厲害。

我個人缺乏藝術天分，他算是幫了大忙。這下成品一定很棒，連各國王族都滿意。

關於米魯得另外追加的部分，一樣趕得上武鬥大會開辦日。

此外，摩邁爾的部下們試著擺攤，將辛勤工作的居民作為練習對象。這邊也很順利，生意看起來好得不得了。

這樣就沒問題了，我跟摩邁爾都鬆了一口氣。

地下迷宮則交給菈米莉絲和維爾德拉。我也想一起做，但沒那個時間。

為了慶祝我就任——或是想來看看到底是何方神聖，朱拉大森林各族代表開始陸續朝本鎮集結。

他們的目的是對「魔王」宣誓效忠，藉此進入我的保護傘下。

不過，一旦發現魔王沒什麼實力，馬上就會表露敵意，變成反叛勢力吧。

待在沒有力量的魔王身邊，他們非但不會繁榮，甚至會迅速走向滅亡。會想採取行動避免這種事情成真，其實也挺正常的。

至今為止朱拉大森林都因維爾德拉絕大的守護力量受到保護。這片不容侵犯的領域被新魔王支配。而且這名魔王才剛上任，連他有什麼樣的中心思想都是個謎。

各族代表會感到不安情有可原。

——就是這樣。

今天的我也換上正式服裝，被人放在壇上祭祀。

模樣是史萊姆。

已經跟裝置物沒兩樣，就像是被當成供在神壇上的鏡餅。

放分身上去不就得了？我試著提出建言，卻被大夥兒笑著拒絕。

這種時候幹部特別團結。

八九不離十是瞞著我開「思念網」私下講定。

無奈的我任他們擺布，結果被一些裝飾搞到動彈不得。

他們還特地為了今天準備史萊姆專用的衣服，我除了傻眼還是傻眼。

而且他們還準備好幾種。每天替我更換，更糟的話連早、午、晚都各換一套。

真希望他們有所節制，但這幫人說弄成有威嚴的模樣至關重要⋯⋯

換句話說，平常的我——史萊姆型態——一點威嚴都沒有，就像在這麼說吧。

好吧，算了。

至於參加這場謁見典禮的人，大家都裝扮成儀隊士兵。身上全副武裝，那是平常沒有的打扮，感覺超有威嚴。

在如此莊嚴的氛圍中，身穿禮服的利格魯德、利格魯這兩人前去接應各國使者。

他們說我只要保持沉默，睥睨那些使者就行了。由於我一開口就破功，這提議真教人感激。

紅丸跟朱菜隨侍在我左右兩側。

背後有紫苑、蒼影跟戈畢爾排排站。

蘭加還是老樣子，潛伏在我的影子裡。

右側列著哥布達率領的狼鬼兵部隊百員。

左側有哥布亞率領的「紅焰眾」高階種共百人。

剩下的低階種兩百人去執行街道警備工作。他們比一般警備部隊還要強悍，就算有可疑人士在場也能順利應付，故做此安排。

而在鎮上，有紫苑的「紫克眾」換便服潛伏其中。即使有人引發騷動，他們也能在騷動擴大前對應處理。

順便補充一下，迪亞布羅跟白老這兩人還沒從法爾姆斯王國歸來。

據先行回國的哥布達、蘭加、戈畢爾這三人所述，他們好像說開國祭之前會將手邊工作盡數完成。無緣見識打扮莊重的我，那兩人似乎相當扼腕。

但另一邊也有要事，尤姆即將接受加冕。同時法爾姆斯這個國名將徹底消失，新國家就此誕生。所以他們似乎為準備工作忙得不可開交，沒辦法回來也是情非得已。

就連那個迪亞布羅都忙到很少露臉。至於白老，由於他不會「空間移動」，最近也沒見到他。等他們倆回來，再好好慰勞一下吧。

辛苦的不只是我。雖然很羞恥但現在要好好忍耐，趕快把謁見典禮結束掉。

就是這種感覺，謁見典禮盛大展開……

而有趣的就是各種族的反應。

我沒事幹就當個稱職的裝置物閉口不語，光顧著看向我問候的魔物——他們的反應分三種。崇拜、觀察、畏懼。

話說在觀察我的這群人裡，某些人甚至看不起我方。從艾梅多大河對岸過來的新進人員特別有這種傾向。

但這不是什麼大問題。只要我展現實力，他們馬上就會表示恭順吧。

問題在於那些感到害怕的人……

如今在我眼前一臉懼怕的人們就來自某個弱小種族——兔人族。

是有著可愛外表的亞人。外觀上像人，只有耳朵伸得長長的、形狀像兔子耳朵。

有別於獸人族，身為劣化版獸人的他們無法「變身」。強度跟一般的人類沒什麼兩樣，單看裝備面

甚至可說算弱小。

但他們依然有本事在這座朱拉大森林裡求生，似乎是因為「危機感知」經過強化。所以才沒被我的外在樣貌騙倒吧。

對我感到懼怕的人，對應上很困難。

某些人甚至怕得要死，首要之務就是讓他們冷靜下來。

利格魯德出聲了，兔人族代表卻沒動靜。

「今、今日……奉、奉邀——」

大概是太緊張的關係，連話都說不好。

「好。准你拜會我方盟主暨偉大的魔王利姆路大人。免禮！」

不對，他似乎動彈不得了。

我都變成這麼可愛的史萊姆樣，他卻不敢抬頭跟我對看。呃，我沒眼睛就是了。

唔，話題扯遠了。

我不打算靠恐懼支配他人，希望誤會能冰釋……然而對這些人來說，「外觀上看起來很弱的魔王」——這種反差反倒加深他們的恐懼。

原來是所謂的反差恐懼型啊。

我們可是費了一番功夫才讓他們願意為領地的安穩協調多做配合、在文化交流和物品流通上盡一分心力。目前還太勉強，但總有一天，他們將能平心靜氣面對我們吧。

剛成立聯邦時，小人族（半身人）和狗頭族也跟他們一樣。

當我准許狗頭族四處旅行做買賣，他們就對我產生信任。如今我跟代表柯比已經是戰友了，會共享利潤不錯的買賣資訊。

這支兔人族也好、其他弱小種族也罷——以我之名宣示人人平等。我不願仿效其他魔王，只重視作戰能力，這點一定要不厭其煩地說明才行。

要他們立刻採信不容易，這將成為今後的課題。

兔人族呈叩拜狀，望著對方的兔耳，那些想法在腦內打轉。

「用不著懼怕。利姆路大人心胸寬大，已言明歸順之人生而平等。你大可放心問候。」

利格魯德此話一出，代表人總算願意抬臉。

看起來還很年輕，是名模樣俊逸的男性。但眼睛底下有黑黑的眼袋。

是他過得太操勞，還是太緊張的關係啊……

「偉、偉大的魔王利姆路大人，請恩准我等兔人族為您效忠——」

待他說完，我「嗯」地點了個頭。

對方似乎因此鬆了一口氣。緊張感稍稍獲得緩解，肩膀跟著放鬆。

「剛才就跟你提過啦，用不著緊張成那樣。」

「是、是的！其、其實，我還帶小女過來，但她一抵達這個城鎮就興奮不已，我回過神發現女兒不知去向……」

「哈哈哈。目前本鎮很有慶典氛圍，相當熱鬧。既然是年輕小姑娘，自然敵不過好奇心作祟。」

「哎呀，真是太丟人了。小女實在教人頭疼，一不注意就跑去別的地方，我怕髒了利姆路陛下的眼，想把她留在村莊裡。可是她一直求我，一定要我帶她過來……」

身為代表人的族長想必對女兒失蹤一事憂心忡忡。在這座城鎮不至於出什麼問題，但他好像耿耿於懷。

知道對方不是怕我才那麼驚懼，讓我有點安心。我可不希望弱小種族繼續對我心懷恐懼。

話說回來，兔人族女孩啊。美少女配兔耳，一定要跟她見個面瞧瞧。

腦裡正在盤算，一不小心就洩漏真心話。

「既然她天性好奇，對於變化和潮流的接受度就高吧？看來有望成為可靠的繼承人喔。」

由於我本人親口向他搭話，兔人代表看上去相當感動。

「感謝厚愛。下次若有機會，請容我為您引見小女芙拉美亞。」

語畢，族長朝我低頭一鞠躬。看來或多或少有打破僵局的跡象。

之後由利格魯德約略做個說明，兔人族正式歸順於我。

只見族長朝我低頭數次，人漸行漸遠。

照這樣子看來，他會跟其他種族透露，說我並非令人懼怕的魔王吧。

經人引導，下一批參訪者到來。

我看向朝我下跪、請求謁見的魔物們。

那裡有著熟悉的面孔——是戈畢爾的父親，蜥蜴人族首領艾畢爾。

比起懷念的感覺，我更是心有所感，覺得他判若兩人。

艾畢爾的外貌改變，變成有著精悍臉龐的壯年戰士。看樣子是因為我替他「取名」，艾畢爾才進化的。

進化成姿態上接近人類的龍人族——

話說戈畢爾的外貌並未經歷這種劇烈改變就是了。他的妹妹蒼華變成人型，我想這跟個人意願有關。

「好久不見，利姆路大人。這次您當上魔王，著實值得慶賀，老夫——不，我等也……」

艾畢爾緊張到渾身緊繃。

這是類似崇拜的感覺吧。就像戈畢爾之前說的，魔王是令人敬畏的存在吧。畢竟他知道我的為人，卻緊張成這樣……

因此我出聲破冰。

「啊，好久不見，首領。不用那麼嚴肅沒關係啦。都是加入聯邦的好夥伴了。今後也請你多多指教。」

紅丸在苦笑，朱菜在嘆氣，但我不介意。

「不，萬萬不可。如今利姆路大人已經是魔王，變得很不一樣。只要您還是我等的盟主，就是這座朱拉大森林實質上的支配者……」

艾畢爾還是老樣子，一板一眼。

但他就是這點討人喜歡。

「哎呀，沒關係。現在這邊又沒有其他種族的人在場，不用那麼緊張啦。首領你的兒子戈畢爾也在當我的部下發憤圖強啊。如今身為一個幹部的他，已經是不可或缺的人才嘍。」

我決定抬出戈畢爾的名字，讓艾畢爾不再緊張。

還強調艾畢爾跟戈畢爾有親子關係，暗示他差不多該跟戈畢爾重修舊好了。

「哎呀，真是的，敗給您啦，利姆路大人。戈畢爾那傢伙……我兒子有幫上您的忙嗎？他真的是無藥可救的笨兒子……」

似乎察覺我的用心，艾畢爾心懷感激地頷首。

表面上艾畢爾還是跟戈畢爾斷絕關係。認為自己不該高調關心他的安危，才不方便主動問我。

然而我向他拋出話題，他才能毫無顧忌地順水推舟接話吧。人也放鬆下來，找回原本的豪傑本色。

「沒那回事。現在開發部門都歸他管，他非常努力。對吧，戈畢爾？」

「咦？啊，是──！」

在我跟艾畢爾談話的這段時間，戈畢爾一直僵在那兒，默默無語。連耳根子都紅了，一臉難為情。

突然被我點名，害他嚇到聲音高八度。

「這個笨兒子……」

暫且不管慌亂的戈畢爾，我稍微釋放「魔王霸氣」。

光這個動作就讓現場氣氛為之一凜。

「蜥蜴人族首領，艾畢爾啊。今後你也要以聯邦成員的身分協助我這個魔王。」

「遵命！以此『名』發誓，將永遠效忠利姆路大人！」

艾畢爾跪地叩拜，堅定地頷首。

那模樣很有武人風範，於此大放光彩。

我也朝他點了點頭，目光落到仍處於慌亂狀態的戈畢爾身上。

「──唔！」

戈畢爾真遲鈍。

看來沒發現我的眼神代表什麼。

史萊姆沒眼睛──原因應該不是出在這兒吧。

看不下去的利格魯有動靜，他朝戈畢爾悄聲道：

「利姆路大人希望你們父子倆能好好談談，不再有隔閡。此時不趁機恢復父子關係，以後就不太會

有機會嘍。再說跟貴為幹部的人斷絕關係，艾畢爾閣下的立場也很尷尬——」

利格魯真有一套。

跟戈畢爾不一樣，完全聽出我話裡的含意。

經過他人提點，戈畢爾總算搞清楚狀況了。朝我慌慌張張一鞠躬，跟艾畢爾結伴離開此處。

再來是豬人族（高等半獸人）的各氏族長，帶著數名隨從前來參訪，向我打聲招呼。

大概很信賴我們吧，連護衛都沒帶。

數名隨從是他們的子孫。

糧食問題改善自然不在話下，連生活都變好了。

最重要的是孩子出生，聽說這些孩子一生下來就是豬人族令他們又驚又喜，才想來當面向我報備。

孩子生下來就是豬人族很正常吧？我是這麼想的，沒想到事實並非如此。一般而言都會變回豬頭族（半獸人），突變只限一代。

由於出生率下降，他們會花更多心思養育兒女吧。我要他們悉心栽培，今後可以為我國勞動力再添一筆。

孩子就是寶。

即使換個世界換個種族，這仍是不變的真理。

原本有點擔心繼承名字的事，照這樣聽來似乎意外地順利。

雖然名字是我隨便取，好像變得有點複雜就是了……但他們認為這樣的名字很正常。

太好了、太好了。

也對，可能是習慣成自然吧。平常都被人叫那個名字，自然而然就習慣了。

原先沒名字也不成問題，看來是我杞人憂天。

我放下心中那塊大石，結束與豬人族的謁見儀式。

再來是今天最後一組人馬。

除了蜥蜴人族、豬人族，朱拉森林大同盟最後一大勢力——樹人族也來向我打招呼。

講是這樣講，看看實際到場的人，都是德蕾妮小姐的妹妹，是樹妖精德萊雅跟德莉絲。

好吧，樹人族沒辦法移動嘛。這也是沒辦法的事。

再說，樹妖精原本就是樹人族代表，沒什麼問題。

話說樹人族的聚落，我也常去那邊遊玩。那個聚落由賽奇翁和阿畢特守護，會向我遞送自該處生產的高品質蜂蜜。

因此這次也不例外，謁見起來氣氛輕鬆愉快。

「好久不見，利姆路大人。此次您當上魔王，我們前來恭賀。」

「請您今後繼續守護我們。」

她們倆也不拘泥，笑著向我打招呼。

這樣對我來說也比較好。開始跟對方聊起彼此的近況。

看來眼下並未出現太大的問題。

硬要說的話，就是朱拉大森林的魔素變稀薄了，移動起來有點不方便。

這兩人跟德蕾妮小姐就像從同一個模子印出來的，還是老樣子，身上依然有一股強大的魔力，但魔

素濃度降低還是對她們造成影響。

事實上，眼前這名德莉絲的身體又變得更加透明。

「原來如此，這部分是我失算。應該是在街道上張『結界』使然，還是想想辦法吧……」

「啊，沒關係。問題並沒有那麼嚴重。」

「只是因為我們這些姊妹都用魔素勾勒『魔體』，才容易受到影響。」

「話說回來，利姆路大人——」

「我們有要緊事！」

她們說魔素濃度降低只是一點小事罷了。

受到影響的魔物少之又少，而以魔素為糧的樹妖精主要命繫於樹人族。

她們就是今日預計會見的最後一組人馬，就換個地方談吧。

於是當天晚上，我另外排時間跟她們商談。

…………

…………

……

夜晚來臨，我一進到個室——

「其實我們要談的是——」

「我們也想追隨大姊的腳步，去侍奉美麗的妖精女王。」

兩人異口同聲。

事到如今更教人在意的是「妖精女王」這個稱謂。是跟那個小不點完全不搭的誇張稱號。

還加上美麗這個字眼……

菈米莉絲天真無邪的笑容掠過腦海。

不可能。

沒這回事。

我對她的印象和這兩人對她的觀感，肯定是完全不一樣的東西。這點我可是很有把握的。

要是菈米莉絲算得上美麗，那我的外觀雛型靜小姐就能用充滿神性來形容了。雖說最近開始看習慣，但我偶爾還是會看自己看到心蕩神馳。

不只我這麼想，跟在我身邊的紅丸和紫苑似乎也頗有同感。不過，德萊雅跟德莉絲完全不介意。

「並非只有我們如此希望，全樹人族都這麼想。」

「聽說這座城鎮——」

「菈米莉絲大人已經搬過來住了。」

「既然這樣，我們也想替那位大人盡一分心……」

兩人交替接話，不是要追隨我，而是要侍奉菈米莉絲。

這些人高喊要認別人當主子，怎麼能抓來當我的部下。此外，她們的姊姊德蕾妮小姐就在侍奉菈米莉絲了，沒道理反對。

「那個，妳們要直接問本人嗎？」

「——咦？」

「可以嗎？」

兩人的反應好激動。

如此這般，我們一起去菈米莉絲那邊。
貝瑞塔在那默默地工作，德蕾妮小姐則忙著照顧菈米莉絲。
啊啊，貝瑞塔看起來好辛苦。
我在心裡暗道，另一方面——
「啊啊，菈米莉絲大人果然很美麗——」
「她還是一樣美麗、高貴。成為我們的主子當之無愧呢。」
之前也是這副德性，一看到菈米莉絲，德萊雅跟德莉絲就開始嚎啕大哭。
德蕾妮小姐見狀認同地點點頭。
這些人到底在說誰，我都被搞糊塗了。
特別是高貴氣質，在菈米莉絲身上怎麼找都找不到……
「聽到了嗎？欸，我說你，有聽到剛才那些話吧？對我刮目相看了吧？」
只見菈米莉絲盛氣凌人，在跟我炫耀。
好煩。
還在我身邊飛來飛去，整個人喜孜孜，就像在說「怎樣啊！」。
算了，不跟她計較。
被人誇本來就是件開心的事。
不過呢，照她的樣子看來，似乎不需要徵詢意願。
「妳怎麼看，菈米莉絲？不只她們兩個，整個樹人族都想為妳效命喔！」
「咦，可是……」

似乎知道自己是來借居當食客的，菈米莉絲躊躇地望著我。因為這樣，我才對她伸出援手。

「讓他們搬進妳的迷宮如何？妳都能輕易移動獸人的避難地了，搬動樹人族聚落也易如反掌吧？」

還是說，地點離太遠有點難辦？

印象中她好像說過，迷宮可以連往世界各地……

「可以嗎？那就明天搬來吧！借助師父的力量，擴張迷宮很簡單！感覺我的力量也跟著增加了。目前還有空的樓層，弄成叢林或許不錯！」

菈米莉絲一臉開心地接受我的提議。

借助師父的力量——這句話讓我有點在意，算了，都好。

「可是，我們是朱拉大森林的居民，不是應該追隨利姆路大人嗎……？」

心中果然還是有疙瘩，連德蕾妮小姐都為此事擔憂。可是她的表情充滿期待，可見德蕾妮小姐很想跟妹妹們一起生活。

已經說過好幾次了，我個人沒道理反對。

事實上，迷宮內部算菈米莉絲的支配領域。

由我管理的區塊、菈米莉絲的住所兩者同時存在，這裡是所謂的特殊地帶。因此，迷宮內由菈米莉絲管理的區塊，應該享有治外法權。

我針對這件事做個說明，說現在移居不會跟她們追究。

菈米莉絲的部下在迷宮內永生不死。不僅如此，我認為侍奉原本的主子對她們來說比較好，才做此提議。

「我們樹人族和樹妖精想搬來這裡，受菈米莉絲大人庇護。」

「我們知道這樣很任性，但您願意恩准嗎？」

德萊雅和德莉絲向我請願。

想也知道，我准了。

就這樣，樹人族聚落將搬進菈米莉絲的迷宮裡。

地點是地下九十五層，讓獸人避難的地方。這層樓的面積最為寬廣，弄成直徑五公里的正圓。因此空間上綽綽有餘。

我原本就想在那個樓層打造休息區，正好順水推舟，這也是原因之一。反正也有所謂的森林浴，休憩場所總不能太煞風景。

搬家一下子就搞定了。

菈米莉絲去現場造迷宮之門，直接將整個聚落搬進迷宮。

樹人族移動上較花時間，但她在每個樹人族面前都開一道門，所以搬起來很快。

就這樣，菈米莉絲的部下變多，還有助於穩定迷宮內部。

魔素跟空調管理變得更加容易。

樹人族似乎也對這樣的環境求之不得。魔素濃度提高，大夥兒生活起來更有活力。

至於在臨時居所過活的獸人族，他們也沒異議。樹人族基本上都很安分，平常都在睡覺，看起來就跟普通樹木沒兩樣，怪不得無人反對。

再說總有一天他們會回獸王國猶拉瑟尼亞，就算多了同居夥伴也不介意吧。環境變舒適，他們反倒歡迎。

各位樹妖精似乎也答應要協助管理迷宮。

該說是對方自願，主動說她們想幫忙。

「畢竟我們有興在此打造一座樂園，那只是一點小事罷了。」

德蕾妮小姐是這麼說的。

姊妹們表示贊同，其他樹妖精也是。

這下我們獲得意想不到的助力。

…………

…………

……

如此一來，迷宮內部又多了小小的森林。

九十五層是五的倍數，為安全地帶。

除此之外，反正還有閒置樓層，所以九十一層到九十四層就拿來當倉庫或花田，還有加工廠。

具體而言，九十一層是鐵礦石保管倉，九十二層則是將它提煉成「魔鋼」的製造工廠。然後九十三層是花田，九十四層是蜂蜜加工廠。

這些都能從九十五層直達，好處在於移動上輕鬆愉快。正中央有記錄點，設了通往各樓層的門扉，還有往下層去的階梯。

迷宮徹底無視物理法則，才能有如此便利的構造。

補充一點，只要打倒九十樓的魔王，通往九十五層的階梯就會出現。因為我們認為既然都打到這邊了，抄點捷徑也好。

然後——

從九十六層開始就是一連串地獄究極難關。

挑戰前勢必得休息一下，還要檢查裝備。

我們不忘在通往地底的階梯前方設置門扉，標示注意事項。還在門周圍設置旅店和武器防具商店。

旅店連通各安全地帶的門。迷宮內的門扉要連哪裡都不成問題，像這種時候就非常方便。

再來看販售武器防具的商店，營業時間會在店裡擺上只有這裡才買得到的珍貴裝備。我猜來的客人不多，肯定會變成為嗜好打造的商店。

偷偷把我的作品上架看看？邊作著美夢，我打算再去找摩邁爾商量這項計畫。

就是這麼一回事，本日謁見典禮結束後，我突然當起菈米莉絲等人的搬家小幫手。

之後這層樓變成一座森林都市。

只有突破地下迷宮抵達該處的人才能在那喘口氣，獲得更多動力——人稱「迷宮都市（Labyrinth）」，將成為繁榮的幻想之都。

話雖如此——

這時的我並未預見。

*

時間來到隔天。

照今日的預定行程看來，好像要先從較強的種族開始。

他們在新進人員裡還是勢力最大的一群。

這麼說來，或許又要被人猛盯著觀察——想到這邊，謁見廳外面開始有嘈雜聲傳來。

聽起來好像是兩個種族在吵架。

只見朱菜不悅地皺眉，紫苑則瞪大雙眼，強忍怒火。

真是的，希望最後能和平落幕……

來人是牛頭族跟馬頭族。

兩邊各帶年輕戰士約莫十人，互瞪彼此，給對方下馬威。據說這兩族關係不好，已經打了超過百年的戰爭。

所以這次也在那爭先後，看誰要先進來謁見吧。

或許是覺得先獲得加護就能居於上風。但無論如何我不想蹚這場渾水，在我看來只覺得頭大。

兩大種族之間的氣氛一觸即發，隨時都有可能吵起來，邊牽制彼此邊站到我跟前。不愧是朱拉大森林的高階種族，態度很傲慢。

長著牛頭的魔人率先開口：

「唷，魔王大人。在戰場上能發揮真本事的是我們喔！有我們牛頭族加持，在這座森林裡鐵定吃得開！只要滅掉那些貧弱的馬頭族，這座森林所有種族都不是我們的對手啦！」

不愧是頗具實力的種族，非但不怕我還大放厥詞。

不，相較於一開始的大鬼（食人魔）族和蜥蜴人族，他們的魔素量確實更多。稍微看一下也知道，其中有幾人已經來到A級。

怪不得能作戰持續百年之久，確實有一定的實力，單就戰鬥能力來看，也許真的是朱拉大森林裡最

強的……

我都還沒做出回應，另一派馬頭魔人就激聲叫囂。

「哼，一群笨蛋！既然是魔王，就要有眼光。用不著迷惘。跟我們馬頭族聯手就對了。不只那幫牛頭族，哪些魔物趕忤逆就把他們全殺了！」

這邊的宣言也好超過。

來人這麼火爆真讓人受不了，該說令人鬱悶才對。如此看來，兔人族沒被我的外觀騙倒，他們還比較優秀呢。

不過，等等？

確實令人煩躁沒錯，但一看到這幫人，我就靈光乍現。

對，說到迷宮就讓人想起「米陶諾斯」。

希臘神話中，有名的迷宮怪物牛頭怪（米陶諾斯）——人們認為那只是傳說或代代相傳的神話，但直到二十世紀初，當真在克里特島上挖到克諾索斯宮。這座宮殿構造複雜，來到地下室更宛如迷宮一般。

總之，現實中有沒有牛頭怪姑且不論，據說宮殿各處都畫著跟公牛有關的壁畫——所以米陶諾斯會在地下迷宮現身，這可以說是既定模式了。

然後，如今眼前這幫牛頭族外觀就如人們幻想的米陶諾斯。

看看其中那個疑似頭領的大塊頭，不覺得很搭嗎？我心想。

要說我們的地下迷宮還少哪些東西，就是魔王。

目前只抓三隻較為顯眼的魔物放到十、二十、三十層。

如果是這傢伙，夠格坐鎮四十到五十層——以上是我的看法。

好想要啊。真想派他去當某些樓層的魔王。

這種心情不斷湧現。

可是，沒有跟那份心情劃上等號，這些魔物對我的忠誠度好像滿低的。

頂多只到「這傢伙似乎是不錯的僱主」。

而且想利用我滅掉對方的意圖顯而易見。

要是他們更安分就堪用了，這種想法不禁浮現。

所以說，我稍微放點「魔王霸氣」。

希望他們就此發現我有多強大，歸順於我——咦，這些傢伙完全沒注意到。人就在我跟前，卻忙著互瞪互罵……

雖然這麼做有點粗暴，但要不要挫挫他們的銳氣，藉此收服這幫人？

如此這般，我才正要付諸實行——

「臭小子，竟敢在吾王面前如此無禮。就讓我利格魯德來教教你們，讓你們知道什麼是分寸！」

身上肌肉抖啊抖，利格魯德向前一步。

平常為人溫厚，積極處理鎮上行政事務，但我知道他都偷偷鍛鍊。

事實上，他把哥布達、利格魯這些年輕人都比下去了。之前還自告奮勇，說他要去迎戰聖騎士，表示他有很好戰的一面。

在我看來，他應該比眼前這兩大種族的頭領更厲害。

「你說什麼？區區文官竟敢如此囂張！」

「不過是弱小魔王的跟班罷了，少在那亂放話！」

兩名頭領出聲反駁，剩下的年輕人跟他們一個鼻孔出氣。

之前也有人小看我，但囂張到這種境界的就只有他們。只要稍微放些「魔王霸氣」，至今遇到的魔物都會乖乖聽話耶。看來這些傢伙血氣方剛，正好欠缺察言觀色的能力。

與其沒來由懼怕我還不如小看我，這樣更好辦，可是把我看得這麼扁或許有重新審視的必要。話雖如此，讓他們吃點苦頭應該就會安分下來。

利格魯德在看我。

我正想點頭許可——

「什麼！」

「……這是……」

「——真是的，好像有點棘手？」

「哼，沒問題吧。」

城鎮外傳來驚人的壓迫感。朱菜張的「結界」被人打破了。

接著，身懷巨大妖氣和龐大魔素量的魔物現出蹤跡——不，是魔人。

照那身敵意推斷，對方不是要來跟我們交好的。

就連沒發現我身上那股「魔王霸氣」的牛頭族跟馬頭族都注意到了，臉色瞬間刷白。

「竟、竟有如此強大的力量——」

「喂、喂喂喂，魔王大人，該不會是其他魔王打過來吧……？」

牛頭族跟馬頭族說完還發起抖來。

先前朱拉大森林都因魔王之間的協議受到保護。之所以會自以為是，都怪他們是井底之蛙。面對真

正的威脅，他們才被迫對自身實力有所體認。

在我看來，現在不是應付這些雜碎的時候。

充滿浪漫的牛魔王構想讓人難以割捨，但現在不適合談那個。

我立刻「變身」成人類姿態，朝紅丸等人喚了聲「我們走」。

「是！」

「遵命。」

耳邊聽著大夥兒的應和，我朝散發強大氣息的方位直奔而去。

…………………

…………

……

來到現場一看，那裡有「紅焰眾」約莫十人，正將三名男子團團包圍。

幾名警備兵、守門人和「紫克眾」就倒在那兒。

啊，哥布杰也在。他似乎盡力了，但跑去對付這些傢伙未免太有勇無謀。

沒掛彩的人協助鎮民和賓客避難。一切流程都按訓練來，令人放心。多虧他們，場面沒想像中混亂，卻還是有人受害，這點讓人不悅。

我朝那三個元凶看去。

其一是身材高瘦精實的斯文男，戴著耳環。

其二是渾身肌肉的壯漢，穿著鼻環。

再來是超越壯漢，已經可以說是大肥仔的矮小男子，穿著唇環。

他們髮型奇葩，髮色也各不相同。

「很像染頭髮的不良少年」——是拿這句話形容挺適合的三人組。

「你們是什麼東西，明知這裡是魔王利姆路大人的領地還跑來搗亂？」

追著我過來的紫苑朝他們問話，結果耳環男出列順道送上一抹笑容。

「閃開，別擋路，我對雜碎沒興趣。原本打算宰掉克雷曼奪取魔王寶座卻被人妨礙，現在正覺得煩躁。我不做無謂的殺生，但誰敢妨礙我，我就不客氣啦！」

態度上既粗暴又咄咄逼人，但看看那些倒地者，並未遭人取走性命。

魔素量差這麼多，假如這些傢伙沒手下留情，就算是「紫克眾」也會當場喪命吧。就這點看來，他說不做無謂的殺生是真話吧。

看樣子這些傢伙人不可貌相，並沒有那麼壞。可是人家來找碴，我們必須還手。

尤其是現在，我們正在辦魔王發表會。開國祭近在眼前，還有各國商人頻繁出入。

在這種情況下引發騷動，讓人想從輕發落都難。

麻煩歸麻煩，這也是逼不得已。

就讓我來對付他們——

「利姆路大人，請等一下。這裡交給我吧。」

我才要出面，紫苑就出聲制止。

紅丸也想上場，但他跟紫苑眼神交會，似乎由此決定誰先誰後。我想原因大概出在紫苑的部下被人打倒吧。

「哦，妳是魔王利姆路的親信嗎？老爸跟我說過，就是痛宰混帳克雷曼的女鬼人吧？有趣。先暖個身——」

「大哥，等等啦。魔王讓給你，也分些親信給我們吧。」

「唔欸——唔欸唔欸，就是說咧。我的肚子也餓了，就算只有一人也好。」

看來這三人是兄弟。

戴耳環的人是長男，另外那兩人是弟弟。然後他們的父親不只提過我的事，連克雷曼跟紫苑的戰役都說了。

這麼說來，這些傢伙的父親不是魔王就是魔王心腹。

三人魔素量都媲美還沒覺醒的克雷曼，恐怕都是魔王的兒子吧。

那麼，究竟是誰……？

金、蜜莉姆、菈米莉絲、魯米納斯，絕對不是這四人。

達格里爾、迪諾、雷昂，是他們三人之一嗎——迪諾跟雷昂也不太可能，那就剩達格里爾最可疑？

正當我的思緒千迴百轉，紫苑上前一步。

「住口。我們現在忙著替利姆路大人辦謁見典禮。時間寶貴，我一次對付你們三個吧。」

「啊？」

「喂喂喂，妳把我們看扁啦？」

「本來想說妳是女的要手下留情，還是算了。妳會哭。絕對會哭死。」

「唔欸——唔欸唔欸，剛才那句話讓我的肚子有點反應。應該能吃頓久違的大餐把肚子裝滿咧。」

紫苑的話讓我不禁錯愕地吭了一聲。

再怎麼說，要同時對付三個實力在自己之上的人，光憑紫苑還是太勉強了。

想到這兒我打算阻止她，但對方已經被激了，照眼下氛圍看來止也止不住。

為何紫苑會這麼血氣方剛……

「紅、紅丸老弟？」

「就讓紫苑放手去做吧。若要手下留情，找紫苑比找我好。」

……

紅丸答得乾脆，我聽了一整個無言。

既然這樣只好放棄。

相信紫苑會旗開得勝，就隨她去吧。

城鎮可不能毀掉。

我提議換個地方，沒想到那三人二話不說跟來。

他們興致盎然地觀察城鎮樣貌，在我方帶領下進入剛蓋好的競技場。

「喂，女人，妳的膽識我欣賞，現在要收回剛才那句話也行喔！」

聽耳環男如此提議，紫苑嗤之以鼻。

「就讓我教教你，戰鬥力高低不是取決於魔素量多寡！」

不僅如此，紫苑還像不知打哪來的熱血漢，用那種熱血發言挑釁三人組。

就這樣，一群看熱鬧群眾津津有味地觀望這場騷動，三人組不是來踢館而是來打魔王的，他們與紫苑的戰事就此展開。

結果是紫苑獲得壓倒性勝利。

肥短唇環男動作靈巧，跟他的身形一點都不搭，像顆砲彈般衝向紫苑。結果紫苑抬腿橫掃，將他踢向耳環男。

然後再趁機鑽進啞然失聲的鼻環男懷中。抓住對方的手和領口，給他來個前翻過肩摔。鼻環男的頭直接撞在石板地上，人一動也不動。

「唔喔喔喔，竟敢傷害哥哥！」

唇環男想從紫苑背後抱住她勒人，紫苑的怪力卻不讓他得逞。

「怎、怎麼會！我的力量明明比較大咧……」

冷眼瞪視驚愕的唇環男，紫苑不屑地笑了。

她換個姿勢面向對方，開始跟他比腕力。

「唔，咕咿咿咿咿……」

啵嘰。

可憐，唇環男那雙手折成不正常的角度。這些傢伙也是魔物，我想應該沒什麼大礙，但他好像很痛，還是有達到傷害效果吧。

然而紫苑對此連看都不看一眼，直接鐵拳制裁。

唇環男還來不及發出悲鳴，紫苑就給他一兩拳定生死。

這時耳環男的鐵腿來襲。不過，紫苑只稍微仰個身就避開了。

不料耳環男嘴邊泛起一抹笑。

危險——當這念頭閃過，一切都為時已晚，耳環男剛才踢出去，高舉在半空中的腳化身凶殘斧頭狠狠壓下，打算踢碎紫苑的頭。

喀嘰！一記悶音響起。

紫苑的腦袋跟石頭一樣硬，將耳環男的腳撞碎。

然後紫苑用下段迴旋踢踢碎另一隻腳，耳環男被迫趴在地上。

接著紫苑跨坐在耳環男身上，毫不留情地落下拳雨。

如此這般，紫苑贏得勝利。

連讓愛刀剛力丸·改出鞘的機會都沒有，轉眼間將那三人打得落花流水。實力明顯提昇。

將魔素量高於自己的對手壓著打，連大氣都不喘一口。而且還是同時料理三人，真可怕。

「紅、紅丸老弟？紫苑她——」

「是，令人驚訝對吧。看樣子她更懂得控制力道了。」

咦，問題不在那裡啦——！

又不是蜜莉姆，哪來的控制力道啊。紅丸的價值觀也怪怪的。我想說的不是那個啦……算了，說再多也沒用吧。

話說回來，來談談紫苑。說真的好厲害。

由此可證換個方式運用魔力，就算面對同等的對手也能將對手打個落花流水。以前狠狠教訓過克雷曼，這經驗讓紫苑大幅成長吧。

見證這一幕依舊無動於衷，表示紅丸也覺得這理所當然。

雖然不能接受，但紫苑好歹跟前魔王勢均力敵。當然，還有紅丸。

搞不好蒼影、蓋德也跟他們一樣。

不不不，是我想太多。

見識紫苑的成長，我好像有點震驚過頭了。

「打擾一下，這樣還不夠嗎？」

不曉得是如何曲解我心中那份動搖，紫苑瞪向橫躺在地的三人組。

我趕緊補充「不不不，已經夠了！」，出聲阻止她。怎麼會不夠呢，根本太超過。

「既然學到教訓，就別再過來找我們的麻煩！還有，其他魔王更恐怖，可別魯莽行事。」

我朝因鐵拳制裁倒地不起的三人組放話，恢復意識的鼻環男用力點頭答應。

會給這些忠告也是為他們好。

這幾人似乎得意忘形才想挑戰魔王，幸虧他們遇到我。若是遇到其他魔王，可不是只有被紫苑制裁這麼簡單。

「比老爸說得還強……」

看樣子人已經醒了，耳環男也跟著小聲補充。

「大哥，這表示魔王利姆路──」

「對，他更強。」

「唔欸──唔欸唔欸，肚子好餓咧。」

那三人開始用尊敬的眼神看我。其中一人怪怪的，還是別在意比較好。

「所以呢，是誰派你們來的？」

我嫌麻煩，決定先理清背後的關係。

若是他們願意老實相告——沒想到連這層思慮都免了。

「是！我們是魔王達格里爾的兒子。我是長男達古拉。」

「我是次男里拉。」

「我是三男戴伯拉咧。」

這三人二話不說全盤托出。

然後如我所料，看來他們是魔王達格里爾的兒子。

「喂喂，一下子就承認了，這樣好嗎？」

「是。其實老爸要我們來魔王利姆路大人這邊做修行。」

「我們只不過小鬧一下，他就大發雷霆……」

「唔欸唔欸，被爸爸趕出來咧！」

怎麼全講了，喂？

簡單講，就是他管不動這些愛撒野的兒子，打算塞給我？

達格里爾你這王八蛋，我們的交情又沒多好，竟然擅自作主……

不過，在這先賣個人情也不錯吧？

我方勢力目前還未站穩腳步，在這節骨眼上跟一方霸主為敵沒意思。

我個人也嫌他們麻煩，但這裡正好有魔鬼教官紫苑。我曾看過她訓練哥布杰等人，手段比白老更狠，連我都有點嚇到。

若是將他們幾個交給紫苑，總有一天會受不了逃之夭夭。等他們自行離去，我也算盡了本分。

到時達格里爾就沒本錢跟我抱怨，很好沒問題。

「好吧。那你們就跟著紫苑修行。」

話一說完，我看向紫苑。她八成不想接吧，但我想把燙手山芋丟出去。

不料紫苑朝我點頭，還露出邪惡的笑容。

——咦？跟預料中的反應很不一樣？

「呵呵呵，就在剛才，利姆路大人已經指派本人紫苑了。就算是你們這種軟腳蝦，經過我巧手改造也能有所成長，變成一流的戰士。儘管放心跟隨我就是了！」

「是，求之不得！」

「明白了！今後就讓我們跟著大姊頭好好努力！」

「我也要！可是在那之前，拜託給我東西吃咧！」

還以為紫苑會不想接，沒想到她意願很高。

沒意見就好，我也隨緣。接著我們丟下紫苑和三人組，回到謁見廳。

背後好像傳來一些聲音——「老師，不對，請讓我叫您一聲師父！」、「嗯，你們幾個。要好好聽從我的教誨！」，裝作沒聽到好了。

…………

………

……

回到謁見廳，只見牛頭族跟馬頭族面色鐵青，跪在那兒發抖。

他們帶來的年輕人都仿效頭領，趴著行叩拜之禮。剛才那副跩樣全沒了，感覺變好弱，還以為是哪

邊的弱小部族。

「小、小的恭迎大人歸來！」

「我等將宣誓對魔王利姆路大人效忠！」

到底經歷了什麼樣的心情轉折啊？

跟剛才的態度完全不一樣。

我回到王座上，變回史萊姆。原以為這下他們又會換上狗眼看人低的態度，卻沒那個跡象。

「你們是認真的？」

「當、當然！」

「請您盡情差遣我等！」

看樣子真的改變心態了。這麼拚命，似乎是發自內心要仰我鼻息。

我知道了。目睹剛才那場騷動，他們發現紫苑很可怕吧？

既然這樣就別跟他們客氣。

這下我就能盡情利用這幫人。

畢竟他們一直在打仗打了百年以上，是令人頭疼的種族，想必很喜歡戰鬥。既然如此，拿迷宮內部當戰場，他們也不會有所怨言吧。

我還聽說他們會洗劫弱小的種族之類的，將這些傢伙隔離起來，大家都開心。

「我看你們似乎精力旺盛，就替你們準備打架用的舞台吧。」

「咦，您要原諒他們嗎？我本來還想代替利姆路大人，制裁這些傢伙呢……」

聽我這麼說，利格魯德狀似遺憾地回應。

剛才的騷動讓事情不了了之，不過，利格魯德好像很火大呢。話雖如此，既然都收服對方了，還不如給個機會，讓他們替我賣命，這樣更好。

「哎呀，別生氣，利格魯德。我看這些傢伙都是井底之蛙，才一次而已就別跟他們計較嘛。要是他們下次又小看我，到時再交給你處理。」

「既然您都這麼說了，我沒異議。你們幾個真走運。如果利姆路大人心胸狹窄，你們早就被人收拾得一乾二淨嘍！若是膽敢再有違逆行為，你們將會自取滅亡。就將此當借鏡，今後做人要知道分寸。」

看來利格魯德也接受了，真是萬幸。

「算你們運氣好。要是沒發生剛才那場騷動，不只利格魯德先生，我也會出手。竟然說那種不堪入耳的話，本來還想將那些舌頭弄爛，讓你們再也無法說話。你們可要感謝利姆路大人慈悲為懷，今後好好努力。」

我還來不及說些什麼，神不知鬼不覺回來的紫苑就接著道。

牛頭族跟馬頭族渾身發抖猛點頭。

「「「我等、我等必定不負期望！因此，剛才多有得罪還望您網開一面！」」」

看他們異口同聲宣言，想必再也不敢反叛。

「既然你們宣誓效忠我，我可以考慮提拔你們。首先你們不能再與人相爭，在我下令之前務必安分守己。」

雖說用不著我親自出馬告誡，但還是想跟他們下最後通牒。之後再隨便立個名目找牛頭族頭領過來，跟他們交涉、讓他們去迷宮賣命，都是在為這些鋪路。

我不經意威脅他們，還威脅得很用力，這幫人應該會老實聽令。

看來有機會弄到不錯的關卡魔王，這件事讓我整顆腦袋興沖沖，今天一整天下來累積的辛勞也跟著煙消雲散。

*

在那之後，謁見順利進行。

紫苑馴服達格里爾之子的事瞬間傳開，又見強大種族牛頭族跟馬頭族怕成那樣，再也沒有任何種族敢小看我。

希望能繼續這樣進行下去，直到謁見典禮結束……

我面前跪著長耳族長老——但怎麼看都是名年輕的青年——他還帶著幾名隨從。沒有任何女性成員。長耳族多半都是美人，有點可惜。

基本上，長耳族是壽命很長的種族。

精靈經過實體化——或者該說墮落——就轉變為妖精，擁有肉體。他們就是長耳族跟矮人族的祖先。像是哥布林之類的，其血統追本溯源也會導向妖精。

擁有「地」屬性成了地人族（矮人）。

「水」屬性是魚人族。

「火」屬性是小鬼族（哥布林）。

「風」屬性則是長耳族。

這是遠古時期妖精與其他種族交配產生的結果，才成了他們的始祖吧。

唯獨哥布林血脈過於稀薄，所以壽命也短。而進化種大鬼族（食人魔）也差不多，壽命大約百年左右。

來到鬼人族，精靈時期擁有的力量覺醒，才能行使類似神通力的強大技能。

現在話題回到長耳族。

據說他們可活五百年至八百年之久。就算跟人類混血，還是能活將近三百年。

基本上，個體壽命的差距很大。妖精的血混愈多，壽命就愈長。

花約莫二十年長大成人，再來就不會老。然後死前會急遽老化，經過二十年左右會因衰老迎接死期。

可以享受數百年的年輕時光，看在人類眼中是夢幻種族。

子嗣繁衍率不高為其特徵之一。據說是壽命太長，所以他們缺乏傳宗接代的欲求。基於這項原因，人數似乎不多。

這些都是從矮人王國夜晚的店家——「夜蝶」那些小姐身上得來的知識，不曉得有幾分真假就是了。

順便補充一下，至今仍有妖精這種存在。

這些並不稀奇，是很稀鬆平常的魔物。

大小跟菈米莉絲差不多，喜歡惡作劇，是小精靈受魔素影響魔物化而來。

他們有點智慧，但僅限一代且壽命很短。同為妖精，卻比不上大精靈實體化，被區分成兩種截然不同的魔物。

別人也常把菈米莉絲跟這類妖精混為一談，其實他們是不一樣的生物。

她是精靈女王這種高階體墮落而成，很可能比長耳族、矮人族的祖先更高段。

菈米莉絲似乎會一再轉生，問她也問不出個所以然來吧……

哎呀，話題扯遠了。

來聽長老是怎麼問候的。

「承蒙您賞光，光榮之至。今日特來祝賀，此外，容我族向您道謝——」

長老先是對我行禮，接著就道出這段話。

一般情況下，這種時候會先問候，再對我宣誓效忠。至於一開始就加入聯邦的人，部分人士會因我出力確保他們的生活安全、舒適，特地向我道謝。

但我跟長耳族長老是第一次見面。

聽他道謝還覺得莫名其妙，就叫利格魯德詢問對方。

「噢，這是因為——」

長老是這麼說的，跟牛頭族、馬頭族有關。

這兩個種族已興戰超過百年，據說最大的犧牲者就是長耳族。

長老曰——

長耳族都靠森林資源過活，對他們來說戰爭地帶擴大，可是攸關性命的問題。

為了自保免受外敵侵擾，長耳族會在隱居處周圍設下打亂方向感的「結界」。然而戰爭害樹木一一被人砍倒，這些「結界」便隨之毀壞。

少了樹木，擾亂方向感也沒用。因為隱居處全裸露在外。

但他們還是設法搬遷去別的地方住，這才免受其害，不料戰爭規模愈來愈大。

戰爭讓森林裡的動物和魔物逃之夭夭，能吃的蔬菜水果都長不出來，甚至有人跑去矮人王國謀職。

如今想想，「夜蝶」的長耳族小姐們也是基於那些理由出走，到外地工作賺錢吧。

後來人口外流的情況越發嚴重，讓隱居處難以維持下去。

他們逼不得已再次計劃搬遷，然而朱拉大森林如此之大，要找到新居所搬過去卻不容易。

「因此，我們本想向您陳情，請您想辦法約束那些狂暴之徒，結果我們還未請遞，陛下就做出裁斷。接下來只要找到新的搬遷點就行了——」

到時外出打拚的人也會陸續歸來吧，以上是長老的說法。

聽到這句話，我靈光一閃。

新的搬遷點。對，就是搬遷點。

本鎮就有啊。

據說長耳族的人數不到三百人。

遠古時期有更多族人，似乎還建起古代王國，繁榮一時，但往日榮華已不復存在。長耳族成了流浪民族，四散於世界各地。

若是只有區區三百人，我們這正好有一個不錯的遷居點。

沒錯，就是在地下迷宮第九十五層剛建造完成的小小森林，讓他們遷去那裡就行了。

至於工作分派，可以讓他們幫忙阿畢特養蜂，培育稀有植物，這些植物只能從魔素濃度較高的森林採收，或者讓他們協助管理預計在九十五層推出的旅店。

也可以請他們顧武器店，另外我想應該不至於發生這種事，但第九十五層若出現魔物，有這些長耳族人守護村莊更令人放心。

聽說他們跟樹人族很合得來，德蕾妮小姐等人應該不會反對。

那裡的工作堆積如山，還能藉此召回四散各地的同伴。

搞不好連那些外出工作賺錢的女孩子都會回來，到時在九十五層設特別會員專屬的長耳族酒店將不再是夢想——？

好棒，太棒了。

話說本鎮也有酒吧，但兼具餐廳功能，風格上屬於冒險者專用的店面。因此若想安安靜靜喝上一杯，就會跑去幹部用的餐廳。

若是拜託朱菜，她也會替我在自用的房間內備酒，但我沒有想喝到那種程度就是了。

就……只是想稍微喘口氣罷了。

有朱菜在場放不開，理由可不是這個喔。

不能跟哥布達瞎聊、找不到合適的地方跟摩邁爾老弟密談，這些都不是理由，用不著說也知道。

——沒啦，是真的喔！

假如九十五層有像「夜蝶」那樣的店，就能用於各式各樣的場合，只是這樣想啦。

看長耳族長老一臉困擾樣，我便提出那個點子試試。

「長老，我有一個適合你們搬遷的地方——」

由於我親自發話，利格魯德就退一步當聆聽者。可能有找時間訓練吧，不管遇到什麼樣的狀況都能從容不迫地應對。就算我來個脫稿發言，他也會幫忙潤飾得很完美吧。真可靠。

「噢、噢噢！此話當真，利姆路陛下？」

「嗯。才區區三百，我們可以收容所有族人。」

「感謝您！那等我回去，立刻就帶族人前來拜會。」

「知道了。在你們來之前，我們會整頓居住環境以便入住。不過，我想交派一些工作給你們，可以嗎？」

「當然沒問題。我等長耳族若能為利姆路陛下盡一分力，將是我族最大的福氣！」

長耳族長老比預料中更開心。

用不著在危險的森林裡徘徊，尋找棲身之所，讓他卸下了心頭重擔吧。他還火速差人回去，要族人為搬家事宜著手準備。

就這樣，我們決定讓長耳族住進迷宮。

若事情到這結束就好了，此時長老說了一件令人在意的事。

他說最近出去賺錢的人都沒回來。

還說長耳族很團結，他不認為這些人會拋棄故鄉……

有些人出去狩獵魔物就沒回來，讓他有點擔心。

長耳族的個人主義色彩濃厚，也許只是他們一時興起，長老是這麼說的——這時我突然想起一件事，就是在摩邁爾店裡聽過的話。

布爾蒙王國的卡札克子爵曾去找摩邁爾談生意。記得他說要開間店，店裡會用長耳族奴隸……

一些長耳族年輕人遲遲沒有回來。

似乎有在經手長耳族奴隸的卡札克子爵——不對，是犯罪組織。

要是我的不祥預感成真……

希望只是我杞人憂天，否則這個問題就嚴重了。

我好不容易朝開設長耳族酒店的夢想邁進一步，看來有必要做詳細調查。

目送向我道謝、正要離去的長耳族長老，我在心裡盤算。接著透過「思念網」向人在背後待命的蒼影下令。

『蒼影，你去調查布爾蒙王國的卡札克子爵。』

『遵命！』

蒼影立刻派出「分身」，著手進行調查。

這樣就行了。在謁見典禮結束之前，應該能掌握一些情報吧。

之後再去找摩邁爾，問他對買賣奴隸的犯罪集團了解多少。

要是最後查出他們跟此事有關，到時絕不寬貸。

這是在挑戰我對長耳族的愛。

本人的野心是開間夢幻「長耳族酒店」，當那裡的店長，誰敢礙我好事統統擊潰就對了。

我下定決心，開始針對此事進行調查。

*

漫長的謁見典禮終於來到最後一天。

只要撐過今日，開國祭將在三天後舉辦。

在長耳族事件後，沒發生什麼大問題。一切都很順利，連暫住在鎮上的魔物們也沒引發大糾紛。

達格里爾之子一事已經鬧得人盡皆知，想炫耀自身力量的笨蛋也變安分了。雖然不是很想誇紫苑，但有時高調的暴力行為也能派上用場。

打從幾天前蓋德就休假回國，迪亞布羅跟白老也在昨天回歸。

「噢噢，利姆路大人。您還是一樣充滿威嚴。睽違許久總算能見到您，我的心真是欣喜欲裂啊！」

伴隨一陣「咯呵呵呵呵」的笑聲，迪亞布羅在那說些蠢話。史萊姆哪來什麼威嚴，這傢伙眼睛有問題吧，我在心裡暗道。

很想聽他報告那邊的事，但這個晚點再說。

迪亞布羅一臉遺憾，可是今天有一場重要的會談。

今天的會談對象可是貴客，讓我如此重視。

絕對不能掉以輕心。

可以想見那將會是最艱難的謁見。

因此今天全員到齊，一同參加這場典禮。

至於這些貴客，目前紅丸正過去迎接他們。

我的左右手紅丸出面相迎——單看這點就能理解該種族有多麼重要。

宛如烈火的激昂氣息自門外逐步靠近。

看來傳聞不假。

這時門開了，一群武裝集團入內。

他們就是——紅丸曾當使者，親自參訪過的種族。

是長鼻族（天狗）。

長鼻族棲息在朱拉大森林邊界的哥夏山脈中，位於本人領土外的獨立勢力。因此嚴格說來，這次不算謁見，更像是一場會談。

武裝集團進入謁見廳。

帶頭的人是一名美少女。

我還以為他們鼻子很長才叫長鼻族，現在一看才發現鼻子很正常。

長鼻族就是天狗。簡單來講，是天使族跟山狼族的混種——

《告。正確說來並非混種。是天使族降臨至山狼族體內，才形成該種族。》

對對對，他們好像是透過降臨形成的種族。

山狼族是獸人的一種，生性孤傲。山狼（Okami）族的發音等同「大神」。因此「長鼻」是隱喻，代表「擁有超常嗅覺之人」。

接下來，話說這個被當成山神崇拜的種族——

《告。正確說來並非種族。而是如個體名「蘭加」，自「個體」衍生的個體群。》

——對對對。

其實我完全狀況外，總之就是強到亂七八糟的大神個體生出山狼族。天使族降臨在他們的肉體上，才生出保有自我意志的種族。

那隻強力個體就是眼前這名少女的生身父母，長鼻族的長老。

該名長老因誕下子嗣，體力急遽衰退。因此實際上，眼前這名少女才是長鼻族之長。

因此這次不該稱之為謁見，叫會談較合適。

此外，還有比這個更重要的——

…………

………

……

紅丸曾去拜訪過長鼻族一次。

對方也有准許豬人族搬過去住如此溫厚的一面。事實上該種族自尊心強，要是我主張他們該受本人控管將招致反感。然後肯定會引發戰爭。

當然，我沒那個打算。

這支強力種族甚至被當成山神崇拜，沒必要刻意與他們相爭。

紅丸也清楚個中道理，為了讓他們准許我國建設通往魔導王朝薩里昂的街道，才過去拜會他們。

「已經順利跟他們交涉成功。長鼻族也無法忽視利姆路大人，好像要來拜訪您。」

回國的紅丸向我報告這件事，然而與他的報告內容相反，人看起來很疲憊。

「有什麼問題嗎？」

「不，沒那回事……」

我擔憂地問他，紅丸支吾其詞沒有正面回應。

還有跟他一起以使者身分前去的阿爾比思，回來以後身體——該說是心情——不好。這氣氛好像不太適合問話。

我拿他們沒轍，決定再次向紅丸強行問話。當著其他幹部的面似乎不方便對談，所以我跟紅丸私底下一起去小酌一杯。

在那問出的內容如下──

●

紅丸跟阿爾比思帶上十幾名「紅焰眾」，前往長鼻族的隱世村落。

一路上旅程順遂，來到哥夏山脈山頂的某個洞窟前，他們被長鼻族的年輕武者叫住。

年輕武者一身白色裝束、腰上插著打刀，背上生了一對白色翅膀。耳朵是如犬耳的三角狀，還長尾巴。

看他們身姿勁昂，顯見對方有修習武術，紅丸察覺此事。接著就跟他們說明事情原委，請對方准許他們通過洞窟內布的「結界」。

年輕武者應允，只領紅丸跟阿爾比思入內。

穿過洞窟，前方是百花綻放的世外桃源。

不會太冷也不會太熱，氣溫總是舒適宜人──不愧是強力種族的住所，那是一個美麗的村莊。

對方領他到一個地方，有美麗的姑娘前來迎接紅丸。

這名女孩不同於其他長鼻族，模樣與人類相仿。

純白髮絲長及肩膀，自耳朵側邊開始轉為鮮紅。

櫻色的小巧唇瓣看似柔軟。然而酷似狼的瞳孔窺自那對狹長雙眸向外窺探，彷彿在品評獵物，目不

轉睛地看著紅丸。

此人不容輕忽——紅丸心想。那股存在感跟先前見過的魔王卡利翁不相上下，甚至有過之而無不及。

「我叫作紅丸。代表魔王利姆路大人前來拜訪。」

「歡迎你，使者大人。我是長鼻族長老的女兒，名喚紅葉。那麼，你有何貴幹？企圖支配這塊土地嗎？」

面對紅丸的問候，自稱紅葉的女孩帶著豔笑回應。但那句話來意不善。我們不受歡迎，紅丸感覺得到。不過，他可不會為這點小事掛懷。

「我們沒有那個意思。只希望你們放行，讓我們通過位在此地與朱拉大森林交界處的哥夏山脈。可以的話，希望您准許我方在這座山上挖掘隧道。」

「哼。號稱沒有擴張領地的野心是吧。通行許可就隨你們的意……但挖隧道是什麼意思？」

紅葉原本不感興趣地聽紅丸說明，卻對隧道這個字起反應。

其實紅丸對隧道這種東西也不是很清楚。只聽利姆路約略說明過，說是要在山上開洞。

事實上這項計畫只到利姆路立案為止，之後就駁斥不用。若是要跟薩里昂的首都相連，開隧道能造出行程最短的路線。可是鄰近薩里昂跟我國交界處有座城鎮，實際上只要將路拓到那邊就行了，不須開隧道。

這件事紅丸也知情，只是順便問一下。

「所謂的隧道，好像是要在山上開洞，藉此將路拓展到山的對面。這部分若是不便通融，我們也不勉——」

「等等。在山上開洞？這話是認真的？」

「沒錯。計畫內容是這樣說的。不過，這次要拓的路不須開闢隧道，只是事先問了以便將來必要時用。若是你們不願意，我方也不會強人所難。」

紅丸答得輕巧。

但是，長鼻族人開始為之動搖。

對他們來說山是神聖的，開隧道這句話形同禁句。

「你真是糟糕透頂。就算史萊姆當上魔王也無妨，只要不干涉我們就隨他去。連你帶著那隻有野獸臭味的蛇，我也打算睜隻眼閉隻眼。不過，膽敢輕視我們的聖山，這可不能坐視不管。」

話說到這兒，紅葉從位子上起身。

紅丸並沒有那個意思，但眼下氣氛已經不適合跟對方繼續談下去。

真是失策——紅丸心想。

要是紅丸在這個節骨眼上表態，對方也不會讓步。想到這兒，紅丸仍坐在位子上按兵不動，某人卻無法保持沉默。

就是阿爾比思。

「妳說有野獸臭味的蛇，莫非是指我？」

劇烈的怒火悄悄翻騰，她從座位上起身，一雙眼瞪著紅葉。

場面一觸即發，兩人都散發危險氣息。

「喂，快住——」

紅丸出聲試圖制止，此時阿爾比思的眼刀朝紅葉射去。

是追加技「天蛇眼」——麻痺、毒、發狂等效果開始侵蝕遭阿爾比思直視的紅葉。

然而紅葉根本沒放在心上。

「雕蟲小技。我是長鼻族長老的女兒，狀態異常對我起不了作用。」

伴隨那些話語，紅葉雙手並用抽出扇子。

長鼻族是半精神生命體。因此就如紅葉所說，對狀態異常具備高度抗性。不僅如此，紅葉的追加技「天狼覺」隨時都處於發動狀態。它擁有超越五感的情報解讀力，發揮的效果形同追加技「魔力感知」高階版。

這樣還沒完，「天狼覺」甚至能將幻覺、幻術無效化。

因此，想突襲紅葉是行不通的。

就像在說這次輪到我了，紅葉有如在跳舞一般，舉起扇子朝阿爾比思打下。

阿爾比思用金色錫杖接下第一擊，卻被接連而來的第二道攻擊打中側腹，人飛到大廳角落。

「咕唔！」

雖然只是隨手一擊，紅葉的動作卻相當洗練。她重新打開因剛才側腹一擊緊閉的扇子，動作優雅地以扇掩口。

緊接著，紅葉出聲：

「這樣就完了？美其名三獸士，其實不怎樣嘛。」

這下可就傷到阿爾比思的自尊了。

「可別小看我，不過是個鄉下土包子。念妳是交涉對象才手下留情，看來沒那個必要了呢。」

阿爾比思的傷已全數治癒，她若無其事地起身。

接著冷眼回瞪紅葉，身為君臨獸王國猶拉瑟尼亞的高階魔人，她拿出應有的風範與紅葉對峙。

「手下留情？那句話是我要說的。為了避免殺掉使者，我可是費盡心力拿捏呢。還是說，妳當真想激怒我？」

她們兩人互瞪彼此，周圍的氣溫明顯下降。

就連幾個在大廳角落待命的長鼻族年輕武者也不能倖免，為滿布整個空間的濃密妖氣神情緊繃。

處在這種情況下，唯獨紅丸坐在椅子上品茶。

這已經不是失策兩個字能形容，事情變棘手了，他邊喝邊想。

「妳確實很強。不過，這個世界可沒好混到連缺乏戰鬥經驗的小姑娘都能獲勝呢。」

「要不要試試？如妳所說，我也想累積戰鬥經驗呢。妳剛好是不錯的實驗對象。」

兩人更加水火不容，接著她們同時展開行動。

剎那間——

刀光一閃，紅葉手中的扇子被人彈落。

大廳裡一陣沉默。

速度快到大家無法反應，紅丸介入兩人的對決。

「到此為止。我的話令妳不快，是我不好。話雖如此，可不能讓妳殺掉同行者。」

紅丸淡淡地告知。

「紅、紅丸大人？您的意思是我會輸？」

「對。要是我沒出手阻止，妳早就被砍成兩半了。」

「騙、騙人！我明明有斟酌力道——」

「不。妳控制妖氣的功夫還不到家。力量放太多。」

「怎、怎麼會——」

「我、我輸了……？」

紅葉對阿爾比思，兩人不約而同當場癱倒。

同時大廳深處的門打開，生著大犬耳的美女現身。

長鼻族的年輕武者們紛紛跪下。

「母、母親大人！」

朝慌亂的紅葉微微一笑，身為紅葉母親的長鼻族長老緩緩邁開步伐。

接著她來到紅葉身邊——

「妳這個笨女兒！」

在那之後，長老大聲斥責。

大夥兒換個地方，雙方再次面對面入座。

這裡有榻榻米、有坐墊，是一間和室。

再深處有另一個房間，是無門的凹間，特別做此安排都是為了讓目前臥病在床的長鼻族長老能立刻休息。

事後長老用拳頭招呼紅葉，她正摸著頭淚眼汪汪。看上去忿忿不平，但她似乎不打算多加抱怨。

「沒關係，您用不著勉強自己，我們只是來打聲招呼——」

雖然目的尚未實現，但眼下氣氛已經不適合跟人商談了。再說阿爾比思也很消沉，久待只會更尷尬。

紅丸堅決離去，然而長老本人出面制止他。

「呵呵呵，少年，別在意。話說回來，你的劍技真是了得。莫非是『朧流』？」

「您怎麼——不，果然是那樣嗎？紅葉小姐的扇舞也有我流影子。該不會——」

「正是。儂家也學過『朧流』。師承儂家的師父——『荒木白夜』。」

「什麼！」

紅丸為之驚愕。看他露出那種表情，長鼻族長老滿足地笑了。

「儂家的名字叫『楓』——」

繼這句話之後，長鼻族長老——楓開始說以前的事。

據她所說，約莫三百多年前，她似乎在大鬼族的村落住過一陣子。

她隱藏真實力量旅行，碰巧遇上白夜才拜師學習劍術吧。

而楓上頭還有一名師兄。

只能用天才二字來形容，專為劍術而生。是白夜的孫子。

「老朽無法賜名，真教人懊惱。」

據說這是白夜的口頭禪。

隨意幫魔物取名，可能會丟掉小命。白夜是人，肯定會喪命。

當時楓也沒有「名字」。因此她無法理解對方的心情，但事到如今已能體會。

希望為所愛之人留下些什麼。對魔物來說沒名字很正常，人類卻不一樣。

後來白夜的壽命走到盡頭，與世長辭，留下他的孫子，此人成了劍鬼。

那股力量直逼楓。只論技量，楓完全不是他的對手。

且楓為那漂亮的使劍身手著迷。

所以她就在大大的楓樹下向他告白。兩人一夜纏綿，之後她就從大鬼族村落離去……

朱拉大森林的氣候不穩，那顆楓樹卻長得又大又美，秋天葉子都會染成漂亮的紅色。已經成了村落的象徵，連紅丸都記得。所以他發現楓說的是真話。

「喂，等等。那妳不就是白老的……」

紅丸開始焦急。

那句呢喃不禁脫口，楓對此起反應。

「哦，他叫白老啊？是嗎，儂家的師兄劍鬼大人得到『名字』啦。不，真要說起來……他還活著真令人驚訝。」

看著話說到這兒浮現笑容的楓，紅丸愈來愈慌。

（喂、喂喂喂。白老知道這件事嗎？）

諸如此類，各種疑問掠過腦海。

不過，接下來的事讓紅丸更混亂。

「話雖如此，這下儂家就能放心了。」

「——？」

「白老大人培育出一位頂天立地的男子漢，他會成為儂家女兒的夫婿。」

噗！

原本想喝口茶讓心情平靜下來，那些茶一不小心就從紅丸口中噴出。紅丸很少陣腳大亂，來到這個村落卻驚嚇連連。

慌的不只紅丸。

一旁的阿爾比思也為之啞然，茶杯跟著摔落。

聽到這句話，紅葉先是紅著臉看紅丸，接著又看向她的母親楓。

「等、等等，母親大人——？」

不知所措的她想摀住楓的嘴巴，但紅葉不是楓的對手。

楓單手壓制紅葉，朝紅丸正色道：

「那麼，紅丸大人。方才您的提案，我方全數接受。此外，我等也能歸順於魔王利姆路。不過，條件是你要娶小女為妻。這點用不著多想了吧，但還是問問您意下如何？」

直截了當問這麼重要的事是要人怎麼回答——紅丸心想。

希望對方能給他一些時間，讓他想想。

至於救了這個紅丸的人，就是另一名當事者紅葉。

「等等！我知道母親大人已經認可這個人了。可是，我還沒認可他！的確，他好像比我強……既然這樣，我希望他不是被母親大人強求，而是真心喜歡上我。好女人要讓自己心儀的男子對自己動心，母親大人總是把這句話掛在嘴邊吧？」

紅葉說完就人如其名羞紅臉，再拿扇子遮住臉龐，自該處逃之夭夭。

楓看了哈哈大笑。

這時阿爾比思有所驚覺地抬起臉龐。

而看紅葉這樣，紅丸覺得自己有點丟人現眼。

（話說白老總是從容大方……為了這點小事就手腳大亂，表示我的修行還不夠——）

想到這兒，他稍微做點自我反省。

——不過，這次的事實在太突然了……

最後紅葉跟他的婚事被帶回檢討。

基本上那只是楓一意孤行，並非真的要強迫紅丸就範。頂多只是表達意願，若能成真算她賺到，只是這樣想罷了。

其他來自魔國聯邦的請求也經過檢討，大致上沒問題。在山上開隧道另當別論，對方准他們修築通往薩里昂的路。

只不過，還有其他事項。

紅丸跟紅葉是否能結為連理姑且不論，希望魔王利姆路跟長鼻族能構築良好關係——楓如此提議。

雖然看起來一點也不像，但楓其實臥病在床。

——對外稱是這樣。

事實上並非如此。

她懷紅葉懷太久，將大半力量都託付給紅葉。於十五年前生下她，賜她「名字」。導致足以被人尊為山神的魔素量幾乎全數消失，現在只能等死。

所以楓希望替缺乏經驗的可愛女兒找個後盾，那是她的想望。

而紅丸偶然造訪這塊土地。

但是對楓而言，這象徵希望。

楓認為這是心儀男子(白老)帶給她的最後一絲希望。

（就算被拒絕也無妨。魔王利姆路身邊有大人您啊？原以為您會早儂家一步先行離世，真是令人開心的誤判。看到紅葉那孩子，也會勾起您的往日回憶吧？）

紅葉是這麼想的，所以她同意結論留待日後。

如此這般，這次換紅葉本人前來拜訪魔王利姆路。

●

這個嘛，在紅丸看來這件事應該讓他滿頭痛的。

可以說是紅丸打出生以來第一次面臨這麼大的危機。

還說比當初遇到我更怕，我該如何解釋這句話才好。搞不好是紅丸在用他的方式開玩笑。

這些先擺一邊。

連那個阿爾比思都遭到輕易壓制，戰鬥能力不容小覷。讓人慶幸我方沒跟她敵對。

——不，這是在逃避現實。問題不在那裡。

沒想到白老有女兒……

天大的問題出現、讓人為此慌亂不已，最後的結論是不見也不知道要怎麼處理。

再說這個問題不是光靠我跟紅丸就能解決的。還有另一個重要的當事人白老，必須聽聽他的看法。

但一時間也不方便把他叫回來……所以在白老回來之前，我們決定先把問題往後擺。

接著，昨天晚上——

我們找來剛從法爾姆斯王國歸國的白老，三人一起商量。

目前還不知道長鼻族會提出什麼樣的要求。也不確定會發生什麼事，所以預計最後一天再謁見對方。

因此，若是白老來不及趕回來，我原本還打算將他召回，看來沒那個必要。

話雖如此，人是趕上了，問題卻沒解決。

紅丸要不要娶紅葉為妻，那是他們倆的問題。就算他們要結婚也沒關係，基本上與我無關……

「請等一等！我個人也有我的考量，或者該說要堅守立場——」

「你說什麼？莫非少主對老夫的女兒看不上眼？」

「我又沒那麼說！話說你從未見過她，連她出生都不曉得，擺什麼父親架子！」

「既然得知此事，老夫就要負起責任！」

就是這樣嘍，紅丸不知該如何是好，白老出現脫序行為……這下問題變得更複雜了。

會根本開不下去。

我們不眠不休討論，還是沒結論。

後來直接切入正題，就演變成今日這番局面。

…………………

…………

……

謁間廳裡臨時布席，隔著那張桌子，一名美少女就坐在我對面。

髮色由白轉紅，色澤鮮豔美麗。

這名少女就是長鼻族之長的代理人，傳說中的紅葉。

紅葉態度傲慢地望著我。

然後理直氣壯地問候我。

「魔王利姆路，初次見面。我以長鼻族族長的代理人身分前來，名字叫作紅葉。今後請多指教。」

「妳太客氣了。我是當上魔王的利姆路。如妳所見目前是人型，但本尊是史萊姆。基本上是個和平主義者，遇到困難可以找我商量。」

「不勞您費心。這次您一統朱拉大森林，實在了得。我承認您是這座森林的支配者，期待你們當個好鄰居。但是，不許干涉我們。」

紅葉當著多名幹部的面下通牒。

紫苑正要起反應，人震了一下，令人驚訝的是她居然忍住了。

我並沒有跟她提過事情原委，所以紫苑是自己決定不輕舉妄動。看來她心境上起了一些變化，不再為些小事追究。

這是不錯的傾向，卻讓人有點發毛。希望她不要哪天忍過頭一口氣爆發……

話說這個紅葉，她正一臉緊張，等著看我的反應。

若我不提也不會有人察覺，外觀上看起來從容大方，但私底下似乎快被極度不安的感受壓垮。

因為她看不出未來的我是敵是友吧。

既然這樣只要對我表示恭順就行了，但心高氣傲的種族哪能允許這種事情發生。畢竟資歷尚淺的領導人一旦被人小看就完蛋了。我能理解她的心情。

不過話又說回來，長鼻族的年輕武者們看起來都誓死效忠紅葉就是了。

「原來如此，我懂你們的意思。我方並不打算過度干涉。我想這邊這位紅丸也跟妳解釋過，我們只是想在哥夏山脈的山麓進行街道工程罷了。還想跟妳確認一件事，豬人族已經搬到山岳地帶居住，是否

能對他們下放權利？」

「好，這方面沒問題。我們並未主張對山林資源的所有權，礦石這部分也隨他們喜好處置。那些東西對我們而言都是身外之物。我們討厭被人干涉，僅止如此。」

這個嘛……

山岳地帶是朱拉大森林的一部分，所以我以為她會抱怨幾句，繃緊神經等待，看樣子這方面也沒問題。

既然這樣，長鼻族到底在警戒什麼？

對阿爾比思好像也滿反感的，是跟獸王卡利翁起糾紛嗎？

我有點在意，決定在這單刀直入地問了。

「那個，我不知道妳在警戒什麼，但我方真的不想跟你們相爭喔。」

「要我相信你？」

「嗯。再說要說我們有擴張領地的野心，這方面可有值得懷疑的根據嗎？」

紅葉一聽到這句話就看著我，想判斷我是敵是友。

接著她語氣不屑地開口：

「你們不是跟那隻狡猾的鳥女芙蕾交好嗎？表示對我們的領土虎視眈眈，這就是最好的證據！」

所謂的沒頭沒腦，指的就是這種情況。

「修但！」

「修但是什麼意思啦？」

「修但就是修但。我跟人商量一下妳稍等，就是這個意思！」

我把幹部叫過來，要跟他們商量。

紅葉爽快答應。好像聽到一點抱怨聲，肯定是我聽錯。

把嘴裡碎碎念的紅葉扔著不管，我們圍成一圈。

「好了，你們怎麼看？」

「前魔王芙蕾的領土跟哥夏山脈相連，就算跟長鼻族起紛爭也不奇怪。」

面對我的提問，蒼影迅速回應。

確實如此，我邊看腦內地圖邊想。

長鼻族的棲息地不在朱拉大森林內，不受魔王協定保護。很可能遭人入侵。

「可是，理由是什麼？」

「對啊，找不出侵略的理由。」

針對我的疑問，紅丸附議。他曾去那實際走一遭，知道那邊什麼資源都沒有吧。

「老夫曾經聽說一件事。據說芙蕾喜歡往高處跑。或許正如『天空女王』這別稱所示，想將國都遷往最高處？」

白老若有所思地發話，但聽起來還是有點怪怪的。因為照紅丸的話聽來，穿過山頂洞窟才會抵達有長鼻族隱居的世外桃源——換句話說，在小小的異空間裡。

我想那跟芙蕾期盼的都市有落差。

「唔——……」

大夥兒一面沉吟一面思考。

接著——

「就跟你說了——別把我當空氣啦！」
「唔喔！」
有人突然在我耳邊大叫，害我嚇一跳。
再也等不下去的紅葉一肚子火，跑來跟我抱怨。
這次不能用聽錯帶過。我放棄掙扎，重新坐回椅子上。
我跟紅葉面對面，開門見山地問了。
「我有個問題想問，芙蕾以前為了擴張領土，有對長鼻族屬地動歪腦筋嗎？」
「啊？說什麼蠢話——」
紅葉傻眼地看我。
這一看才發現我是認真的，嘴裡輕喃：「騙人的吧……」
看樣子誤會大了。
有鑑於此，我請她做詳細說明。
紅葉是這麼說的。
芙蕾相中的是魔導王朝薩里昂首都「神樹之都」。
她追求的不是領地，而是高度。沒想到目的真的是這個。
很像芙蕾的作風，這可不是在開玩笑。
光看規模，薩里昂不愧是強盛大國，軍力在芙蕾之上。只不過，薩里昂國軍雖利用地利之便睥睨地上軍，面對能在空中自由翱翔的芙蕾大軍仍免不了苦戰。因此他們戰力相當。話雖如此，芙蕾並沒有放棄神樹。

這時芙蕾盯上長鼻族。她企圖收服強大的長鼻族，增強戰力好對付薩里昂。不過，長鼻族是自視甚高的種族。不會輕易聽從芙蕾的命令。

而薩里昂這邊早就看出長鼻族後續會如何行動。就這樣讓他們兩者相爭，期待勢力耗弱的那天到來。不打算跟人攜手抗敵，而是要坐收漁翁之利。

當然芙蕾也察覺此事，不敢輕舉妄動。

如此一來，扭曲的三角關係就此成形……

這時我跟克雷曼之間爆發戰爭，轉眼間卡利翁和芙蕾成了魔王蜜莉姆的家臣。

一股強大勢力就此誕生。

光靠長鼻族根本無力抗衡，他們每天都在商討今後該何去何從。

紅丸等人正好在那時參訪。

壞就壞在三獸士阿爾比思跟他們同行。害紅葉誤會，以為我們要默默施壓。

「芙蕾小姐那邊目前狀況如何？」

我朝蓋德問話。

蓋德負責新王都的建造工作，芙蕾應該也對他做過不少的要求。如今在我方之中，他是最了解芙蕾的男人。

「是，話說這位芙蕾大人，她對利姆路大人的設計非常滿意。還能跟那位不愛說話的米魯得先生順利溝通，做過相當詳細的討論。」

哦，居然能跟米魯得溝通，我對芙蕾刮目相看。

「原來如此，那她就不會對神樹感興趣了吧。」

「說得是……話說芙蕾大人的興趣轉向——是我多嘴——」

「嗯？芙蕾的興趣怎麼了？」

「回您的話，事實上……最近好像都沒看到蜜莉姆大人。身負教育職責的芙蕾大人一不注意，她就跑不知跑哪兒去了——」

啊，是。

我知道她在哪裡喔。

但是，現在要先裝作不知情。

俗話說「不要自找麻煩」，我可不想被連累。

「——就是這麼一回事，芙蕾大人的興趣……該說是關注焦點，小人以為已經放在找出魔王蜜莉姆大人一事上。」

蓋德的說明到此結束。

新都摩天大樓——這座直衝天際的巨型建設徹底迷倒芙蕾。事到如今跟其他都市做比較根本是種愚蠢行徑，想必她也對它們失去興致了吧。

比起那個，蜜莉姆才是大問題。

之後，紅葉把我們的對話內容全聽進去，現實跟想像的落差太大害她啞口無言，不知道該做何反應才好。

也是啦。

現實本來就是這麼一回事。

原本還對某個造成種族存亡危機的敵手保持警戒，結果對方老早就轉移焦點。如今得知這件事，甚至會讓人有股想逃避現實的衝動。

「——事情我都明白了。總之，就是這麼一回事。能解開妳的誤會，對我來說就夠了。」

可能是因為長鼻族不關心紅塵俗世，涉世未深吧。

還在擔心自己可能四面環敵，這份焦慮讓紅葉誤判。的確，面對這種情況，她會做此判斷也情有可原。

「沒想到是我自己想太多……母親大人一直說那件事是我多慮……」

話一說完，紅葉似乎鬆了一口氣，虛軟無力的她當場癱倒。

看她這樣，我們有了非常深的體悟，知道想太多衍生的誤會有多恐怖。

＊

既然誤會解開，會議自然迅速劃下句點。

代替垂頭喪氣的紅葉，長鼻族年輕武者針對鉅細靡遺的協定進行確認。還以為他只是紅葉的護衛，看樣子也是個能幹的文官。

隧道這部分先保留。

對方說若無法證明施工絕對安全，他們就不許我方動工。我認為有道理就接受了，這方面沒什麼問題。反正要不要開隧道還得跟薩里昂那邊的人商量，等列車開發完成再做打算，不須在這個節骨眼上立刻做決定。

長鼻族希望我方不要干涉他們。但是，會這麼說的理由在於怕我們舉兵侵略。

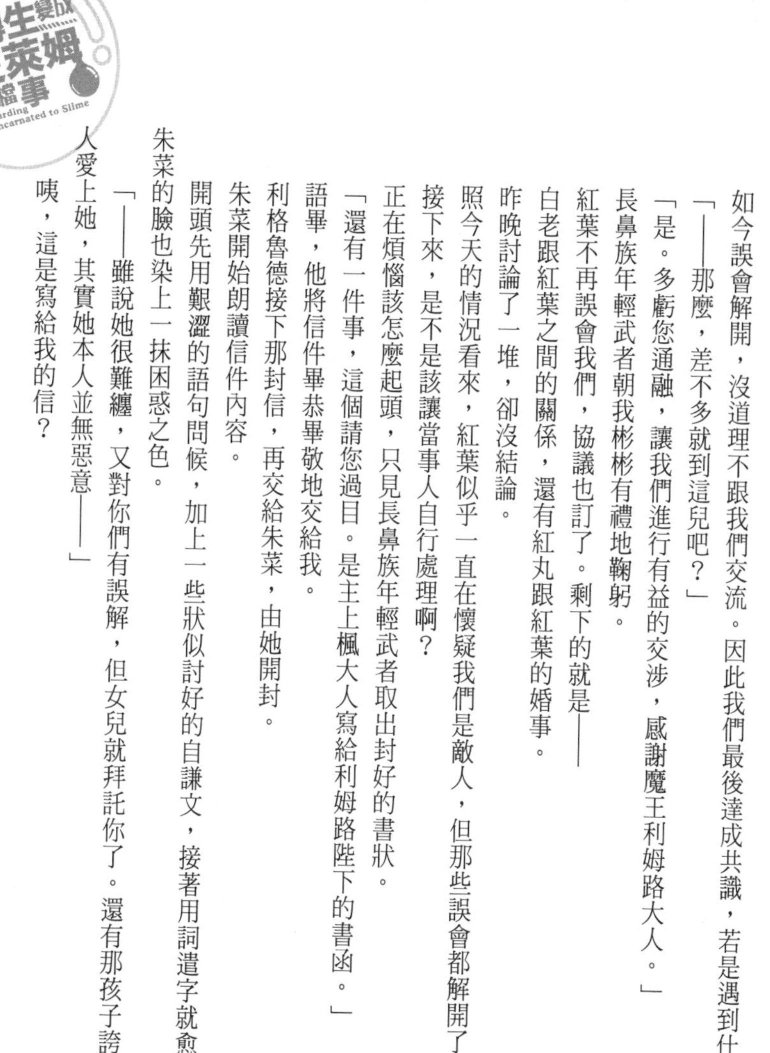

如今誤會解開，沒道理不跟我們交流。因此我們最後達成共識，若是遇到什麼問題要互相幫忙。

「——那麼，差不多就到這兒吧？」

「是。多虧您通融，讓我們進行有益的交涉，感謝魔王利姆路大人。」

長鼻族年輕武者朝我彬彬有禮地鞠躬。

紅葉不再誤會我們，協議也訂了。剩下的就是——

白老跟紅葉之間的關係，還有紅丸跟紅葉的婚事。

昨晚討論了一堆，卻沒結論。

照今天的情況看來，紅葉似乎一直在懷疑我們是敵人，但那些誤會都解開了。

接下來，是不是該讓當事人自行處理啊？

正在煩惱該怎麼起頭，只見長鼻族年輕武者取出封好的書狀。

「還有一件事，這個請您過目。是主上楓大人寫給利姆路陛下的書函。」

語畢，他將信件畢恭畢敬地交給我。

利格魯德接下那封信，再交給朱菜，由她開封。

朱菜開始朗讀信件內容。

開頭先用艱澀的語句問候，加上一些狀似討好的自謙文，接著用詞遣字就愈來愈白話。讀著讀著，朱菜的臉也染上一抹困惑之色。

「——雖說她很難纏，又對你們有誤解，但女兒就拜託你了。還有那孩子誇下海口，說要讓紅丸大人愛上她，其實她本人並無惡意——」

咦，這是寫給我的信？

不、不不不，不管從哪個角度看都不像啊。

要是我一開始就知道信件內容是這樣，早就請儀隊退場了……事到如今一切都為時已晚。

「母、母親大人怎麼——？」

剛才癱倒的紅葉跳起來，從朱菜手中奪過信件。

嗯，真是沒禮貌，但這也不能怪她——

既然怪不得，就裝作沒看到好了。

假如我跟紅葉處在相同立場上，不曉得會做出什麼事情來。

這已經超越所謂的不名譽過往，在挑戰羞恥極限。

「果、果然有兩封！您也太亂來了，母親大人……」

紅葉發出呻吟，再次面朝下趴倒。

啊，果然……

話說要給白老的信，好像跟她要寫給我的信裝一起。

小姐您振作點，那些長鼻族人邊說邊安慰紅葉，但怎麼看都是反效果。這種時候最好別去管她。

說時遲那時快——

「呵呵，真像那傢伙的作風。」

白老面露苦笑，邁步朝紅葉走去。

然後抽出緊握在她手中的信，將信件大致看過一遍。

「原來是這麼一回事。『——那孩子力量雖大，卻技不如人。還望儂家的師兄、那孩子的父親——

「劍鬼」白老大人親手指導，好好鍛鍊她——給親愛的老公，楓筆——』。沒想到那傢伙還愛著老夫。

呵呵呵，活久一點果然有好處呢。」

話說到這兒，白老樂呵呵地笑著。

「您、您是……父親大人嗎？」

「正是。老夫就是妳的生父白老。」

「父、父親大人——！」

酷似白老的黑眸泛起淚光，紅葉一把抱住白老。

白老跟紅葉，兩人上演令人感動的父女相會。

紅葉已經對我們沒有任何戒心，對白老不再存疑。

「紅葉啊，老夫鍛鍊人可是很嚴格的。」

「是——」

「那好，妳要漂亮地跨越難關，讓少主愛上妳！」

「是！」

唔，咦咦——！

我頻頻點頭、帶著感動的心聽他們對談，不知不覺間，話題開始朝奇怪的方向發展。

這是那個吧，射人先射馬。

白老平常都很冷靜，現在突然冒出一個女兒，就變成溺愛小孩的笨蛋老爸了。

「喂，白老——」

紅丸的話無法傳達給他，他們活在兩人世界裡。

碰巧又在這個時候——

朱菜小聲補了句：「啊，還有——」

大家的目光都集中在朱菜身上。朱菜不介意，一雙眼望著紅丸。

「哥哥，是阿爾比思大人留話給你。」

語畢，朱菜跟紅丸面對面、正面仰望他。

「幹嘛？」

紅丸問得很不悅。

嗯，我懂你的心情。

我想他現在應該希望有什麼事等一下再說。

但殘酷的是，朱菜眼簾半垂、將那句話道出。

內容如下——

「紅丸大人，我已經下定決心了。我打算贏過紅葉大人當您的妻子，再怎麼不濟，還有當妾這條路可走。我不會放棄的，請您覺悟吧。」

——朱菜模仿阿爾比思的語氣，淡淡地訴說。

儀隊人員一陣譁然。

幹部們興致勃勃。

「…………」

紅丸則盤起雙手，從頭到尾沒吭半聲。

照理說應該很頭大才對，紅丸真不簡單。

——不，不對。

他只是驚訝到說不出話來，人整個石化。

戰場上傲視群雄，卻無力應付這種局面是吧——發現紅丸讓人意想不到的弱點。

抱歉，紅丸。

戀愛經驗不夠豐富——沒有掛零喔！——的我似乎幫不上忙。

「哎呀，話說回來。受歡迎的男人真辛苦呢……」

看紅丸這樣免不了發表一下感言，結果哥布達錯愕地望著我搭話。

「利姆路大人，您說這話是認真的？您不算局外人吧……」

真拿你沒轍，我又沒性別之分，哥布達有夠蠢。

「咯呵呵呵。我只對利姆路大人死心塌地，對戀愛沒興趣。」

不，我沒聽見——

也沒興趣，想怎樣都隨你。

才在想些有的沒的，幹部們的悄悄話就傳入耳裡。

「不愧是紅丸先生，真受歡迎。聽說本人妹妹的部下也喜歡紅丸先生，但對手是阿爾比思小姐跟紅葉小姐，要贏過她們有點難。」

「在說東華嗎？不，不只東華，連西華都愛他。」

「沒錯沒錯。據說她們不願跟蒼華爭，這才放棄蒼影先生喔！」

「在說什麼蠢話——」

「不不不，這些都是真的。」

戈畢爾跟蒼影在那交頭接耳講悄悄話。

而哥布達那句話才是關鍵。

「也就是說，要開後宮？好羨慕喔！」

經他這麼一點，我才發現還能這樣看。

這什麼鬼？好羨慕啊！我好像快開始嫉妒紅丸了。

阿爾比思小姐人美又可靠是大姊姊類型，紅葉則是囂張又可愛的小妹妹。不只這兩人，另外還有許多女生都喜歡紅丸。哥布達說得對，從某個角度來說就像開後宮。

可是，紅丸本人似乎相當頭疼……

「開後宮，聽起來很讓人羨慕呢。」

「呵，那可不一定喔。別看紅丸那樣，他可是草食男，不擅長應付女生。在那故作鎮定，其實他本人很困惑吧？」

戈畢爾一臉羨慕，蒼影則給出回應。他的看法跟我一致。

就算有很多女生倒追好了，在紅丸看來只是一種困擾吧。

再說，他會在意朱菜的目光。紅丸好像有點戀妹情節，現在心裡一定大喊糟糕吧。

這時，蓋德加進來補充：

「但我覺得這是一樁美事。紅丸先生這麼有男子氣概，鎮上女性自然會仰慕他。阿爾比思小姐身為三獸士之首實力堅強，紅葉小姐則是白老先生的女兒，兩位都無可挑剔。我也要向他看齊。」

蓋德對於紅丸找妻納妾的事似乎投下認同票。開不開後宮暫且不談。

還有比起女色，蓋德好像更重視工作。所以他說要向紅丸看齊不知道是真是假，令人懷疑。

順便補充一下，其實蓋德很受歡迎。

為人認真不多話，責任感又強。不只豬人族，其他種族的女性也很欣賞他。因此蓋德若是有那個意思，馬上就能交到女朋友吧。

看蓋德這樣，戈畢爾有話要說。

「不不不，蓋德先生已經夠好了。東華她們就像剛才說的那樣，對我連看都不看一眼……仰慕我的部下，不知為何都是男人——」

「還沒遇到對的人，就是這麼一回事吧。你的心情我多少能體會。」

蓋德也頻頻點頭。的確，蓋德的工作場所都以工地為主，男性比例較高。

像我這種沒性別、有如兩棲類般難以區分的魔物例外。若是職場環境方便女性一同工作，男人們可能會比較有幹勁吧。

這部分再來稍做檢討好了。

「話不是這樣說，我工作的地方有幾名女性矮人藥師。照理說應該有機會邂逅——」

「那這樣就沒問題了吧。」

不不不，還是有問題吧。

種族不一樣啊。

又不是隨便找人湊數就好了？

「問題可大了。那些人說『蜥蜴這種東西，生理上無法接受！』，所以我一點都不受歡迎……」

「這樣啊——」

……

唔、唔嗯。

我有點語塞。

看樣子障壁大到不是用一句種族差異就能帶過。難怪戈畢爾只能選擇放棄。

「——明明是這樣，南槍跟北槍卻常會被邀去吃飯、去森林踏青呢！這讓我好懊惱——」

哎呀！這下不能拿種族隔閡當藉口……

「這、這該怎麼說才好……」

就連蓋德都不禁詞窮，在煩惱該怎麼安慰戈畢爾。

「是啊……所以我也想變成人型試試。老爸他也帥氣『變身』了，所以我可能有機會呢！」

沒吧，哪來那種機會。

又不是光看外表就好。

我也將近四十年都沒女朋友，但外型上是優質男啊！

重點在於——

「無聊。都是因為你沒有採取行動吧。」

對，蒼影老弟，你答對了！

就是這麼一回事。光看是不夠的。

像戈畢爾那樣光顧著抱怨，女孩子怎麼可能喜歡上他。

別幻想女孩子會主動告白，要拿出男子氣概主動出擊……咦，悟出這點是在我當上史萊姆之後……

「沒、沒啦，話是這麼說沒錯，可是——」

「蒼影先生說得對！我也聽那些矮人大姊們說過『蓋札特他好帥喔～』、『我懂～』、『沉默寡言的個性最吸引人！』、『好像我養的寵物蜥蜴，好可愛。』一直在誇戈畢爾先生的部下。所以說，我覺

得問題不是外表啦！」

啊，哥布達好直接。

蓋札特是戈畢爾的部下，「飛龍眾」成員之一。這個男人沉默寡言又擅長使槍術，卻很笨拙。所以我沒讓他參加研究計畫，而是改當研究員或那些藥劑師的保鑣。

想也知道原本是蜥蜴人族，如今變成龍人跟戈畢爾外型相仿，外觀上酷似蜥蜴。這下連外表都不能當藉口了。哥布達也真夠過分。

戈畢爾顯得沮喪，蒼影則給出關鍵一擊。

「——此外，要把到女人其實意外簡單喔。」

「你、你說什麼！」

這怎麼可能——我懷著上述想法提問，結果蒼影冷著臉說出不得了的話。

「之前有個女騎士好像產生某種誤解，對我特別關愛。」

蒼影就像在抱怨，話裡透著厭煩。

「真的假的！你是動了什麼手腳啊？」

「哦哦？」

「感覺好有趣喔！」

「再說得詳細點！」

蒼影一番話讓在旁邊偷聽的我也燃起興趣。

是說那個女騎士……

對了，蒼影到底對那個叫莉緹絲的女騎士做過什麼啊？之前一直很好奇，卻忘了問。

不知道為什麼，那個人一看到蒼影就臉紅，我就想說該不會是……

「利姆路大人也感興趣？」

「當然啦。再說，當時的情形你都還沒跟我報備……」

「哦，這件事啊。是這樣的，稍微用『黏鋼絲』——」

稍微用「黏鋼絲」怎樣——才想到這裡，背後就出現一股殺氣。

還有響亮的咳嗽聲。

「咳哼！」

我們幾個本來在講悄悄話，這下瞬間僵住，換上認真的表情。

在心裡暗叫不妙的我偷偷變回史萊姆，打算脫離戰線，卻被又白又細的手抱起。

「利姆路大人，您真愛說笑。別談那個了，現在要先討論我哥哥的事。」

對喔，還有這回事。

話題不小心偏了。

要是讓朱菜更火大會死得很難看。

我們不再閒聊，決定來認真思考一下。

那麼——

雖說要認真思考一下，也沒辦法馬上生出答案吧。

「紅丸，你個人有什麼想法？」

「這個嘛，說真的現在談這個還太早，只能這麼說。伴侶一個人就夠了。」

說得也是喔。突然被人指婚，當然困惑啦。如果是我，有人突然叫我去相親肯定會拒絕。

舊時代就算了，如今可是自由戀愛的時代呢。

除此之外——

「基本上，像我們這些高階魔人，要生孩子沒那麼容易。某些人會找好幾個伴侶播種，讓她們彼此競爭，但我對這種事沒興趣。所以我不想納妾。」

當著我們大家的面，紅丸斬釘截鐵斷言。

紅葉則用閃亮亮的雙眼望著他。

「也就是說，不可能開後宮吧。」

豈止是後宮，我們不採行一夫多妻制。

若非萬不得已，例如寡婦太多，本國方針還是傾向不採納該制度。

原以為事情到這就結束了，沒想到接下來還有更多問題。

「我明白了。那就接受阿爾比思小姐的挑戰，要嫁給紅丸大人當妻子的人是我！」

紅葉幹勁十足地宣示。

所謂的戀愛並不是這麼一回事——想歸想，我看紅丸疑似放棄了，什麼都沒說。

「利姆路大人，您覺得呢？」

還向我請示幹嘛，只能由她去啦。

「這樣也不錯嘛？當面決鬥不行，但可以做些努力，讓心儀的對象愛上自己。不過，假如對方不喜歡這樣，也只能告吹了。」

只要不去當什麼跟蹤狂，其實並無大礙。

「我知道了。那麼，就照您說的辦——」

說完這句話，朱菜面露微笑。

咦？怎麼有不祥的預感……

「我可不會輸給您，朱菜大人！」

「正合我意，紫苑。」

紫苑和朱菜如此說道，朝彼此微微一笑。

聽得我一頭霧水，本人悄悄從朱菜手中開溜得逞。

題外話，阿爾比思之前一直處於觀望狀態，從今天開始卯起來採取行動。拚命對紅丸發動攻勢。

紅葉也不甘示弱，挺身對抗阿爾比思。

其他愛慕紅丸的女性見狀也決定不再沉默，爭先恐後地加入競爭行列。

用不著說也知道，爭奪紅丸的娘子軍攻防戰愈演愈烈。

——打這天開始，魔物王國出現莫名奇妙的風俗習慣，那就是靠實力逼心儀對象就範。

替自由戰鬥戀愛主義揭開序幕。

終章
總結會議

Regarding Reincarnated to Slime

謁見典禮迎來最後一日，我們於傍晚結束跟長鼻族的會談。

吃完有點早的晚餐，幹部們全到會議室集合——這場面睽違已久。

我想說機會難得，決定請大家報告近況。

客人也在場。

是維爾德拉跟菈米莉絲，還有她的隨從貝瑞塔、德蕾妮小姐。

蜜莉姆將於三天後正式參訪，她怕會東窗事發就先行回國。聰明的選擇。雖然不確定芙蕾是否會責備蜜莉姆，但一直留在本鎮肯定會惹毛芙蕾。我可不想遭受牽連。

對了，還有另一名客人——

「那麼會議開始前，先來跟大家介紹一下。這位是幹部候補摩邁爾老弟。三天後開辦的開國祭若是辦得夠成功，我想正式任命他當財務總理部門的主管。希望大家也以此為前提跟他對應。」

我開口向大家介紹摩邁爾。幹部全員到場，我正想趁這個機會介紹一下。順便讓摩邁爾將所有事情統整一下，做點講解。

「我、我是葛倫多．摩邁爾。這次利姆路大人要我承擔重責大任，本人很緊張，身上的皮都繃緊了。還望各位幹部今後多多關照。」

摩邁爾體型肥胖，看起來一點都不緊繃。但他還敢拿那句話問候，這男人膽子真大。

話雖如此，看起來還是有緊張到。

即使他是黑社會的角頭老大，面對如假包換的高階魔人，情況還是不能相提並論吧。

等他跟大家照完面，我們切入正題。

「那摩邁爾老弟，有勞你跟大家說明一下現況。」

「收到。那就容我獻醜——」

接獲我的指示，坐在利格魯德隔壁的摩邁爾起身，開始講述開國祭流程。

後天晚上——開幕典禮前一晚，本鎮將舉辦前夜祭。

不只這次活動獲邀的人們，還包括來訪的商人、負責保護他們的冒險者，預計將免費提供餐點和酒招待這些人。

這件事當然有對外告知，一些鄰近都市的農民就是衝著這些來的。

他們很可能是未來的顧客，我方要盛情款待。

至於迎賓館那邊，將舉辦用來招待王公貴族的宮廷晚宴。

話說這次用來招待王公貴族的菜餚，全都是朱菜跟吉田先生協力製作。多半都是新菜色，我也很期待。之所以會改成自助式，都是為了讓大家少量品嚐多種料理。

再來是主軸，開國祭當天。

這天一大早就由我上台演講。

我想說怎麼又來了，但這次目的好歹是對外昭告我當上魔王的事，該環節可不能省。

反正大家都知情又沒差，我這番提議被大家燦笑帶過。

之後會在圓形競技場舉辦武鬥大會。

但我們沒有要駐足觀賞。讓他國重鎮認識我國才是首要之務，總不能從預賽開始到武鬥大會結束都黏在那觀看。

所以我們預計去剛改建完成的豪華歌劇院欣賞樂作。

會推出什麼樣的節目，連我都不知情。本人有點不安，但摩邁爾信心十足。

「——我要藉此向大家展現，讓他們知道利姆路大人也很有文化水準。」

說完，摩邁爾勾起一抹奸詐笑容。像是在配合他，紫苑疑似也奸笑了，應該不會吧……

擔心也沒用。既然摩邁爾都掛保證了，就相信他吧。

等大家用完午餐，這次換成技術發表會。

戈畢爾和培斯塔要跟大家介紹回復藥的歷史。

黑兵衛跟葛洛姆則要展示裝備。

將在博物館進行解說。

順便補充一點，歌劇院和博物館從第二天開始才會開放給一般民眾使用，首日這天就讓王公貴族們好好暢遊一番。

畢竟還要考量警備問題，把時間錯開才是最有效的辦法。

再來是第二天。

我們會去看武鬥大會的主賽。

然後中午過後預計辦場歡樂的交流大會——以此為名行自由活動之實。

我會待在競技場的貴賓席，有人要找我可以依序面談。這部分會由摩邁爾做調整，我只要開開心心觀賞武鬥大會就行了吧。

我們會按邀請函數量配給導遊，還望大家可以在慶典上開心逛攤、去我國引以為傲的溫泉街享受一

番，或者繼續把武鬥大會看完，若人們都能有段美好時光就太好了。

接著看第三天。

要對外公開令人引頸企盼的地下迷宮。

上午去看武鬥大會決勝戰，下午可以改看冒險者攻略地下迷宮秀。

「就算我不在，你們還是蓋出非常氣派的圓形競技場呢。」

蓋德這句話說得開心。發現自己後繼有人，似乎讓他很放心。

「是啊。你跟米魯得收的徒弟哥布袞賣力打造。看不出是趕工弄的，強度方面也沒問題。幹部級人員出場對戰另當別論，供未滿A級的人對決綽綽有餘。」

就安全性而言，差不多來到焰之巨人這種高階精靈作亂也能勉強撐住的程度。不過，若是擊中攻擊某個點八成就撐不住了，但觀賞主戰那天我也在場，我打算張一層薄薄的「絕對防禦」網。

所以說，只要沒出太大的狀況，觀眾都安全無虞。

「嘎哈哈哈！除了那些，我的鐵板燒也開發出究極滋味。大家可要好好期待一下啊！」

啊，原來他沒忘喔。

看來他擺攤的意願很高，只好讓他隱瞞身分參加。

話又說回來，不知不覺間摩邁爾已經跟維爾德拉混熟。被維爾德拉反覆刁難，現在似乎很習慣應付他了。

只能說他真不是蓋的。讓我感到佩服，原來這個人比想像中還要強大。

好了，說明到此結束。

迪亞布羅、白老跟蓋德這些遠征人員聽得津津有味。無緣參加似乎讓他們很懊惱。對於這三人，還是另外給點獎勵吧。蓋德那邊等他手邊工作告一段落再頒好了，至於迪亞布羅跟白老，他們已完美實現作戰計畫。

將這件事記在心上，我環視眾幹部，將一張張臉依序看過。

「目前計畫進展順利。大家有什麼問題嗎？」

沒有的話，就請蒼影報告──我打算接這句，不料這結論下得太快。

「有！」

只見菈米莉絲精神抖擻、姿態端正地舉手。

她好像有問題，應該不是什麼大不了的事吧。

「什麼事，菈米莉絲妹妹？」

「就那個，我這邊有問題嘍。」

「所以剛剛才問妳是什麼事啊？」

「是這樣的，地下迷宮的底層……」

菈米莉絲話說到這兒頓住，朝維爾德拉偷看一眼。接著維爾德拉就高聲大笑，試圖掩飾。

「嘎──哈哈哈！不，什麼事也沒有。沒什麼大不了的。迷宮第九十五層不是有座森林嗎？不知道為什麼，森林開始向上侵蝕，目前到七十一層全都被森林覆蓋！」

維爾德拉輕輕鬆鬆地嚷著「失策失策」。

九十一層到九十四層原本就對外隔離所以沒遭受波及。可是透過用來灌滿魔素的通風口傳播，其他未做保護措施的樓層都變得像原始森林一樣。

「喂喂喂，要將那些東西全都清乾淨，得花不少時間耶！」

「對啊。所以才跑來跟你商量嘛！」

菈米莉絲豁出去了。

雖然讓人很傻眼，但原因就出在維爾德拉身上。

「不只這些，還有另一個問題。」

明明是這樣，罪魁禍首維爾德拉卻事不關己地接話。

「……什麼事？」

不是很想問，但還是得問。我帶著這種心情問話，結果維爾德拉的答案出乎意料。

「沒有適合當王的魔物。我是想跟你商量這件事啦。」

幸好不是比想像中更笨的蠢商量。

聽說魔物還來不及誕生，樹木的侵蝕就耗掉那些魔素。所以都沒生出足以委派至底層當關卡魔王的魔物。

之前有生出一隻A⁻的嵐蛇，被我拿去當四十層的王。當初說不用這種雜碎的人就是維爾德拉跟菈米莉絲。事到如今才要我還給他們，我是不會答應的。

「我想重新創造聖靈守護像。所以說，想來拜託你幫忙準備材料！」

「你就替我僱適合當王的人。還有，原始森林要先清乾淨。」

「……」

我明白菈米莉絲的意思了。

這次公開預計只開到第五十層，可以再想想辦法。可是維爾德拉的主張，不管從哪個角度看都沒必要聽。

反正還有時間，叫他自己想辦法吧。

我打定主意正想拒絕——

「既然如此，其實有些人選挺合適的。」

「利姆路大人，不如就派給那些人做吧？」

「頭目，這麼說來倒是有不錯的人選——」

如此這般，三道聲音同時響起。

是朱菜、德蕾妮小姐跟蘭加。

朱菜說死靈阿德曼適合擔當此任。聽她這麼說，戈畢爾也點頭表示贊同。

「他的部下都很怕陽光，特別喜歡待在洞窟裡頭，或是其他照不到陽光的地方。迷宮內部應該是不錯的去處。」

阿德曼姑且不論，他的部下都無法離開洞窟。據說晚上會四處徘徊，商人們撞見紛紛跑來抱怨。

也是啦，晚上碰到亡骸，那可是會嚇到尿褲子。將他們放在迷宮裡隔離，這個點子好像不錯。

「還有，那個人把利姆路大人當成神，讓人有點受不了……」

朱菜一臉厭煩地插話。

他們好像把我當神，把朱菜捧為巫女姬。

這樣真的滿煩人。

有鑑於此，我決定採用該提案。

「那麼，就讓阿德曼當六十層的關卡魔王吧。然後我會準備材料，菈米莉絲妳可以創個聖靈守護像。

我會叫阿德曼幫忙。」

「可以嗎？」

「沒問題。那傢伙就屬知識最豐富，我想連研究層面都能幫上忙。」

「了解。謝謝你，利姆路！」

就這樣，六十層跟七十層的魔王問題都解決了。

接下來換德蕾妮小姐開口。

七十一層到八十層樹木稀疏，她想問是否能讓賽奇翁和阿畢特把守。

「這兩位能召喚眷族吧。因此，開拓起來會比較輕鬆。還有——」

她跟菈米莉絲偷偷對看一眼，再看向我。

「如果是那位——賽奇翁，應該能勝任八十層的魔王。畢竟他之前把樹人族聚落保護得可圈可點。」

話說到這兒，德蕾妮小姐面露微笑。

「原來如此……」

「利姆路啊，這個提議不錯。就讓我鍛鍊那傢伙，將他培育成足以擔任八十層魔王的戰士吧！」

賽奇翁確實比想像中更強。

至少前陣子看到他的時候，他已經變得比嵐蛇更強了。

不過，這可是小動物尺寸的昆蟲喔！

鍛鍊起來應該滿難的……

算了，都好。我早就知道維爾德拉是個怪咖，就隨他高興吧。

「好吧。那麼，就照你們說的辦。」

既然得到我的許可，這件事也就此解決。

再來就剩蘭加的提議。

「頭目，寄放在我這邊的妖狐已經醒了。他還說自己最擅長的就是隨興開墾森林。我想交給他應該滿有趣。」

蘭加從我的影子探頭，補上這串話。

一隻可愛的小狐狸就坐在他頭上，四根金色的尾巴搖來搖去。

真是有夠可愛的生物耶。

「要試試看嗎？」

「奴家想試試看。」

用那對亮晶晶的眼眸望著我，小狐狸點點頭。

嗯，真的好可愛。

開拓森林，開闢野獸小徑當迷宮。既然小狐狸說他想做這個工作，就交給他吧。失敗就算了，到時再把森林撤掉。

「好，那就──」

這時我發現一個問題。

那隻小狐狸，也就是克雷曼的部下、名喚九頭獸的妖狐，還沒有一個像樣的名字。

「在那之前，也替你取個名字吧。從今天開始你就叫『九魔羅』。」

就像在替寵物取名，我一不小心就隨口替他取了。但我可不是笨蛋。已經學到教訓，不會為這種事一口氣失去大量魔素。

早就設下限制——咦，怪了？

身體突然一陣無力，讓我不禁感到焦急。

《告。這是命名產生的影響。個體名「九魔羅」原始魔素量龐大，故此次魔素消耗量「超乎預期」。》

被小狐狸的外表騙了，印象中他其實是超稀有的頂級魔物。看來是我一時疏忽。

而且九魔羅一被我取名就瞬間成長。

話雖如此，並非體格變大，而是四根尾巴一口氣長到九根。

以前跟蘭加對戰時，尾巴只有三根。且這些尾巴都能變成有特殊能力的魔獸。

換句話說，現在的他搞不好能召喚出九隻魔獸。

「謝謝您，利姆路大人！奴家會努力的！」

算了，沒關係。

既然都做了，去想也於事無補。

我人也平安，看來一切都在智慧之王拉斐爾大師的掌握之中。

講是講「超乎預期」，聲音聽起來卻一點都不震驚。所以它肯定從一開始就算好，決定要轉讓這麼多的量。

否則怎麼可能剛好長九根尾巴。

《……》

裝傻也沒用。

我都看穿了。

九魔羅興高采烈，八十一層到九十層都交給他負責。反正能挺到那邊的冒險者應該不多，讓九魔羅當魔王也沒問題。

就這樣，菈米莉絲跟維爾德拉帶來的問題隨之解除。

這座地下迷宮可是我們的自信之作，幹部們似乎也很期待。所以我們一定要把它辦得很成功，讓今後的營運上軌道。

帶著這份期許，我摸摸九魔羅的頭。

＊

那麼再往下看，與開國祭有關的報告到此結束。

接著是最近派給蒼影的調查任務，來聽聽各式調查報告吧。

「那麼蒼影，麻煩你報告一下。」

「遵命——」

在那之後蒼影進行彙報，內容令人驚愕，超乎我的想像。

某個叫「奴隸商會」的犯罪組織竟然被「勇者」滅掉。不僅如此，跟他們有來往的各國貴族都遭到舉發，布爾蒙王國的卡札克子爵也被人逮捕。

「連英格拉西亞那邊的城鎮都在傳這件事。『奴隸商會』是國際性犯罪組織，他們是擁有不少戰鬥奴隸的武力集團。還收魔獸跟魔人當奴隸，據說戰鬥力在小國之上。但被勇者和他的夥伴滅掉——」

話說到這邊，蒼影扯出一抹淡笑。

勇者——閃光正幸，據說目前呼聲很高，人稱西方諸國最強。

似乎是因為日向敗給我，最強寶座才換人坐。

既然成了魔王的手下敗將，就不夠格擔負人類的希望，是這個意思嗎？

總覺得有點對不起日向，希望她不要為這件事情恨我。

喔對，那件事先擺一邊，現在要談正幸。

情報太少，目前還無法斷定他的為人。但擊潰「奴隸商會」解放長耳族奴隸的確是事實……

「之前好像有幾位長耳族被商會抓住，正幸似乎要帶他們進入我國。」

事情好像是這樣，看來最好跟他道個謝。

只不過，問題在於……

「如何，利姆路大人？趁事情還沒變棘手，要不要我先去收拾他？」

「——不，別這樣。我想跟他見個面，和他談談。」

「明白了。這傢伙亂講話說要『討伐魔王』，原本還想給他來個下馬威，讓他知道自己只有多少斤兩。」

——對，正如剛才那段對話所示，西方諸國都在謠傳，說正幸要來討伐我。

蒼影臉上掛著冷酷的笑容，因我那句話暫時收手。

話說回來，現在正準備要辦開國祭、處理如此重要的國家大事，跟勇者槓上非常不妙。不只蒼影，只怕紫苑、迪亞布羅這兩個好戰分子會先發制人。

「勇者正幸這邊由我對應。嚴禁出手，知道嗎？」

「「「遵命！」」」

你們幾個，光應聲倒是很會應。

三天後就要舉辦開國祭，卻發生棘手的問題。

難得營造起來的歡樂氣氛彷彿遭人潑了一盆冷水，讓我的心情有些黯淡。

——緊接著——

像要吹去我心中那股小小的不安，熱熱鬧鬧的慶典連日展開——

他的名字叫「貝瑞塔」

畫：川上泰樹

後記

讓各位久等了，為您帶來第八集。

之前已經看過的人應該都曉得，這集其實就是「魔都開國篇」。

至於本集標題為何改變，背後有很深的淵源——

「哎呀，這次我真的會咻的一聲，把故事寫很短！」

「我已經聽膩了。往後不管你寫多長，我都不會介意。」

這樣的對話猶言在耳，我開始執筆。

寫著寫著，截稿日將至……

「那個，我想跟你商量……」

「是是是，商量什麼？」

「其實是這樣的，篇幅寫到有點長……」

「果然又來了。我早就猜到事情會變成這樣。」

編輯I氏，當時回得不為所動。

不過，我的急轉彎還沒轉完！

「可以改成前後篇嗎？」

「啥？」

「就算後面多寫百來頁，也只會寫到不上不上的地方停住。所以我們可以轉個彎改變想法，這次把它改成上下集也不錯？」

「最好是！我說，事情怎麼會變成這樣——！」

我們展開一場溫馨對談，然後我成功讓編輯I氏翻白眼，幹得漂亮。

＊

對，是的。

我有反省。

事情為什麼會變成這樣連我自己都不清楚，不過最近開始覺得，想把故事寫短是不是太強人所難？

如此這般，目前正努力寫，要把接下來的第九集「魔都開國篇」寫完。

我會努力不讓它變成上中下，今後也請多多指教。

那麼，我們下集見！

©Okina Baba, Tsukasa Kiryu 2016

Kadokawa Light Novels

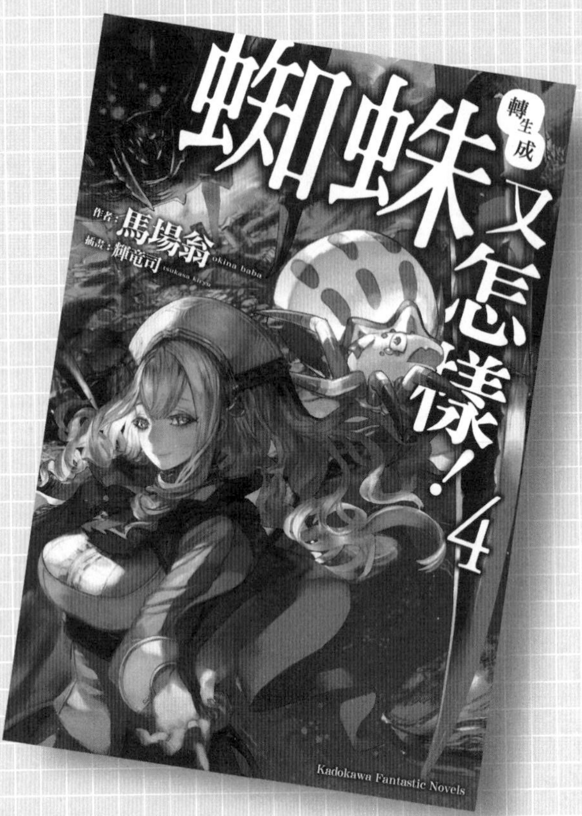

轉生成蜘蛛又怎樣！ 1~4 待續

作者：馬場翁　插畫：輝竜司

蟬聯「成為小說家吧」2015、2016年第1名！
從地下迷宮脫出，享受爽快人生的蜘蛛子被老媽纏上！

我終於來到地上。山上吃樹果，海邊啃水竜，超爽快！可是這種平穩的生活並不長久——本應待在大迷宮最深處的母親找上我了！老媽不管哪一項能力都勝過我，就連我最強大的武器「陷阱」也不例外……蜘蛛子與老媽的激烈死鬥即將在第四集上演！

各 **NT$240~250/HK$75**

Kadokawa Light Novels

©2016 Hirukuma, Ituwa Kato

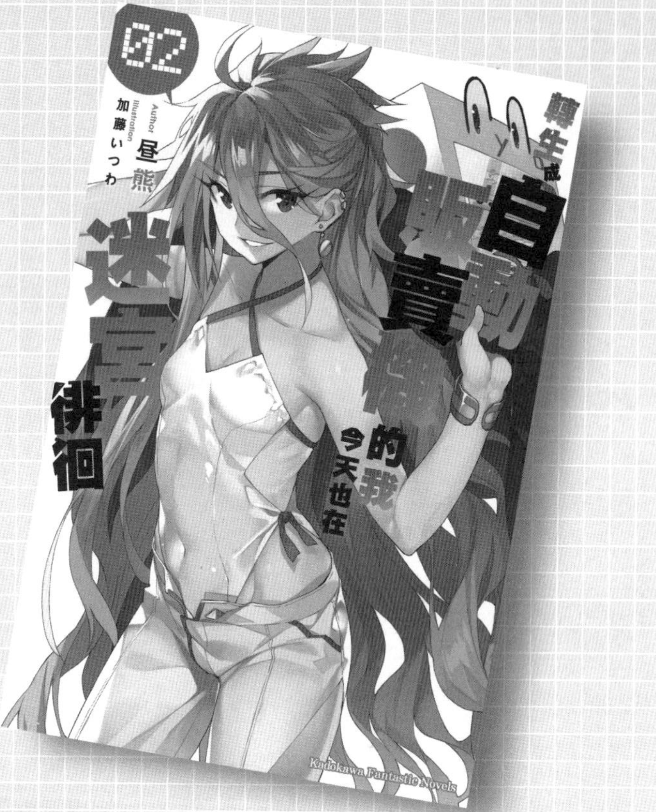

轉生成自動販賣機的我今天也在迷宮徘徊 1~2 待續

作者：昼熊　插畫：加藤いつわ

轉生到異世界流浪的「自動販賣機」奮戰史，第二彈開幕！

戀愛諮詢、料理對決、魔法道具展示會等等……自動販賣機阿箱在異世界努力做各種生意的同時，被愚者的奇行團團長凱利歐爾挖角，成為遠征軍的一分子！阿箱、拉蜜絲和休爾米三人前往階層深處進行調查，然而問題頻頻發生，讓阿箱陷入孤立的窘境……？

各 NT$220~200/HK$60~58

國家圖書館出版品預行編目(CIP)資料

關於我轉生變成史萊姆這檔事 / 伏瀨作 ; 楊惠琪譯
. -- 初版. -- 臺北市 : 臺灣角川, 2017.03-
冊 ; 公分
譯自 : 転生したらスライムだった件
ISBN 978-986-473-592-1(第7冊 : 平裝). --
ISBN 978-986-473-975-2(第8冊 : 平裝)

861.57 106001113

Kadokawa
Fantastic
Novels

關於我轉生變成史萊姆這檔事 8

(原著名：転生したらスライムだった件 8)

2017年11月23日 初版第1刷發行
2024年3月22日 初版第11刷發行

作者：伏瀨
插畫：みっつばー
譯者：楊惠琪

發行人：台灣角川股份有限公司
總監：呂慧君
總編輯：蔡佩芬
主編：林秀儒
文字編輯：黃怡珮
設計指導：陳晞叡
美術設計：宋芳茹
印務：李明修（主任）、張加恩（主任）、張凱棋

發行所：台灣角川股份有限公司
地址：104台北市中山區松江路223號3樓
電話：（02）2515-3000
傳真：（02）2515-0033
網址：www.kadokawa.com.tw
劃撥帳戶：台灣角川股份有限公司
劃撥帳號：19487412
法律顧問：有澤法律事務所
製版：尚騰印刷事業有限公司
ISBN：978-986-473-975-2

※版權所有，未經許可，不許轉載。
※本書如有破損、裝訂錯誤，請持購買憑證回原購買處或連同憑證寄回出版社更換。

Text Copyright ©2016 Fuse
Illustrations Copyright ©2016 Mitz Vah
Original Japanese edition published by MICRO MAGAZINE, INC.
Complex Chinese translation rights arranged with MICRO MAGAZINE, INC. Tokyo
through LEE's Literary Agency, Taiwan
Complex Chinese translation rights ©2017 by KADOKAWA TAIWAN CORPORATION